作者简介

郭长保 山西人，1983年毕业于山西大学中文系，1987年毕业于天津师范大学文学院，文学硕士，现为天津师范大学文学院教授。长期从事于中国现代文学教学与研究，中国近代文化与文学研究。

主要著作有《历史新界面：中国各体文化研究导论》（合著）《从渐变到裂变：文人心态转型与中国近代文化思潮》《从传统到现代：文人意识向平民文学意识的转型》《文人意识转型与文学思想嬗变》，况周颐《眉庐丛活》点校，并在《光明日报》等各种报纸杂志发表论文40余篇。

中国书籍·学术之星文库

晚明至五四

文人思想转型背景下的文学新变

郭长保◎著

中国书籍出版社
China Book Press

图书在版编目（CIP）数据

晚明至五四：文人思想转型背景下的文学新变/郭长保著.
—北京：中国书籍出版社，2017.3
ISBN 978－7－5068－6061－1

Ⅰ.①晚… Ⅱ.①郭… Ⅲ.①中国文学—文学史—晚明－民国 Ⅳ.①I209.48

中国版本图书馆 CIP 数据核字（2017）第 026411 号

晚明至五四：文人思想转型背景下的文学新变

郭长保 著

责任编辑	张媛媛
责任印制	孙马飞　马　芝
封面设计	中联华文
出版发行	中国书籍出版社
地　　址	北京市丰台区三路居路 97 号（邮编：100073）
电　　话	（010）52257143（总编室）　（010）52257153（发行部）
电子邮箱	chinabp@vip.sina.com
经　　销	全国新华书店
印　　刷	北京彩虹伟业印刷有限公司
开　　本	710 毫米×1000 毫米　1/16
字　　数	182 千字
印　　张	14.5
版　　次	2017 年 4 月第 1 版　2017 年 4 月第 1 次印刷
书　　号	ISBN 978－7－5068－6061－1
定　　价	68.00 元

版权所有　翻印必究

目 录
CONTENTS

绪 论 …………………………………………………… 1

第一章 从晚明至五四中国新文化与新文学秩序的建立 …… 10
一、王阳明"心学"与晚明及新文学思想的勃兴 ／ 10
二、李贽思想中的文化与文学启蒙意义 ／ 23
三、龚自珍对晚清文化与文学的影响 ／ 35
四、魏源《海国图志》在近代文化转型中的启蒙作用 ／ 41
五、王韬对近代文化与文学转型的贡献 ／ 47

第二章 中国近代文化与文学转型的特征 …………… 53
一、从传统的有序到近代的无序 ／ 53
二、救亡意识与文学转变 ／ 58
三、由翻译到创作 ／ 60
四、文人意识的消解与平民文化文学意识的形成 ／ 80

第三章 报纸杂志对近代文化与文学转型的作用 ………… 84
一、近代思想的传播 ／ 84
二、报刊与市民文化的建构 ／ 93
三、报纸副刊的产生 ／ 97
四、新审美意识的形成 ／ 107

第四章　文学转型期的叙事特征 …………………… 112
　一、传统叙事结构的消解与近现代叙事模式的形成　/ 112
　二、语言由程式化到开放性　/ 130
　三、从英雄人物到平凡人物　/ 136

第五章　文化与文学转型的内在联络 ………………… 142
　一、梁启超文学思想对近代文学变革的现代性转化　/ 142
　二、近代文化视域中的鲁迅　/ 147
　三、鲁迅从民元前到"五四"的心路历程　/ 155
　四、新文学生成的语文学意义　/ 158

第六章　现代新文学的重构 ……………………………… 165
　一、文学的文化责任与文学的政治化　/ 165
　二、文学观转型与五四创作　/ 170
　三、胡适的理性精神对新文化与新文学的意义　/ 179
　四、新文学史上"黑色幽默"的产生　/ 186

第七章　文学向"后五四"转型 ………………………… 194
　一、马克思主义文艺思想的传播　/ 194
　二、马克思主义文艺思想中国化是
　　　后五四文学形成的基础　/ 196
　三、鲁迅文艺观是马克思主义文艺
　　　思想中国化的具体体现　/ 202
　四、鲁迅文艺思想是马克思主义文艺思想中国化的指南　/ 205

结　语 ………………………………………………………… 209

参考书目 ……………………………………………………… 214

后　记 ………………………………………………………… 223

绪 论

中国近代文学与文化的转型，从内在精神上看，它有着较早的历史渊源。早在明代中晚期就有了明显的转型迹象，只是在清初受到了一定程度的抑制，但随着西学东渐步伐在晚清的逐渐加大与文人启蒙意识的兴起，传统文人意识逐步消解，文人平民化思想日益形成，所以从19世纪末到20世纪初，中国文学与文化，在晚清以"救亡图存"为主题的近代话语背景下，迅速走上了由渐变到裂变的新文化与新文学之路，为中国现代新文学的发展铺平了道路。

（一）传统文人意识的消解

中国文化和文人意识其实早在宋代就有了蠢蠢欲动的变革意识，晚明益加凸显，这在明代王阳明的学说中似乎可见一斑。在《答罗整庵少宰书》中，王阳明说："夫学贵得之心，求之于心而非也，虽其言之出于孔子，不敢以为是也。而况其未及孔子者乎？求之于心而是也，虽其言之出于庸常，不敢以为非也。"[①] 在他"心学"思想的影响下，一大批对正统儒家思想开始怀疑的人逐渐产生，如其中的代表人物李贽。他大胆且在一定程度上的叛逆思想，可以说具备了晚明浪漫主义思想启蒙运动的特点。如其《童心说》中说："夫既以闻见道理为心矣，则所有言皆闻见道理之言，非童心自出之言

[①] 吴光、钱明、董平、姚延福编校：《王阳明全集》（上册），上海：上海古籍出版社1992年版，第76页。

也。言虽工，于我何与？岂非以假人言假言，而事假事、文似文乎？……天下之至文，未有不出于童心焉者也。"而文学上，像张岱那样不受约束的散文家的出现，其文中对回归人的自然本性的追求，也不是什么偶然的现象。王阳明对后人的影响确如嵇文甫所言："这种大胆的言论，正可和当时西方的宗教革命家互相辉映。他们都充满自由主义和现实主义的精神。阳明实可算是道学界的马丁路德。"[①] 晚明的思想运动预示了文人意识"大转型"的可能，虽然这一变革思想在清初受到了相当大的抑制。但19世纪初随着传教士带来的西方近代文明，中国安逸、平静的社会被打破，是中国传统文人们不得不面对的事实。在这样的背景下，中国知识分子面对当时的现实，必须做出迅速的抉择。所以，19世纪中叶以来，特别是鸦片战争之后，即使正统的知识分子也在思想上不能不产生动摇和怀疑。1853年后，魏源《海国图志》的出版，应该说是中国近代史上中国文人第一次从个人角度出发，主动介绍西方历程的开始。同时，也开启了近代史上真正意义的早期启蒙运动，它对中国文人的影响是巨大的。与魏源同时代的龚自珍，在文章中发出过这样的疾呼："当彼其世也，而才士与才民出，则百不才督之缚之，以至于戮之。"[②] 其愤懑之情溢于言表，他继承了晚明以来的李贽、顾炎武、黄宗羲等人对现实的怀疑与批判传统；尽管当时已经有西方传教士在中国活动，但龚自珍似乎并没有受到西方近代思想的影响，更多的是延续了晚明思潮中已经萌发的启蒙精神。不过只要仔细辨析，其实龚自珍在思想上已然发生着悄无声息的更大变化。这主要反映在他的治学态度和方法上，即"务实"思想观念的逐步产生；最明显的变化是在嘉道年间他抛弃了传统的考据训诂之学，注重务实而

[①] 嵇文甫：《晚明思想史论》，北京：东方出版社1996年版，第13页。
[②] 龚自珍：《乙丙之际箸议第九》，见《龚自珍全集》，上海：上海人民出版社1975年版，第6页。

经世致用的"今文学"的思想，这就为后世具有锐意革新思想的文人开拓了一个新的治学方向。需要特别指出的是他认为"先有下，而后有上""天地，人所造，众人自造，非圣人所造"①的思想，是对正统思想认识上的突破。而《论私》一文中对人的私心给予了充分的肯定，旁征博引反复证明自古至今，是人就有私心，有厚薄，而"天有私也……地有私也……今曰大公无私，则人也？则禽也"②，可以说这一关于"私"的言论比起晚明的顾炎武对"私"的认识更进一步。龚自珍除了在政论方面表现出积极的变革思想外，对近代文学文风的影响也是较大的。首先，他认为人性是无善恶之分的，其次是人情有公私之分，人皆有私心，即使圣人也有私心，所谓的"无私"只是虚伪的把戏。这些观点，与传统所谓"存天理，灭人欲"的思想相比是一次本质上的反叛。他的散文《病梅馆记》特别提倡"纵之、疗之"，恢复"梅"的自然本性。"呜呼！安得使予多暇日，又多闲田，以广贮江宁、杭州、苏州之病梅，穷予生之光阴以疗梅也哉！"说明其思想中蕴含着对社会改造的深刻思想，发出在封建束缚中不能伸展其志向的深深慨叹。另外他的文学思想中也有提倡"童心"的文学观念，提出"尊情"反对拟古复古，反对形式主义，宗崇真心、诚实。"龚子之为长短言何为者耶？其殆尊情者耶！"③这一文艺思想虽然同五四时期郑振铎、周作人等人所倡导的"血与泪"的文学——写平民的感情、喜怒哀乐、七情六欲、悲欢成败的文学思想还不能相提并论，但其以"真"为美的"尊情"文艺观，无疑开启了近代文学的先河，起到了承前启后的重要作用。

---

① 龚自珍：《壬癸之际胎观第一》，见《龚自珍全集》，上海：上海人民出版社1975年版，第12页。
② 龚自珍：《论私》，见《龚自珍全集》，上海：上海人民出版1975年版，第92页。
③ 龚自珍：《长短言自序》，见《龚自珍全集》，上海：上海人民出版社1975年版，第232页。

（二）学人转变与新思想意识的勃兴

在19世纪末的时候，严复、梁启超等人就从危机意识的角度思考中国的前途，提出了一系列设想。梁启超主张通过"新小说"来改变中国的传统国民的观念，企图使国民由"旧民"转化成"新民"来挽救中国的日益颓势。他在1896年所写的《西学书目表》中就特别强调，西方"一切政皆出于学"，西学是"治政之本，富强之由"。《西学书目表》总计大约有883本、353种。此番种种，正如李红英在《近代译书目》序中所言，它"反映了我国封建社会末期，根深蒂固的封建思想如何面对西方资本主义的入侵，展现了明朝中期至清末民初这一漫长的历史时期，中西方两种不同文化、不同社会意识的碰撞过程[①]"。正是在这一过程中，中国传统文人意识走向了逐步消解的心路历程。而严复则有所不同，他似乎看到了在从旧到新的过程中，那种很容易缺乏理性的浪漫倾向。于是严复翻译西方哲人的著述，试图以之把中国引向一个理性合理而有秩序的轨道。在很多方面他也提出了自己的意见，来发扬中国文人的"良知"意识与有秩序的社会风气。他是较早站在世界的发展趋势角度研究中国社会的中国近代文人，因此他的许多译著无疑影响了具有"危机意识"的中国后起的知识分子的思想。他1897年创办的《国闻报》，在办报理念和对西学的宣传方式与选择上与西方人有着较大差异，他更注重的是"救亡图存"的民族自强和民众的自新意识。因此，创办《国闻报》正是严复直接参与社会变革的活动之一。当然，他本质上是一个思想家，而不是革命家，因此所办《国闻报》的宗旨也是为了在中国传播一种学理思想，《天演论》的连载就是证明。1897年12月《天演论》在《国闻汇编》连载和出版之后，对

[①] 《近代译书目》，北京：北京图书馆出版社2003年版，第2页。

近代文人所起的作用是振聋发聩的，可以说它影响了近代和现代的两代文人。这部著作破天荒地向中国人介绍了进化论思想和资产阶级社会学理论。当时的学人如吴汝纶、康有为、梁启超，乃至以后的鲁迅、胡适等，无不交口称赞。而《天演论》也成为近代中国改良政治的理论根据，许多爱国的仁人志士以此作为进行救亡、维新与革命的思想武器，产生了重大的社会影响。而"物竞天择""适者生存"也渐渐成为中国人思维的一种方式。毛泽东在《论人民民主专政——纪念中国共产党二十八周年》中也称誉严复是"在中国共产党出世以前，向西方寻找真理的一派人物"。严复作为维新派的同路人，对于中国的前途和发展方向有着同样的理解。1895年2月到5月之间，严复在天津《直报》上连续发表了《论世变之亟》《原强》《辟韩》《原强续篇》《救亡决论》五篇政论。他把中西方不同的文教、政治、道德以及风俗一一进行对比，并大声疾呼："今日中国不变法则必亡""西洋之术，而富强自可致"。

此外，在中国近代思想转型过程中，王韬毫无疑问是中国近代文人心态转型过程中最为独特的，在他的思想中存在着极为复杂的因素。王韬在1868至1870的两年多时间里，旅居苏格兰克拉克曼南郡的杜拉村，协助理雅各。这两年多，他每到一处总要"览其山川之诡异，察其民俗之醇漓，识其国势之盛衰，枪其兵力之强弱"。英、法等国的物质文明、社会制度和思想文化，给了王韬深刻的印象和强烈的刺激，他当时就将自己的见闻观感笔录下来，后整理成著名的《漫游随录》。这应该说是中国知识分子第一次对欧洲的实地考察。1870年返香港后的王韬，在1874年于香港集资创办《循环日报》，评论时政，提倡维新变法。他不久后又回上海主编《申报》，正是在国外的两年多，他对西方近代报刊媒体的作用有了清醒的认识，看到了报刊在社会生活和政治生活中所起的作用是不可小觑的。他对报刊有自己的独特见解："西国之为日报主笔者，必精其选，非绝伦超群者，不得预其列。今日云蒸霞蔚，持论蜂起，无一不为庶人之清议。其立论一秉公平，其居心务期诚正。如英之泰晤士，人仰之几如泰山北斗。国家有大事，皆视其所言以为准则，盖主笔之所持衡，人心之所趋向也。"[①] 英国人的办报观念与宗旨，对王韬的影响是非常深刻的，正是这些西方近代文化的影响，逐渐形成他日后在中国通过报刊反映民众与自己想法的途径。

（三）近代文艺思想的转型

"戊戌变法"的失败，使一部分改良派文人逐渐认识到，中国的改革必须从民众开始，而他们认为善于改造民众的工具是文学，于是对文学的革新便成了他们宣传救国思想的重要任务。在这一转变中，呈现出两个较为明显的特点。

1. 以文学刊物为先导

作为西方近代文化产物的报纸杂志，为文化与文学的大众化提供了基础。中国新文学的萌动，早在维新运动时期就开始了它的探索过程，它是伴随救亡图存的脚步而来，同时又承载了改造旧文化、旧文学和改造国民性的历史重任。可以说新文学的产生，近代报纸杂志所起的作用是不可或缺的。为了达到宣传新思想的目的，以梁启超为代表的近代文学的先驱者们首先是对旧文学观念进行了大胆的革新。其实早在1897年，严复、夏曾佑在《国闻报》创刊号发表的《本馆附印说都缘起》中就第一次阐释了小说的价值。他们运用进化论和社会学的观点，论述了小说与社会心理的关系，揭示了小说的社会价值和作用。1898年，梁启超又在《译印政治小说序》一文中进一步阐述了政治小说的价值和作用。他认为西方各国"政界

[①] 王韬：《论日报渐行于中土》，见《弢园文录外编》，张岱年主编，楚流、书进、风雷选注，沈阳：辽宁人民出版社1994年版，第299页。

之日进，则政治小说为功最高焉"，"小说为国民之魂"。另外，徐念慈、林琴南、黄摩西等人也对近代小说理论作了进一步的阐述和探讨。在清末十余年间，小说报刊也如雨后春笋般涌现。1902年10月梁启超就在日本横滨主持并创办了近代最早的小说杂志《新小说》月刊。最初由《新民丛报》馆发行，从第2期开始在上海编辑，横滨发稿，广智书局发行，1904年12月14日正式迁到上海出版。1906年1月停刊，共出24期。编辑者还有韩文举、蒋智由、马君武等人。阿英在《晚清小说史》中认为从1902年梁启超创办《新小说》，到1918年徐枕亚创办《小说季报》的十几年间，先后出版发行的小说期刊达50种以上。清末小说理论的提倡和创作，从根本上改变了中国传统文学不重视小说的观念，破坏了传统文学的秩序。近代文人正是利用报纸杂志这种影响面颇为广泛和通俗，且易于接受的形式对民众进行宣传，不仅影响了近代，而且对五四新文化和新文学产生了十分重要的影响。因此陈独秀等五四知识分子在宣传新思想时也充分发挥报纸和杂志的作用。陈独秀是20世纪初中国文化界特立独行的知识分子，其功过自有后人评说。但他1915年创办的《青年杂志》，为近代文化与文学向现代文化的转换奠定了思想的基础，是无法否认的。他那激烈而独断的思想，对传统守旧势力毫不畏惧的斗士精神以及其过人的胆量与敏锐的认识，得到20世纪初中国文化界具有变革精神的文化精英人士们的一致认同；其一呼百应的气质，无疑被认为是新文化的领军人物，为以启蒙为目的的五四新文化迅速聚集了众多人才。

2. 以文艺思想转变为途径

陈独秀在新文化运动中不仅为现代刊物杂志的诞生起了推波助澜的作用，同时，他也以《新青年》、《每周评论》和北京大学为主要阵地，积极提倡民主与科学，提倡文学革命，反对封建的旧思想、旧文化、旧礼教，成为新文化运动的倡导者和主要领导人之一。

1919年五四运动后期，开始接受和宣传马克思主义；马克思主义思想在中国的传播，除李大钊外，他是积极传播者之一。20世纪20年代末马克思主义思想在中国逐渐得到愈来愈多的知识分子的关注和认同，其功劳是不可抹杀的。

当19世纪初随着西方列强逐步打开久已封闭的中国的大门后，中国人，特别是对习惯于安逸宁静的中国文人来说，有些不适应，乃至排斥。他们陷入了进退两难的矛盾中，最为捷径的办法是不敢睁着眼面对眼前的现实。在鸦片战争之前，我们看不到中国文人做了些什么。即使有像龚自珍那样的一些文人，还有着中国传统文人的"良知"，但也只是若隐若现地表达出了自己的一些认识和不安。对于所谓正统文人来说，正如鲁迅在《论睁了眼看》中所说的："中国人的不敢正视各方面，用瞒和骗，造出奇妙的逃路来，而自以为是正路。在这路上，就证明着国民性的怯弱，懒惰，而又巧滑。一天一天的满足着，即一天一天的堕落着，但却又觉得日见其光荣。"可以说鸦片战争是中国近代文化史上的重要转折，在血的事实面前，中国人，尤其是中国文人有了些许变革的思想。于是有了林则徐的《四洲志》，于是有了魏源的《海国图志》，中国人不得不睁开眼睛看世界，开始从被动走向主动，"富国强兵"、"救亡图存"等政治"话语"直到五四时期新文化运动都是有"良知"精神的文人放不下的口头禅。

鸦片战争之后的数十年是"中学为体，西学为用"的晚清变革，即洋务运动，中国文人从传统的不动脑子的浪漫幻想开始转向了面对现实的务实。但由于骨子里并没有真正具备变革的现代思想，也就决定了所做的一切都是徒劳，结果仍然是以悲剧而收场。于是有了康梁的维新变法运动，结果也是以清朝不买账的悲剧收场；这就决定了辛亥革命是必须的和必要的。辛亥革命后的民元时期，中国的状况又如何？即使鲁迅曾经对辛亥革命充满希望的满怀赤诚救国思想的文人，在民国时期也陷入颓废与无言。正像他自己所说："我于是用了种种法，来麻醉自己的灵魂，使我沉入与于国民中，使我回到古代去，后来也亲历或旁观过几样更寂寞更悲哀的事。"① 他甚至称辛亥革命后中国的社会现状是"换汤不换药"，是"旧柱子上刷了一层新漆"，是"咸与维新""辫子可以割掉"，但还可以"再种上"，一不小心就又长出来了。"我觉得革命以前，我是做奴隶；革命以后不多久，就受了奴隶的骗，变成他们的奴隶了。"辛亥革命推翻了清朝统治，但没有带来真正意义上的实质性社会和文化变革，事实上也就为新文化运动埋下了伏笔。

在一次又一次的失败与经验教训中，思想界逐渐形成了一个共识：那就是必须从根本上革除旧文化中遗留的一切痛疾，重构一种新的文化秩序。而文化变革最为有力的武器是什么，显然首推文艺。于是大量的倾向于文艺方面的刊物产生。1915年《新青年》的诞生，为那些具有变革思想的知识分子开辟了用武之地，具备了开启下层社会启蒙的广阔空间。正是在这种背景下五四文学发生了质的改变，于是出现了大批为民众启蒙而写作的作家。他们的创作中都有一种非常激烈的反传统主义精神，这种过激的甚至带些虚无的态度是完全可以理解的。正像陈独秀所说："有不顾迂儒之毁誉，明目张胆以与十八妖魔宣战者乎。予愿拖四十二生的大炮，为之前驱。"②

这种过激的言论，尽管有很多弊病，有激情而理性不足的一面，但新文化正是在这种充满真挚与激烈的背景下走向了成功，发生了根本性转型，从渐变完成了裂变。

---

① 鲁迅：《呐喊自序》，见《鲁迅全集》第1卷，北京：人民文学出版社2005年版，第440页。
② 陈独秀：《文学革命论》，见《文学运动史料选》第1册，上海：上海教育出版社1979年版，第25页。

第一章　从晚明至五四中国新文化与新文学秩序的建立

一、王阳明"心学"与晚明及新文学思想的勃兴

弁　言

在学术界、教育界及一般读者的认识中，现代新文学的兴起主要接受了西方文化的影响，而对传统文化在新文化中的延续相对忽略。其实五四新文化既吸收了西方的"科学"与"民主"，同时也没有失去传统的根基。其基础还是从晚明而来的潜在血脉，或者说它是一股一直涌动的暗流。从中晚明以来的王阳明、李贽，直至晚清的梁启超、五四的鲁迅等人构成了中国文化史上一个颇为壮阔、史无前例而极为清晰的文化思想图谱，为晚明乃至五四的中国新文化与新文学秩序的建立，描绘出无限广阔的前景与发展空间。

王阳明"心学"思想对中晚明的影响是多方面的。就文学而言，对晚明文学的变革影响是不可或缺的。为什么要阐释的问题是中国近代文学的转变，却谈王阳明呢？我们要谈文学的转变，就不能不谈文化的变化，而王阳明对晚明而言，"心学"思想的影响之大、之深，是不可否认的事实，中国文化在晚明时期的变化对近代文化来

说是至关重要的。尽管晚明文化上的变化,没有欧洲文艺复兴那么明确,那么气势磅礴,以至于最终形成了西方近代文化。但在欧洲发生从中古转向近代的重要阶段,遥远的东方中国,同样也发生着深刻的变革,具有近代意义的资本主义萌芽也正在孕育着破土而出,封建的传统势力已经奄奄一息,拼命挣扎,王学则正是在这样的思想背景下应运而生。从王阳明的一些言论中,有足够的理由可以证明他为纠正宋代以来所形成的理学做了不懈的努力,为冲破封建的理学与道德的牢笼奠定了一定的基础。文学作为文化中重要的构成因素,在任何时代它往往先于时代而体现出人们感情和心灵的要求,更为鲜活与生动,比理论的解释更为形象和丰富。

　　亚里士多德早在《诗学》中就这么解释过:"写诗这种活动比写历史更富于哲学意味,更被严肃地对待;因为诗所描述的事带有普遍性,历史则叙述个别的事。"[①] 伊格尔顿也说:"人们在各个时代借以体现他们的社会观念、价值和感情。而某些观念、价值和感情,我们只能从文学中获得。理解意识形态就是更深刻地理解过去和现在;这种理解有助于我们的解放。"[②] 当然,一个时代的转变因素是多方面的;对于文学而言,也不是仅仅依靠文学自身就可以辩明一切。要知道文学还有很多不确定的因素,还有它自身的一些规律以及与某种社会文化及经济发展的不平衡性,有些时候文化心理也同时反过来会影响文学。所以我们可以说王阳明的哲学思想固然影响了其后的文化与学术走向,那么最为直接地表现文人感情思想的文学,也就不可能游离于某种时代的文化之外,这也是我们研究文化转型就不能不涉及文学,而研究文学也不可能不关乎文化问题的直接原因。

---

① [古希腊]亚里士多德:《诗学》,罗念生译,北京:人民文学出版社1962年版,第29页。
② [英]伊格尔顿:《马克思主义与文学批评》,文宝译,北京:人民文学出版社1986年,第2页~3页。

（一）主体意识的确立

那么首先应当看一下，王学之所以能够成为王学，就必然会有它产生的时代原因。因为一种思想的产生，与某个个体生存的环境与社会的历史及文化、经济背景不可能完全背离。王阳明所处的明代中叶，中国文化究竟发生了什么变化？正像沈善洪和王凤贤在《王阳明全集》的序言中所说："我国明代政治的一个重要特点，是朝廷内部实行残酷的特务，各种特务机构都由宦官掌握。在同这种恶势力的斗争中，王阳明表现了刚正不阿的精神。"[①] 在这个过程中，王阳明由最初的学习程朱理学到"出入于佛老"，最终形成了"忽悟格物致知之旨"的"心学"思想体系。他试图挽救明王朝的危机，拯救日趋没落的封建道德。但在社会的实际发展中他最终失望于朱熹学说的"支离决裂"，提出了"致良知"的观点，使其思想体系更为成熟。"正因为王阳明的思想受到当时新经济因素的某些影响，加上他在亲身的经历中，深深感到朱熹为代表的理学，不能挽救明王朝的危机，才倡导他那比较强调人的主体意识能动作用的心学来取代它。"[②] 所以我们说王阳明的"心学"体系对中晚明的文化转变来说极为重要，尤其是对当时的文人心态的影响是非常关键的一步。"正是这种心学思潮，在冲破传统观念的束缚方面起过积极的作用。王阳明一切以'吾心'出发，以'吾心'判断是非标准的思想，冲击了长期被朱熹思想所控制的局面，起到了活跃学术空气，解放人们思想的作用。"[③]

夫学贵得之心。求之于心而非也，虽其言之出于孔子，不

[①] 吴光、钱明、董平、姚延福编校：《王阳明全集》（上册），上海：上海古籍出版社1992年版，序第2页。
[②] 同上，序第7页。
[③] 同上，序第8页。

敢以为是也，而况其未及孔子者乎！求之于心而是也，虽其言之出于庸常，不敢以为非也。①

尽管王阳明的这番话，可以有不同意义的解释，但其对解放人们的心理道德束缚而言，是有积极意义的。比如嵇文甫先生就认为："他居然敢不以孔子的是非为是非，而只信自己的心。独断独行，自作主张。什么圣贤榜样，道理格式，都不放在眼里。这种大胆的言论，正可和当时西方的宗教革命家互相辉映。他们都充满自由主义和现实主义精神。"② 确实，这一大胆的言论在当时是振聋发聩的。以至于在王阳明之后会出现李贽那样狂傲不逊的晚明思想家，也并不突兀。不过王学之"心学"也受到后世许多人的质疑，"其后果，则可以由于各人的个性和背景而趋向于泛神主义、浪漫主义、个人主义、自由主义、实用主义，甚至无政府主义。这也就是王学的危险之所在。它存在着鼓励各人以自己的良心指导行动，而不顾习惯的道德标准这一趋向③"。但我们认为恰恰从另一种角度证明了王阳明学说对当时文化界的冲击力是巨大的。为明中叶开始到晚清以及五四对传统文化的消解、中国新文化的重建，开拓了一个可能的空间。而在传统文化的解构过程中，传统文人意识的消解是文化与文学从根本上发生变化的基础。

就王阳明"心学"的本质而言，是为了拯救明代以来日益衰退的封建道德。"在儒学的系统中，人的本质往往首先被理解为理性的本质，存在则常常被赋予感性的内涵；从而，理性对感性的优先，总是与本质对存在的优先相互交错。在正统理学所谓'饿死事极小，失节事极大'的教条中，即不难看到这一点。守节既是对理性规范

---

① 王阳明：《答罗整庵少宰书》，见《王阳明全集》，吴光、钱明、董平、姚延福编校，上海：上海古籍出版社1992年版，上册第76页。
② 嵇文甫：《晚明思想史论》，北京：东方出版社1996年版，第13页。
③ 黄仁宇：《万历十五年》，北京：生活·读书·新知三联书店1997年版，第230页。

的遵循，又是对形而上的普遍本质的认同；生死所涉及的则是感性生命及个体存在，在此，理性的至上性与本质的优先完全合二为一。"① 而王阳明"心学"则不同于传统理学的路向。"按王阳明的理解，人所面对的世界，总是关联着人的存在：'天地无人的良知，亦不可以为天地矣。'这当然不是在实存的层面强调外部对象依存于人，它更多地着眼于意义关系。天地本是自在的，作为自在之物，它们往往表现为原始的混沌，亦无本来意义上的天地之分。天地作为'天地'其意义只是对人才敞开；就此而言，亦可说，没有主体意识及其活动，便无天地（即天地不再以'天地'等形式呈现出来）。依据心学的这一思路，人只能联系人的存在来澄明世界的意义，而不能在自身存在之外去追问超验的对象；质言之，人应当在自身存在与世界的关系之中，而不是在关系之外，来考察世界。"② 他的"致良知"的理念，显然是强调"良知"固然存在于人的先验中，但没有后天的行，就失去了它的意义。"良知"为何？就"心学"本质，根据当时环境来说，应当是指向善，目的是为了实现人的"知行合一"。所以他反复强调物的存在（实践）对人的存在的重要性：

> 夫人必有欲食之心然后知食：欲食之心即是意，即是行之始矣。食味之美恶必待入口而后知，岂有不待入口而已先知食味之美恶者邪？必有欲行之心然后知路：欲行之心即是意，即是行之始矣。路岐之险夷必待身亲履历而后知，岂有不待身亲履历而已先知路岐之险夷者邪？③

按照王阳明的意思，既然如此，我们人就应当口心一致。心中

---

① 杨国荣：《心学之思：王阳明哲学的阐释》，北京：生活·读书·新知三联书店1997年版，第5页。
② 同上，第7页。
③ 王阳明：《答顾东桥书》，见《王阳明全集》，吴光、钱明、董平、姚延福编校，上海：上海古籍出版社1992年版，第41页~42页。

所想就应该在实践中也做到"知行合一",即内在的"知"不可与外在的"行"分离。他的这种主张和认识,显然是看到了当时社会上许多人言心不一致的弊端,这种现象是程朱理学所无法解释的。这与明代中叶所发生的社会危机与经济的变化是分不开的。特别是随着明中叶以来商业的发展,城市文化的产生,市民阶层的出现,娱乐业的日益繁荣,愈来愈凸显出传统的封建道德是无法抑制在农业文化看来是有伤道德人伦的社会现象。王阳明的"心学"正是为了解决这一现象应运而生的。不过他一方面在肯定"一切以'吾心'出发,以'吾心'判断是非标准"的"吾心"即是理的宇宙本体论,但另一方面也体现出"以心体转换性体,同时蕴含着从形而上的本质向个体存在的某种回归"。① 也正是从这种思想出发,晚明的士人发生着自觉不自觉的心态转变,而这些悄然发生的转变,对文学来说是尤为重要的。甚至当时一些文人认为文学比什么圣经贤传对人们的作用更为实际而有效。冯梦龙在《古今小说》序中这样认为:"大抵唐人选言,入于文心,宋人通俗,谐于里耳,天下之文心少而里耳多,则小说之资于选言者少,而资于通俗者多,试令说话人当场描写,可喜可愕,可悲可涕,可歌可舞,再欲捉刀,再欲下拜,再欲决脰,再欲捐金,怯者勇,淫者贞,薄者敦,顽钝者汗下。虽小诵《孝经》《论语》,其感人未必如是之捷且深也,嘻,不通俗而能之乎?"所以从某种程度上讲,晚明文学观,不仅一定程度上改变了人们对小说的不正确观念,从人的本性而言,也是一种解放,而这一理论的依据与王阳明的"心学"思想不无关系。

(二)晚明以"真"为中心文学思想的形成

人的思想解放,表现出来的最为直接的就是对自我内心本质的

---

① 杨国荣:《心学之思:王阳明哲学的阐释》,北京:生活·读书·新知三联书店1997年版,第6页。

重视。比如李贽的文学思想在一定程度上就继承了王阳明思想中"心"即"理"的思想，他甚至对当时文人口是心非的满口仁义道德进行了深刻的批评，提倡尊情直言，提倡"童心"的返璞归真。他在《童心说》中所提出的"人性本私"观念，对晚明文学的影响是极大的。"且夫世之真能文者，比其初皆非有意于为文也。其胸中有如许无状可怪之事，真喉间有如许欲吐而不敢吐之物，其口头又时时有许多欲语而莫可所以告吾之处，蓄极积久，势不能遏。一旦见景生情，触目兴叹；夺他人之酒杯，浇自己之垒块；诉心中之不平，感数奇于千载。既已喷玉唾珠，昭回云叹，为章于天矣，道亦自负，发狂大叫，流涕恸哭，不能自止。宁使见者闻者切齿咬牙，欲砍欲杀，而终不忍藏于名山，投之水火。余览斯记，想见其为人，当其时必有大不得意于君臣朋友之间者，故借夫妇离合因缘，以发其端。于是焉喜佳人之难得，羡张生之奇遇，比云雨之翻覆，叹今人之如土。"① 李贽的这些言论，对晚明文学思想从理学的古板与教条模式中解放出来有着极大的冲击力。正像刘勰在《文心雕龙》中说过的："人禀七情，应物斯感，感物吟志，莫非自然。"这也就不难看出，不做作，说自己的话的文艺思想，已经是一种潮流。郭绍虞先生认为："此种新的潮流之形成，最基本的当然是由于资本主义萌芽，有新兴的市民阶级；而另外和袁中郎文论，有更直接的关系，又有二种力量：自文学上的关系言，为戏曲小说之发达；自思想上的关系言，为左派王学之产生。前者可与中郎之倾倒于徐文长见之，后者可于中郎之倾倒于李卓吾见之。"②

在晚明这一潮流的渲染与影响下，不仅戏曲小说同过去相比，有了浓厚的表达世俗真情的"人"的内心世界的感情，就连小品散文、尺牍等文章也为之一变，在审美趣味上更加人性化、生活化，

---

① 李贽：《杂说》，见《李贽文集》第1卷，北京：社会科学文献出版社2000年版，第91页。
② 郭绍虞：《中国文学批评史》，上海：上海古籍出版社1979年版，第416页。

平民化。特别是"公安派"与"竟陵派"的文人在文章的情感叙事角度和叙述方式上与理学的叙事规则发生了本质的区别。"公安派斥伪尚真,与七子异趣,这一点为钟惺所欣赏和接受,因此产生了共鸣。正是虑及于此,钟惺在指出自己与公安派相宜的一面之外,又肯定了双方相同的地方。"①"在文学理论方面,除了继承公安派及其先驱者重情的主张外,还强调了一个'理'字,突出了文学对社会的作用,如果我们把他们同公安派作比较的话,应当承认,他们的作品与文学思想,同社会现实生活结合得要比三袁兄弟更为紧密和广泛。他们不愿随世沉浮,向往古代淳朴厚实的人伦关系,崇尚一种我行我素的哲理。"②邬国平先生对"竟陵派"的评论,很好地说明了晚明文章在思想感情的叙述方式上确实比以前发生了重大的变化。对晚明清初的文学而言,"在创作上张岱是一个不得不提的文人,因为在其作品中比较鲜明地体现出晚明文学的特点。一是他能够体现出晚明社会的变迁;一是在他身上表现出晚明的市井气息和改朝换代过程中的末世情怀,把晚明文学的转向在其作品中淋漓尽致地表达了出来,即其文风极为个性化和生活化,真正体现出公安派所谓的'独抒性灵,不拘格套'的特点;不过动乱的社会和奢靡的作风也在其身上体现得非常明显,其放浪形骸的生活作风,其玩世不恭的人生态度也造就了他的文学态度是跟传统大相径庭"③。尽管就像黄裳所说:"他的学问不怎样了不起,就文化素养来说,大约也不过是封建社会中等文士的水平;不过他的兴趣是很广泛的,平时非常注意社会上的各种人物、动态、人民生活、风俗习惯,以至食物、果蔬等许多方面,往往正是旧时代的正宗文士所不屑一顾

---

① 邬国平:《竟陵派与明代文学批评》,上海:上海古籍出版社2004年版,第27页~28页。
② 同上,第24页。
③ 金华:《李贽"童心说"与晚明文学的转型》,载《求索》,2010年第6期。

的。"① 但他的那种为传统文人士大夫所不屑一顾我行我素的狂狷行为，为后来追随者所称道。他自己也说："人无癖不可与交，以其无深情也；人无疵不可与交，以其无真气也。"② 我们从他的这句话中可以足见其为人放达不拘小节、追求本真的思想观念。说明真实而不作伪的人，是不可能完美无缺的。自称为完美的所谓君子，其实恰恰是伪道学、口是心非者。看似放浪形骸的行为，文过饰非的文风，则体现出张岱与李贽等人有着一定程度的精神联系，表现了晚明文人已开始忽视传统文人所宗崇的所谓礼教。正是有了晚明文学的这些变革与渐变，才使晚清文学思想的转换成为可能。尽管从清初到鸦片战争之前，文学的变革似乎走入了停止消歇的徘徊中，但并非是完全停止，这期间也出现过像龚自珍等人与晚明思想有着千丝万缕而割不断联系的文人。到了鸦片战争之后，随着中国文化危机的进一步加深，晚明已经形成的那股要求变革的潮流就会逐渐浮出历史的地表，伴随着晚清的改革派迅速放大，以至于变成一种势不可挡的思想潮流。在西潮盛行的背景下，五四启蒙运动的步伐，就思想方面来看，似乎是水到渠成，势如破竹，从晚明思想的渐变形成了从晚清到五四的精神裂变。

（三）晚明至五四新文学思想的链接

王阳明"心"即"理"的思想，必然产生后来文人对事物判断的认识。"我即神，一切自然都是自我的表现"③ 这一思想，把自己的主观认识和自然的表现联系起来，认为自然的客观景物呈现，就是自我内心的主观体现。而我"心"的要求和表现也是最真实的。

---

① 黄裳：《绝代散文家张宗子》，见［明］张岱：《琅嬛文集》，云告点校，岳麓书社1985年版，第2页。
② 张岱：《祁止祥癖》，见《陶庵梦忆》，弥松颐校注，西湖书社1982年版，第53页。
③ 郭沫若：《伟大的精神生活者王阳明》，见《文艺论集》汇校本，黄淳浩校，长沙：湖南人民出版社1984年版，第228页。

尽管这一认识，有我"心"即真的唯心主义倾向，但它对人们摆脱传统的道德理性束缚而言，又有其积极的作用；特别是对文学家而言，赋予了更多的想象与联想的艺术发挥空间。这就不难理解很多文学研究者会认为王阳明"心学"在"在思想上破除程朱僵化教条的禁锢，在文学理论上提出了不依傍古人的主张，以求真作为文学创作的中心"。我们要注意的是这里所谓的"真"并非是现实主义和唯物主义文学家所追求的真，但对具有浪漫主义精神的文人来说，具有非常大的吸引力与影响力。所以人们很自然就会把中晚明思潮和李贽为代表的浪漫主义启蒙联系在一起。

从社会心理学的层面看，任何一个文化与文学变革转型的时代，都不可避免地出现浪漫与幻想的趋向和情绪；因为它要与过去时代进行告别，就必然会理想一个未来时代的构图。也许这个构图是不切实际的，但它是需要的。在晚清的梁启超身上就有着某种程度上的这种浪漫表现，尽管梁启超就其本质而言是政治的务实者，但为了实现他的务实政治，他不得不做文学与政治结合上的浪漫开垦。也正是这种多少带有浪漫情怀的理想，为现代文学的产生在文学上做了许多有益的工作。所以会有钱玄同的这番话："梁任公实为创造新文学之一人。虽其政论诸作，因时变迁，不能得国人全体之赞同，及其文章，亦未能尽脱帖括蹊径，然输入日本新体文学，以新名词及新俗语入文，视戏曲小说与论记之文平等（梁君之作《新民说》，《新罗马传奇》，《新中国未来记》，皆用全力为之，未尝分轻重于其间也），此皆其识力过人之处。鄙意论现代文学之革新，必数及梁君。"[①] 确实，现代文学研究者不得不承认梁启超对新文学的革新所作出的贡献，但对梁启超把文学改变文化与政治功能的夸大之法却始终存有异议。其实，客观地想想，这是每一个文化变革转换的时

---

① 钱玄同：《寄陈独秀》，载《新青年》，1917年3月1日第三卷第一号。

代都存在的通病。五四时期，就郭沫若来看，对传统诗歌的改革与突破，何尝没有太多的浪漫认识？他甚至认为"他人已成的形式是不可因袭的东西。他人已成的形式只是自己的监狱。形式方面我主张绝端的自由，绝端的自主"①。照这一说法，过去的一切规则与规定都是无意义的，多少有些存在主义的认识倾向。我们认为郭沫若的这种说法，不仅是单纯指形式而言，其中也不乏包含人的精神。即使对理性而言是一种反叛，也恰恰是这种反叛的"绝端的自由，绝端的自主"的精神造就了他为突破旧有思想的牢笼起到了积极的作用，为新文化与新文学带来了活力。郭沫若的这些思想与认识，其实与他对王阳明的研究与接受是分不开的。他对王阳明的认同不仅是"心学"，甚至对王阳明的教育思想也大加赞赏。他曾经说过："王阳明对于教育方面也有他独到的主张，而他的主张与近代进步的教育学说每多一致。"② 五四是需要这种大胆的革新主义精神的。尽管这种革新也难免有过激的思想与行为，但其真挚的个性解放精神，是以求真的理想体现的，如果没有这种史无前例的破坏旧的一切束缚的求真精神，能成就永垂历史史册的五四吗？五四能称其为彻底的反封建文化的现代开端吗？正是中晚明以来的文人们经过一代又一代的不懈争取、觉醒与努力，才换来了五四的新文化。

李欧梵先生认为中国新文学中充满浪漫主义的倾向，那是因为五四文人盲目接受西方所致。"对西方文学，这种情感反应的最佳的例证，见于中国文人盲目地把自己和西方对应人物扯上干系。苏曼殊的刻意模仿拜伦，引发了整个潮流，虽然苏氏的爱慕者后来把他比作魏尔伦（Paul Verlaine），郁达夫在道森（Ernest Dowson）身上找到志趣相投的灵魂，但又宣称非常欣赏卢梭。徐志摩赢得诗人、

---

① 田汉、宗白华、郭沫若：《三叶集》，上海：上海书店影印本1982年版，第49页。
② 郭沫若：《伟大的精神生活者王阳明》，见《文艺论集》汇校本，黄淳浩校，长沙：湖南人民出版社1984年版，第69页。

哲学家的称号,这称号也适用于泰戈尔,郭沫若被认为等同于雪莱和歌德。蒋光慈在诗歌中自比拜伦,在个人生活中则担陀思妥耶夫斯基的角色。"① 确实,这在五四时代是十分常见的事情。但我们必须反过来想想,为什么会有这种现象?他们自比那些西方的文学名家是为了提高自己的身价吗?抑或是因为他们同具有浪漫主义的特点呢?我看都不是,更应该是对西方那些文学家具有反叛精神的认同。而这种反叛的精神是一切民族在文化转型的时代都具有的文人特质。由此也可以说,他们身上的这些共同点不仅要从西方文学中去追寻,更应该在中国传统发生变化的过程中去追问;只能说他们在共同的精神特质中具备了某些契合点。那也就是说,五四时代的浪漫精神,与晚明已经萌发的"个性"的张扬,有着某种程度的潜在链接。在这一点上,我更赞同王德威先生所说的"没有晚清,何来五四"之说。如果这种说法成立,那么我们试看晚清文人,在思想上是接受中国传统文人思想脉络,还是接受西方文化的理念?可以说晚清文人在传承传统的基础上,某种程度上吸收了西学元素,对传统进行了一定程度的改良,或者说这是挽救当时文化危机的一种策略。

我们只有从这一逻辑出发,才能解决一个颇为棘手的问题,即新文学的源流主要来自于西学,还是与晚明浪漫启蒙思潮有着一定程度的传承关系。我们无法否认西学东渐的过程已经是既成的现实,但我们也不能贸然切断与晚明以来文人思想血脉的联系。如果说五四文学中的主要精神是由西方输入的,那么周作人等五四文人如此热衷于晚明文学审美趣味,如何解释?胡适先生特别看重明代以来的小说传统,即俗文学的传统,为白话文学从中国传统中寻求依据,又如何理解?

---

① 李欧梵:《中国现代作家的浪漫一代》,王宏志等译,北京:新星出版社2005年版,第280页。

从另外一个角度看，也许是打开我们思想困惑的一把钥匙。晚清以来乃至五四的文人都与晚明的浪漫启蒙思潮有着天然的对接，只能说在这一对接的过程中遇到了许多麻烦的问题，有时走向了停滞与休歇，文化陷入了危机。恰恰这时西学的传入，使文人们从中找到了解决危机的方法与手段，那就是在中国自身已经无法挽救危机的背景下，吸收了正方兴未艾的西方物质文明。对近代这种现象，早在19世纪末20世纪初，先觉者们已经发现，想完全依靠西方物质文明是不可能从根本上解决问题与危机的。如鲁迅在留日时期写的《文化偏至论》就是最有说服力的证据之一："近不知中国之情，远复不察欧美之实，以所拾尘芥，罗列人前，谓钩爪锯牙，为国家首事，又引文明之语，用以自文，征印度波兰，作之前鉴。"① 其实鲁迅之前的严复先生在1895年3月4日至9日发表在天津《直报》上的《原强》一文中就指出："以富以强之机，而迁地弗良，若亡若存，辄有淮橘为枳之叹。公司者，西洋之大力也。而中国二人联财则相为欺而已矣。是何以故？民智不足以与之，而民力民德有弗足以举其事故也。"从鲁迅与严复的言论中，可以明显看到他们对盲目接受西学所带来的弊病表示了担忧。如果说近代是失败的，那么五四何以取得成功，使中国从陷入昏迷的重症中得以缓解？最为重要的原因是能够把传统与西学进行成功的对接，好比是把中药改良成了中成药，尽管这药里面有了西药化学成分，但基本的元素无疑还是中药，其成功的秘诀是因为能够用西方科学的方法处理问题、解决问题。

所以我们可以得出这样的结论，五四不同于晚明甚至晚清的最根本的区别是吸收了西方的"科学"与"民主"，但本质与表现出来的特征并没有失去传统的根基。基础还是从晚明而来的潜在血脉，

---

① 鲁迅：《文化偏至论》，见《鲁迅全集》第1卷，北京：人民文学出版社2005年版，第46页。

或者说它是一股一直涌动的暗流，似乎从未浮出地表，但始终可以感受到它在流动，在文人的潜意识中奔流不息。所以肯定地说，从中晚明以来的王阳明、李贽，直至晚清的梁启超、五四的鲁迅等人构成了中国文化史上一个颇为壮阔的史无前例而极为清晰的文化思想图谱，为晚明乃至五四的中国新文化与新文学秩序的建立，描绘出无限广阔的前景与发展空间。

二、李贽思想中的文化与文学启蒙意义

晚明以来，中国文化与文学发生着深刻的变革，特别在文学中表现出来的对"真"的文学思想的提倡，推崇民本的思想倾向，极大地促进了晚明文学的转变。以至于尊感情的戏曲及小说大量产生，甚至于有些文人认为它对人们思想的熏陶超过"六经"。而李贽在这一过程中更是起了推波助澜的作用，具有一定程度的文化与文学启蒙意义。这种文化思潮尽管在清初经过了一定时间的消歇，但在晚清，特别是19世纪末，再次浮出历史地表，直到20世纪前半叶，在接受西方文化中科学与民主思想的背景下，形成了蔚为壮观的新文化与文学运动，为中国新文化与新文学的发展奠定了中国历史上任何时代都无法比拟的发展空间。

（一）人性即真的文学思想

李贽思想中所谓人性皆真的认识，对晚明文人产生了十分重要的影响。"性本真，任性而行，自然而然为率。性因率真而自然而然地表现出来，故曰'真'。自己率性而行，又能使天下人率性而行，则为道。"[1] 就是说，自然人的本性就是我们应该遵循的行为准则，

---

[1] 许建平：《李贽思想演变史》，北京：人民出版社，2005年版，第209页~210页。

那么我们就应该以自己的内心要求去做认为应该做的事，而不是去按预先规定好的外在的所谓"道"去行事。当然，这种认识，显然是对王阳明"致良知"思想的进一步发展与升华。王阳明"心学"中的一个重要概念是"悟格物致知之旨"，即一切事物都有自己的规律，人要依照规律行事，当然人作为社会的一个个体是必然去遵循人类应该的规则去约束自我，而这一规则不能脱离人的"性体"本身，即"我心"所认识之外外加的规则。在程朱那里，其实阐述的"道"往往是强加给人的一种"理"，也即"道"。而王阳明认为应该在遵循我心已经具有的"道"，即符合人的自我"本性"而所产生的"道"。这对冲破程朱理学的条条框框，已经迈出了巨大的一步。作为左派王学的李贽显然在此基础上有了自己的理解。他认为既然人是按照人"性体"本身而行的，人的行为就应该依附于"心"而行。李贽在其思想的不断演变深化过程中，认为人心本私，所以所谓的拿"圣人"之"道"来炫耀的人，就是不遵循"心"的卫道者，无非是为了满足自身名利的招牌，是欺骗世人的东西。他在《童心说》中说：

> 夫既以闻见道理为心矣，则所言者皆闻见道理之言，非童心自出之言也。言虽工，与我何与！岂非以假人之言，而事假事，文假文乎？盖其人既假，则无所不假矣。由是以假言与假人言，则假人喜；以假事与假人道，则假人喜。无所不假，则无所不喜。满场是假，矮人何辩也！然则虽有天下之至文，其湮灭于假人而不尽见于后世者，又岂少哉！何也？天下之至文，未有不出于童心焉者也。苟童心常存，则道理不行，闻见不立，无时不文，无人不文，无一样创制体格文字而非文者。诗何必古《选》？文何必先秦！降而为六朝，变而为近体，又变而为传奇，变而为院体，为杂剧，为《西厢曲》，为《水浒传》，为今之举子业，大贤言，圣人之道，皆古今至文，不可得而时势先

第一章 从晚明至五四中国新文化与新文学秩序的建立

后论也。故吾因是而有感于童心者之自文也，更说甚么《六经》，更说甚么《语》《孟》乎？①

特别是这段话中的"天下之至文，未有不出于童心焉者也。苟童心常存，则道理不行，闻见不立，无时不文，无人不文，无一样创制体格文字而非文者。诗何必古《选》"？他认为最好的文章就是自己心声的自然吐露，而不是满口《六经》《论语》《孟子》。某种程度上说，这是对过去一切陈腐思想与假道学者的宣战；是抒发自我内心真诚情感的滥觞；是对晚明文学乃至晚清与五四文学是具有启蒙思想意义的一个开端。

比如，梁启超的文学思想，在流亡日本后，尽管更多地接受了西方文学的一些思想，但从其文学本质的认识而言，似乎与李贽等人的口吻一脉相承。我们可以这么认为，梁启超在文学思想本身的承继关系上，没有脱离晚明以来的影响，但就文学改造社会、改良政治的策略上则更多接受西方学说。那种不受束缚的汪洋恣肆的新文体，不知不觉间洋洋洒洒万言已出的激情，也同样是作者真情的体现，是张扬个性的结果。所不同者，只是梁启超更为理性与节制。所以钱玄同认为梁启超尽管"未能尽脱帖括蹊径"，但"现代文学之革新，必数梁君"②。到了五四时期，追求以"真"为文学本质的思想就更是一种普遍的心态，周作人早在1919年的《平民文学》中就指出："文学的精神的区别，指他普遍与否，真挚与否的区别。"③显然，周作人认为平民文学的可取之处在于它的"真挚"性。什么是"真挚"？就是指是否说出了平民的现实状况，是否写出了平民的

---

① 李贽：《童心说》，见《李贽文集》第1卷，张建业主编，刘幼生副主编，北京：社会科学文献出版社2000年版，第92页~93页。
② 钱玄同：《寄陈独秀》，见《文学运动史料选》第1册，上海：上海教育出版社1979年版，第31页。
③ 周作人：《平民文学》，见《文学运动史料选》第1册，上海：上海教育出版社1979年版，第114页。

真实内心感情,作者是否以社会的现实作为自己的判断标准进行创作,不会被已有的道德框架所束缚,不会被已经形成的有悖于人的内心认知所迷惑。他在1918年的《人的文学》中已经阐述得非常明白,他在这篇文章中说:"所以我相信人的一切生活本能,都是美的是善的,应得完全满足。凡是违反人性不自然的习惯制度,都应排斥改正。"① 只不过李贽强调是人的"心性",不愿被外在的所谓"道"所迷惑,应该尊重人的"童心",应该以"我心"的"良知"说话,那便是"至文"。而周作人则是以近代的科学思想为基础,从人性的角度、从平民思想的视角对此作了解释,有异曲同工之处;二者显然有某种不同时代、不同文化背景下的诠释。但不可否认的是早在中晚明时中国文人已经对传统道学有了某种程度上的对其伪本质的深刻认识,而李贽就是晚明这一思想的代表人物。所以我们可以说,在近代,特别是五四新文化提倡民主与科学的背景下,追寻探索以"真"为核心的人的思想发展就有了强有力的科学依据,逐渐演变成了一种不可阻挡的社会思潮。

除了理论上的不断张扬与论证,在新文化运动中,作家在创作观念与创作风格的追求中也强烈体现出以"真"为重心的写作风格。如叶圣陶的创作,郁达夫的创作,冰心的创作,庐隐的创作,即使郭沫若的创作并不以现实的真实为自己的叙述对象,但他仍然以非常真诚的态度为我们阐述他内心的真实感受,抒发人应该有的感情。五四文学的这种审美思路一直发展到30年代初的创作而没有减退,比如巴金的创作,仍然是以他的真挚而感动了无数读者,而非技巧。从这一视角看,以鲁迅所开创的五四现实主义文学传统,始终能够占据中国现代文学的主流也就不是偶然的,它是近代以来中国文化与文学思潮的必然结果。

---

① 周作人:《人的文学》,见《文学运动史料选》第1册,上海:上海教育出版社1979年版,第102页。

第一章 从晚明至五四中国新文化与新文学秩序的建立

晚明以来对传统道学伪善思想进行抨击，以李贽为代表的一派，主要还受王阳明"心学"的影响，具有某种程度的主观唯心主义倾向；而五四知识分子，则是在近代科学思想的背景下，逐渐转化成了一种以社会客观现实为基础的现实主义潮流。

（二）任性率真而随性的思想心态对明末清初及近代的影响

李贽的心态，从某种程度看，是非常放达的不受既定礼教束缚的自然心态，正像他自己曾经说的："其性褊急，其色矜高，其词鄙俗，其心狂痴，其行率易，其交寡而面见亲热。"[①] 正是他的这种心态，招致了当时许多卫道人士的攻击。但是这些攻击不仅没有使他低头屈服，反而更增加了他追求真学的勇气，不断用极为犀利的语言驳斥那些拿着孔孟的所谓"圣人"之言来压制他人、诓骗众人、满足一己私欲的所谓卫道者。他主张"文何必先秦！降而为六朝，变而为近体，又变而为传奇"，一切都会随世事变迁。而那些反对因时因地而变的人，只是一味拿着孔孟的东西炫耀，显然是不合时宜的教条。在这里要特别说明的是，其实李贽不是反对孔孟的"圣人"之言说，而是反对今人仍然拿着已经过时的教条来愚人。"圣人之道，皆古今至文"，而后者却是满口仁义道德，一肚子男盗女娼，其文并非发自"童心"，即真心。而他认为只要"童心"常存，"无一样创制体格文字而非文者"。从这些观点看，李贽明显地是在继承了王阳明"心学"的基础上，进一步对人的"性行"作了阐释。可以说他比王学更为适用而有基础，少了王学中的形而上的玄虚因素，具有一定程度的民本思想，与晚明日益世俗的社会更加贴近。

所以说，正是在李贽对王学扬弃与发展的背景下，逐渐开启了明末思想界和文学界的"重私尊情"而不受束缚的内心追求，为晚

[①] 李贽：《自赞》，见《李贽文集》第1卷，张建业主编，刘幼生副主编，北京：社会科学文献出版社2000年版，第121页。

明思想界点燃了一盏指路的明灯,使李贽理所当然地成了当时的时代明星。他那"尊情""求真"而随性的思想,对后世的影响是巨大的。与李贽几乎是同时代的另一位文人徐渭,就特别尊崇"真我",正像邬国平在《竟陵派与明代文学批评》中所说:"徐渭是一位感情丰富、性格狂放、自视甚高、才华横溢的文学家和艺术家。他蔑视虚礼,叹赏风流。"① 他在《西厢序》中就说:"故余于此本中贱相色,贵本色,众人嘖嘖,我哅哅也。"② 这显然是一种不拘于传统礼教的放任自我的思想所致。由此可知,在明末清初,出现像张岱式的文人,并非是时代的特例与偶然。这种思想潮流的产生,其实是有其思想基础的。"早在16世纪初,王阳明创立了心学一派,与长期以来占统治地位的程朱理学构成异差,使思想学术界发生了一次大的变化。尽管早期王学的实质仍然是减抑人欲,维护封建统治,但其中包含着的——或者更明确地说,可以从中引申出的——重视个人主体精神的内容,在客观上对晚明的思想解放起到了引发作用。"③ 竟陵派文人们打着反对前、后"七子"拟古之风的"文必秦汉,诗必盛唐"的旗帜,其实质是倡导一种"性灵"的精神。虽然他们更重视的是"古人精神",在文章字句上刻意雕琢,追求字义深奥,形成艰涩隐晦的风格,但目的是为了达到"求新求奇"的效果。这一举动,虽然没有完全摆脱古人教条,但已经显示了某种程度上的个性张扬,与晚明以来思想日益活跃的社会文化环境是吻合的。

晚明以来已经形成的这一具有一定文化与文学启蒙意义的思想潮流,尽管在清初遭受到了严重打击,但并没有完全湮灭;只能说已经逐渐形成的潮流开始退去,但从晚明而来的潜在血脉,只是变

---

① 邬国平:《竟陵派与明代文学批评》,上海:上海古籍出版社2004年版,第175页。
② 徐渭:《西厢序》,见《徐渭集》第4册(徐文长佚草),中华书局1999年版,第1089页。
③ 邬国平:《竟陵派与明代文学批评》,上海:上海古籍出版社2004年版,第3页。

成了一股一直涌动的暗流，随时都有可能浮出历史地表，等待时机的到来。这一点，在明末清初的顾炎武、王夫之、黄宗羲等人的身上可以得到某种程度的验证。

黄宗羲，1610生于浙江余姚，字太冲，一字德冰，号南雷，别号梨洲老人、梨洲山人、蓝水渔人、鱼澄洞主、双瀑院长、古藏室史臣等，人称梨洲先生。其著述甚多，《明夷待访录》《明儒学案》等是他的重要著作，对后世影响极大。他在《明夷待访录》的第一篇文章《原君》就说：

> 今也以君为主，天下为客，凡天下之无地而得安宁者，为君也。是以其未得之也，屠毒天下之肝脑，离散天下之子女，以博我一人之产业，曾不惨然！曰"我固为子孙创业也"。其既得之也，敲剥天下之骨髓，离散天下之子女，以奉我一人之淫乐，视为当然，曰"此我产业之花息也"。然则为天下之大害者，君而已矣。向使无君，人各得自私也，人各得自利也。呜呼，岂设君之道固如是乎！①

从这些话语中，我们显然看到黄宗羲对传统意义上君权思想的质疑与背叛、对民本思想的提倡，所以有人说他是"中国思想启蒙之父"也不无道理。他不仅对"君"这一传统概念做出了自己的诠释，而且对"臣"的概念也做出了非常明确的概述，臣不仅仅是对君负责，对万民负责才是其本质责任。所以他在《明夷待访录》的第二篇文章《原臣》中说：

> 有人焉，视于无形，听于无声，以事其君，可谓之臣乎？曰：否！杀其身以事其君，可谓之臣乎？曰：否！夫视于无形，听于无声，资于事父也；杀其身者，无私之极则也。而犹不足以当之，则臣道如何而后可？曰：缘夫天下之大，非一人之所

---

① 黄宗羲：《原君》，见《明夷待访录》。

能治，而分治之以群工。故我之出而仕也，为天下，非为君也；为万民，非为一姓也。吾以天下万民起见，非其道，即君以形声强我，未之敢从也，况于无形无声乎！非其道，即立身于其朝，未之敢许也，况于杀其身乎！不然，而以君之一身一姓起见，君有无形无声之嗜欲，吾从而视之听之，此宦官宫妾之心也；君为己死而为己亡，吾从而死之亡之，此其私昵者之事也。是乃臣不臣之辨也。①

黄宗羲的这种"盖天下之治乱，不在一姓之兴亡，而在万民之忧乐"的民本思想，表面上看，仍然具有儒家思想中的以民为本的思想，但放在明末清初集权统治与腐败的背景下就有了它新的意义，而况儒家思想中本来就有它合理而进步的学说。从历史的发展逻辑看，不仅是社会制度，任何进步与先进事物的产生都不可能离开前面发展的过程而突然产生。因为社会和事物的发展，总是在对前人已经存在的事物上进行判断，得出哪些是合理的，哪些是不合理的。在已经发生变化的情况下，它阻碍了事物的发展，只有到这时才会真正寻找一种适应当下新的发展规则和方向。而对于统治者而言，往往容易在已经形成的事实与规则面前墨守成规，服务于自己的一己利益，蔑视大众（万民）利益。这一道理无论是在黑格尔还是在马克思的著作中都能找到理论依据。近代社会与中古社会所不同的就在于是仍然固守传统利益分配，还是遵循民众（万民）的利益做出应有的变革。说明近代文化最为重要的是文化已不再是少数人谋取特权的工具，而逐渐转化为大众（万民）共享的成果。所以在近代这种文化思潮的背景下，一代又一代志士不惜以牺牲自己为代价，试图打破坚冰，为民众的利益而奋斗、而著书立说。如果说诞生在17世纪的黄宗羲的言说还很难上升到如此高度来评说，那么到了19

---

① 黄宗羲：《原臣》，见《明夷待访录》。

世纪末的谭嗣同则具有这种精神。他们的学说中有着如此默契的观点,你很难说谭嗣同没有受到李贽、黄宗羲、顾炎武、王夫之等前辈人物的影响。

谭嗣同在《仁学》一著中就说过:"君统盛而唐、虞后无可观之政也,孔教亡而三代下无可读之书矣!乃若区玉检于尘编,拾火齐于瓦砾,以冀万一有当于孔教者,则黄梨洲《明夷待访录》其庶几乎!"[①] 他正是在前辈的思想基础上,在19世纪末近代文化背景下有了比黄宗羲更为先进的具有一定民主思想的民本理念。所以他在《仁学》中对"君臣"概念有比黄宗羲更加科学的界说:

> 生民之初,本无所谓君臣,则皆民也。民不能相治,亦不暇治,于是共举一民为君。夫曰共举之,则非君择民,而民择君也。……君末也,民本也。……君也者,为民办事者也;臣也者,助办民事者也。……君亦民也,且较之寻常之民而更为末也。民之于民,无相为死之理;本之与末,更无相为死之理。[②]

谭嗣同思想与黄宗羲思想最为不同的是除了更为激烈的"以速其冲决网罗"的思想外,他更注重科学对现代社会文化的影响。"精格致乃为实际,政不一,兴民权乃为实际。"[③] 也正是在这样的思想背景下,有了梁启超在《新民说》中的"独立自尊"思想。但梁启超又认为:"吾中国人无自尊性质也!"如何来改变这种现状,他1902年在日本横滨创办了具有中国近代开创意义的《新小说》杂志,试图通过文学来改变国民的思想状态,其用心之良苦是无需赘述的。他的重要意义在于改变了中国近代文化与文学的走向。特别要指出的是在20世纪前半叶发生的新文化运动的成功,

---

① 谭嗣同:《仁学》,印永清评注,中州古籍出版社1998年版,第177页。
② 同上,第177页~178页。
③ 同上,第211页。

也正是伴随着文学改革的成功而取得了发展,为中国未来的文化与文学构思出一幅极具想象力的蓝图。

(三)《童心说》思想在近代到"五四"的发展

晚明以来的文化与文学中那种日益走向人性化的趋势,以及李贽、黄宗羲等人的出现,说明中国社会文化内部正在酝酿着一场变革。虽然这一变革经历了三百多年的蛰伏,但在19世纪末社会危机的冲击下,文人们开始了更大规模的思想运动。中国传统文化是生存还是死亡?已经是一条别无选择的路,必须做出抉择。而社会变革的最重要因素就是思想与观念的变革。但在19世纪末,世界形势已经发生了急剧的变化。尽管当时的一些文人对西方文化有了一定的了解,但因为对西方还没有真正意义上的理解,因此在文化危机面前让传统文人在思想上产生了十分纠结的心态。鸦片战争正是改变这一问题的分水岭,在鸦片战争前,尽管早在18世纪末19世纪初有了像龚自珍那样的为中国文化前途忧虑的文人,但根本理念并没有摆脱文人"先天下之忧而忧,后天下之乐而乐"的传统文人士大夫心理。其思想本质还是寄希望于君主的开明、无私、对庶民的关怀,这显然还没有具备真正的现代文人思想因素。

而在鸦片战争后,这一现象发生了较大的转变,以林则徐为代表的一派,显然在深刻的危机面前,发生着在认识问题和判断问题上的一些变化,魏源《海国图志》的诞生,可以视为这一变化的标志。它的出现,为19世纪末的大规模文化与思想变革运动显然产生了强有力的启示与推动。经历洋务运动的失败,经过康梁维新运动的挫折,20世纪初叶的现代文人无疑在失败中更能够看清危机的根本原因。所以在辛亥革命后,很快便兴起了一个史无前例的新文化运动,这也就水到渠成了。中国文化进入了无比兴奋的激情奔放的时代,为诞生具有现代意义上的新的知识分子开拓了新路。

第一章 从晚明至五四中国新文化与新文学秩序的建立

在新文化运动，特别是五四运动后，中国新文化与新文学所呈现出的现象，很容易让一些人认为中国现代知识分子的出现完全是在西方文化背景影响下产生的。是的，我们无法否认，但问题是我们也必须正视晚明以来已经形成的文化思想潮流对现代人的影响。如果说，李贽、黄宗羲等人所提出的问题，到龚自珍等人所忧虑的问题，还只是问题而已，但显然已经为以后去解决问题提出了思考的课题。但即使到了林则徐、魏源，甚至是康梁，也没能从根本上找到解决文化和思想危机的办法，不过无法否认他们对这一命题的解决，已经大大推进了一步，为后来的解决问题铺平了道路，提供了十分有力的帮助。正是在这一点上美籍华裔学者王德威先生在《想像中国的方法》一书中所提出的"没有晚清，何来五四"的观点对我们研究近现代文化与文学有着重大的启示。他甚至认为："过渡意义，大于一切。但在世纪末重审现代文学的来龙去脉，我们应重识晚清时期的重要，及其先于甚或超过五四的开创性。"[1] 我们甚至可以说，重新审视五四以来中国文化与思想及其文学的发展，考察晚明的文化与文学思潮的来龙去脉，对晚清到五四的文化与文学，其潜在的思想影响，应该是非常有必要的，不应该把五四单纯地看作是西方文化与文学的影响而忽视中国传统文人思想的影响。如果忽略了这一点，就很容易把中国古代文学与文化的研究与现代文学与文化的研究变成了两张断裂的皮。一方面，在古代文学与文化的研究中不断地阐述着古代文化与文学有着如何厚重与优秀的传统；一方面，在现代文化与文学的研究中，又不断地试图说明古代文化与文学是如何阻碍着新文化的步伐，以至于使人们很容易得出五四时期新文化运动是彻底而不妥协地反传统的新文化运动。这在逻辑上而言，显然是一个悖论。我们的结论是：五四的伟大之处就在于

---

[1] 王德威：《想像中国的方法：历史·小说·叙事》，北京：生活·读书·新知三联书店1998年版，第3页。

它的利用西方现代科学思想与进步的观念对中国传统文化中存在的已经阻碍社会文化与文学发展的弊病进行了较为彻底的清算,使现代科学与民主的思想得以张扬。胡适先生早在20世纪20年代已经说过整理国故的目的与功用:"只为了我十分相信'烂纸堆'里有无数无数的老鬼,能吃人,能迷人,害人的厉害胜过柏斯德(Pasteur)发现的种种病菌。只为了我自己自信,虽然不能杀菌,却颇能'捉妖''打鬼'。……这里面有绝好的结果。用精密的方法,考出古文化的真相;用明白晓畅的文字报告出来,叫有眼的都可以看见,有脑筋的都可以明白。这是化黑暗为光明,化神奇为臭腐,化玄妙为平常,化神圣为凡庸;这才是'重新估定一切价值'。他的功用可以解放人心,可以保护人们不受鬼怪迷惑。"① 我们可以看出,胡适先生当时之所以去整理"国故",其用意显然不是简单地崇古或简单地否定中国文化的过去,而是为了"可以解放人心,可以保护人们不受鬼怪迷惑"。其用意在对旧文化改造发扬,是在从传统文化与文学中用现代人的科学方法汲取营养。所以肯定地说,在五四从旧文化向新文化过渡的过程中,尽管有一些过激的行为与言论,但这是任何一个文化思想转型的时代都会出现的现象。

在晚明社会转型过程中,以李贽为代表的人物不也有过比较激烈的行为言论吗?但其在《童心说》中所提倡的"真"的思想,与五四的新型知识分子不能说没有潜在的联系,只是表现形式不同而已。从历史的发展角度看,李贽的思想在晚明已经具有某种程度的启蒙意义,为近代与五四的发展埋下了伏笔。

---

① 胡适:《整理国故与"打鬼"》,见《胡适文集》第4卷,欧阳哲生编,北京:北京大学出版社1998年版,第117页。

三、龚自珍对晚清文化与文学的影响

（一）忧患意识与批判精神

龚自珍生活在清朝由盛变衰的历史时期。他所生活的年代正是内忧外患日益加剧的时期，随着西方对中国的虎视眈眈，清朝危机四伏，但这个庞大的帝国王朝仍在做着曾经的盛世之梦，这一现象不能不引起一些有着忧患意识的文人的忧心忡忡。然而清朝在世界形势已经发生根本性变化的背景下，不仅没有进行适时的变革，而是加大了对外"海禁"、对内禁锢人们思想、压抑人才的做法。对当时的这种社会思想与倾向，龚自珍是有着鲜明的反应的，尤其是在他的著述中体现出对时局的忧虑与对当局的不满情绪。尽管其经世致用思想对后世的影响较大，但他的主张变革、追求"尊情"的文学思想对晚清乃至"五四"的启蒙意义尤为重要。有学者认为："他的历史功绩不在于其对经学研究的具体成就，也不在于他那些关于变法革新的具体改革主张，而主要在于通过其思想和著作所起的承前启后，继往开来，开创一代风气，推动晚清思想解放的作用和影响。"[1]

龚自珍（1792—1841），清末思想家、文学家。字尔玉，又字瑟人；更名易简，字伯定；又更名巩祚，号定庵，又号羽琌山民。浙江仁和（今杭州）人，出身世代官宦学者家庭。从其生活年代来看，正是清朝由盛而衰时期；从当时的社会环境而言，清的内忧虽不是十分严重，但外患则日益加剧。特别是较早发展起来的英国对遥远东方的大国清朝帝国显然早有觊觎之心，不过当时他们还慑于清朝

---

[1] 王俊义：《龚自珍与晚清思想解放》，载《中国社会科学院研究生院学报》，2000年第4期。

的余威，不敢贸然行动。因而首先由伦敦布道会在1907年派来了一个年轻的传教士马礼逊来到中国广州，试图通过传教了解这个神秘的国度。马礼逊是西方派到中国内地的第一位基督新教传教士，他在华25年，在许多方面都有首创之功。他在中国境内首次把《圣经》全译为中文并予以出版，使基督教经典得以完整地介绍到中国；编纂第一部《华英字典》，成为以后汉英字典编撰之圭臬；他创办《察世俗每月统记传》，为第一份中文报刊，在中国近代报刊发展史上具有重要意义；他开办"英华书院"，开传教士创办教会学校之先河；他又和东印度公司医生在澳门开设眼科医馆，首创医药传教的方式。他所开创的译经、编字典、办刊物、设学校、开医馆、印刷出版等事业，使其成为开创近代中西文化交流的先驱。这一切说明在19世纪初西方文化已逐渐向中国渗透，尽管当时并没有引起人们的足够重视，但古老的大门，显然已是无法紧闭，实际上已被西方打开了一点裂缝。也正是这一点裂缝，为中国近现代文化的彻底变革带来了一丝的亮光，为清朝帝国的彻底覆灭埋下了祸根。

就当时的文人思想来看，很难找到他们受西方文化影响的蛛丝马迹，著述中也鲜有反映，但这一切，并不等于对中国文人的心态没有任何的触动。因为所有这些虽然还没有真正改变传统文人的思想，但一定程度上肯定会改变朝廷的想法态度与策略。最为直接的反映就是清朝除了对外加大海禁力度外，就是对内更加限制文人思想的自由与对政治的参与，这大大加深了朝廷与文人的矛盾。这一点，在当时应该说有着鲜明的反映，而龚自珍就是在这个时代转换初期一个极具代表性的人物。就他的文学作品而言，除了人们经常提到的《己亥杂诗》外，应该就是《病梅馆记》了，这些作品对时政有着非常明确的指向性与讽喻性。《己亥杂诗》写于清道光十九年（1839年），距鸦片战争仅仅一年；《病梅馆记》写于道光二十年（1840年），大多学者认为是1839年，但也有学者认为是1840年。

《己亥杂诗》是否是对朝廷发出的非常有力的呼吁呢？如其中一首："九州生气恃风雷，万马齐喑究可哀。我劝天公重抖擞，不拘一格降人才。"我们从龚自珍的这些文学作品中完全能够感受到大的风暴到来前的忧虑，难道清朝帝国非要经过使朝野震慑的"风雷"才可真正的醒悟吗？但是，"万马齐喑"的局面由来已久，什么时候能改变呢？所以他希望中华民族能够重新振作，不要墨守成规，真正改变压制个性与人才的教条，才有希望改变社会现状。"清末一般所谓维新派人物如康有为、谭嗣同、梁启超等及南社诸君，大都瓣香龚氏，或间接接受其影响者；虽取径不同，而渊源有自，证据俱在，良不可诬。张维屏谓近数十年来，士大夫诵史鉴，考掌故，慷慨论天下事，其风气实定龚开之。"[①] 不仅是他的具有变革的经世思想对维新派有极大影响，而其"尊情"的文学思想对近代以来的文学影响也极大。"龚自珍以自己的诗作，打破了当时诗坛的沉寂局面，把诗歌创作与现实生活紧密联系起来，他还给散文注入新鲜血液，在散文的内容和形式方面都为资产阶级改良运动时期新文体的产生开辟了道路。"[②] 龚自珍的经世思想与文学思想是具有独特性的，尽管他不能对转换时代走向做出决定性的影响，但他为从传统的中古文化思想转向近代社会文化与文学起到了承先启后的作用，所以许多学者认为他为近代资产阶级文化改良与文学改良开了先河。

可以说他的经世思想，虽然不能说脱离了传统的经世观念，不过其作为文学家的"忧患"思想在那个时代则有他的充满个人色彩的东西，因为他不是简单的传统意义上的"先天下之忧而忧，后天下之乐而乐"的士大夫观念，而是预示了中国士大夫文人开始向现代近现代知识分子转型的征兆。这表现在几个方面：一是具有叛逆性格的批判精神，他的身世与家庭背景完全可以走上一条与传统文

---

① 朱杰勤：《龚定庵研究》，上海：上海书店1989年版，第9页。
② 管林：《龚自珍研究》，北京：人民文学出版社1984年版，第168页。

人一样遵循诗书礼教的所谓正路;"李锐、陈奂、江藩,友朋之贤者也,皆语自珍曰:曷不写定《易》《书》《诗》《春秋》? 方读百家,好杂家之言,未暇也。内阁先正姚先生语自珍曰:曷不写定《易》、《书》《春秋》又有事天地东西南北之学,未暇也。"① 他并没有听从朋友们的劝解,而是依然选择了传统文人认为的"异路"。二是其不畏一切的狂士精神,就他所谓的"大言不畏、细言不畏、浮言不畏、狭言不畏"②,在当时的社会可谓是振聋发聩的声音;"先有下,而后有上。""天地,人所造,众人自造,非圣人所造。"这些认识,显然是对清朝上层统治者发出的最强烈的警告。这些言论可以看到龚自珍对嘉道之际社会文化现实,有着非常清醒的认识。他希望统治者能适应形势做出改革,不然在外忧内患的胁迫下,必然会有"风雷"出现。三是他的现实主义的思想态度对近代乃至"五四"的思想解放都有着深远的影响。他在《阮尚书年谱第一序》中说:"其于闽也,特于海渚,大筑炮台,时出新意,水法陆法之图,天雷地雷之谱,厥后各吏,则而彷之。粤东互市,有大西洋,近惟英夷,实乃巨诈,拒之则叩关,狎之则蠹国;备戒不虞,绸缪未雨,深忧秘计,世不尽闻。"③ 肯定了阮尚书对英国人的"拒之则叩关,狎之则蠹国"的务实态度。虽然龚自珍在这里表达了对外来者的不满,但同时也认为不能简单拒之,而应该以务实的心态来对待,不能简单地一味闭关自守。"开辟以来,民之骄悍,不畏君上,未有甚于今日中国者也。今之中国,以九重天子之尊,三令五申,公卿以下,舌敝唇焦,于今数年,欲使民不吸鸦片烟则民弗许,此奴仆踞家长,子孙捶祖父之世宙也。即使英吉利不侵不叛,望风纳款,中国尚且

---

① 龚自珍:《古史钩沉论三》,见《龚自珍全集》,上海:上海人民出版社1975年版,第25页。
② 龚自珍:《平均篇》,见《龚自珍全集》,上海:上海人民出版社1975年版,第80页。
③ 龚自珍:《阮尚书年谱第一序》,见《龚自珍全集》,上海:上海人民出版社1975年版,第229页。

可耻而可忧，愿执事且无图英吉利。"① 从这些言论，可以看出，尽管龚自珍思想中仍然有着浓厚的天朝思想，但他对问题的分析，不是简单地把一切都归罪于外来的入侵，而是从清朝自身寻找原因，认为即使没有英国的入侵，清朝也到了非改革不可的地步了。这种务实的"经世"思想无疑对晚清的社会变革有着积极的意义。四是其"尊情"文学思想，对晚清也有着较为广泛的影响，如前所述，无论是康有为、梁启超，还是谭嗣同等资产阶级维新派；即使"五四"的鲁迅等人的现实主义精神也可以说有一脉相承的联系。

（二）追求个性的"尊情"文学精神

从文学角度而言，龚自珍的"宥情"与"尊情"思想不仅继承了晚明以来李贽等人的重视情感的"童心"文学思想，更重要的是他反对传统理学的"锄情"观念，为近代乃至五四时期新文学开创风气之先。正如他在《宥情》一文中所说："西方之志曰：欲有三种，情欲为上。西方圣人，不以情为鄙夷。"尽管龚自珍在这篇文章中没有明确地说明情感在文学作品中处于何等重要的地位与作用，但他在文章中说道："我尝闲居，阴气沉沉而来袭心，不知何病，龚子则自求病于其心，心有脉，脉有见童年。见童年侍母侧，见母，见一灯荧然，见一砚、一几，见一仆妪，见一猫，见如是，见已，而吾病得矣。"② 显然是强调了情感的重要性，甚至是不能自已的。而这种情感的产生，也正是李贽所特别提出的"天下之至文，未有不出于童心焉者也"。在龚自珍的文学思想中，不仅是"宥情"，而且进一步提出"尊情"，这就更为明确地提出了情感在文学写作中的不可替代作用。"情之为物也，亦尝有意乎锄之矣；锄之不能，而反

---

① 龚自珍：《与人笺八》，见《龚自珍全集》，上海：上海人民出版社1975年版，第341页。
② 龚自珍：《宥情》，见《龚自珍全集》，上海：上海人民出版社1975年版，第89页。

宥之；宥之不已，而反尊之。"①这里龚自珍特别说是因为"锄之不能，而反宥之"，那也就是说，我知道"凡声音之性，引而上者为道，引而下者非道，引而之于旦阳者为道，引而之于暮夜者非道"，但作为出自真诚而自然的情感，我是终究不能用理性的"道"来抑制这种发自内心的真情的。"是以十五年锄之而卒不克。请问之，是声音之所引如何？则曰：悲哉！予岂不自知？"作者从正反两个角度对"情感"在文章中的作用进行论述，并且强调"十五年锄之而卒不克"，就更进一步强调了"尊情"在文学创作中的突出性。可以看出，在程朱理学盛行的清代，龚自珍的这一文学思想，明显打破了长期以来道学思想所形成的坚冰，为晚清乃至五四时期新文学的发展开辟了广阔的天地。

龚自珍特别强调"尊情"，实际上也就从某种意义上说强调了"个性"在文学作品中的重要性。这么说，是因为道学恰恰遏制的是个性，而作为"情欲"的情感则更是个人的，甚至是与理性矛盾的，所以道学家所提倡的文章必须是在理性抑制下的文章，只有克制个人的情感背景下才能写出"至文"，把文学变成了"说教"的工具。而晚明以来，以李贽为代表的文人，特别是到了嘉道年间的龚自珍形成了一股反传统道学的文化与文学思潮，提出"童心"与"尊情"的文学思想，强调真情在文学作品中的重要性。这尽管还不能与近代性的意义相提并论，但它为近代以来以"个性解放"为基础的现代文化与文学提供了突破旧学的理论依据与思想资源，其影响是深远的。在晚清，譬如梁启超虽然在文学思想中有太多的政治改良色彩，但也特别强调了情感在文学创作中的重要性。而到了五四时期，周作人则更加明确强调，文学不仅是要写"人的文学"，而《平民文学》一文中特别提出"只需以真为美，美既在其中"的文学思想。"平民文学应该

---

① 龚自珍：《长短言自序》，见《龚自珍全集》，上海人民出版社1975年版，第232页。

与贵族文学相反的地方,是内容的充实,就是普遍与真挚两件事。"周作人显然提出平民文学与贵族文学最大的区别就是情感的"真挚"与否。传统的贵族文学,在道学思想的背景下,要么是"教化"文学,要么就是把文学当成"游戏"。正是这些对文学的思想与内容的变革,使五四文学更具备了近现代的意义。

但值得我们注意的是,这一思想的形成,其实从晚明思潮到清代时期,始终在发展着,渐变着,并非是突然之间产生的事情,只是到了"五四"新文化时期,随着西方文化与文学在中国的广泛传播,新思潮已经成为不可逆转的趋势,于是具有现代意义的文化与文学思想由原来的缓慢渐变走向了裂变。从这一角度看,我们就会看到无论是李贽还是龚自珍在中国从传统文化向新文化转型过程中所发挥的作用与影响。

四、魏源《海国图志》在近代文化转型中的启蒙作用

在阐述魏源《海国图志》的启蒙作用之前,我们先来说明一下"启蒙"的概念。就一般的常识角度而言,启蒙就是"在一些不知道新理论的人特别是儿童,不具备验证科学知识的能力时,只能简单使他们记住结果而应用科学知识,这种忽略证明过程的教育方法叫启蒙。启蒙常用的说理方法是用一些被启蒙者已知的类似常识,来说明道理,而不是讲述科学证明过程"。但从更高的文化层面看,"启蒙运动就是启迪蒙昧,反对愚昧主义,提倡普及文化教育的运动。但就其精神实质上看,它是宣扬资产阶级政治思想体系的运动,并非单纯是文学运动。它是文艺复兴时期资产阶级反封建、反禁欲、反教会斗争的继续和发展,直接为1789年的法国大革命奠定了思想基础"。产生于17、18世纪的启蒙运动是"文艺复兴运动"中"人文主义"运动的继续与发展,启蒙运动在欧洲主要是以法国为中心

的。所以在 18 世纪产生了启蒙运动的四大先驱人物,即孟德斯鸠、伏尔泰、狄德罗、卢梭。启蒙思想家们尖锐地批判了封建专制制度及其精神支柱天主教会,描绘了未来"理性王国"的蓝图,为资产阶级取得统治地位提供了思想上和理论上的准备,为西方近代文化的形成奠定了坚实的理论基础。

魏源的《海国图志》,我们还不能说它对后来中国近代文化的发展具有明确的近代性启蒙意义,但它的作用在于消解了中国传统文人思想上的务虚而浪漫幻想的观念,朝着务实而现实的思想发展道路迈出了决定性的一步。正像他在《海国图志》的序言中所言:"是书何以作?曰:为以夷攻夷而作,为以夷款夷而作,为师夷长技以制夷而作。"尽管魏源的本意仍然没有摆脱挽救封建王朝的幻想,但客观上为那个蒙昧而黑暗的王国带来了一线光明,是从愚昧走向光明的第一步,其对传统文人的警示与启发作用是不可低估的。所以一般学界认为,在魏源的《海国图志》之后,中国出现一批启蒙学者,他们翻译欧洲启蒙思想家的名著,介绍他们的思想,对中国的思想界、学术界起了重要的推动作用。

(一)中国文人由传统到近代的里程碑

说魏源的《海国图志》是中国文人由传统走向近代的里程碑,一是他是鸦片战争之后首先有了了解西方甚至要中国向西方学习的开风气之先的人物;二是他的这一举动,毫无疑问对改变传统中国文人由盲目的理想主义向现实迈出的第一步。说魏源有务实的精神,这与他道光初年师从刘逢禄受公羊《春秋》有着密切的关系;早年编辑有《皇朝经世文编》,说明他跟龚自珍一样提倡经世实用的文章。所以他在鸦片战争后受林则徐之托,以林《四洲志》为基础,再参考其他史志与史图的资料构架了《海国图志》,他被人们认为是"睁眼看世界的第一人"。魏源一生著述甚丰,《海国图志》是其中影响最大的一部，也是他作为地理学家的代表作，可以说是近代的一部巨著，也是作为中国文人第一次真正意义上介绍西方的著述。该书有50卷本、60卷本和100卷本三种。他认为变法更张，正如"衣垢必澣，身垢必浴"一样，是除旧布新之必需，是不以人们的主观意志为转移的客观规律。在《海国图志》一书中，他明确提出了向西方学习的第一个完整的口号——"师夷长技以制夷"，从西方引进先进技术、人才，以达到"制夷"的目的。这一切无疑冲破了"祖宗之法不可变"的陈腐保守思想，解放了人们的思想，启迪着人们寻求救国救民的真理。这种思想被后来的一些官僚士大夫所继承、吸收、深化而逐渐形成洋务思潮。在魏源之后，19世纪中后期清朝在不得不改革的背景下进行了中国近代史上的第一次向西方学习的洋务运动（同治中兴）。正像他在《海国图志》的叙中所说："去伪，去饰，去畏难，去养痈，去营窟则人心之寐患祛，其一。以实事程实功，以实功程实事，艾三年而蓄之，网临渊而结之，毋冯河，毋画饼，则人材之虚患祛，其二。寐患去而天日昌，虚患去而风雷行。"① 这种务实而实事求是的思想与精神是非常明确的，它不仅是魏源经世思想的体现，更重要的是一个时代对外部世界认识的改变。"欲平海上之倭患，先平人心之积患。"② 所以《海国图志》体现出来的思想，从另一种角度看，是近代思想解放的滥觞，为洋务运动做了思想与舆论上的准备。

（二）新旧思想矛盾统一

《海国图志》虽然对近代中国的影响是毋庸置疑的，但魏源产生著述此书的思想与他提倡的经世思想是不可分割的。"经世"并非是一种新的理念，只能说它与务虚而空洞的理学思想有着不同的治学

---

① 魏源：《海国图志》原叙。
② 同上。

态度与取向而已。所以我们说魏源的著述并非是在一种新理念背景下的产物,但它是当时中国现实与历史背景下的产物。我们要说的是这一具有近代意义的思想正是在经世态度背景下孕育出来的。因为有经世的思想,而他看到的当时社会现实是,中国已从一个大国与强国的地位正在逐渐走向衰落。

《海国图志》的诞生,极大程度上打破了传统的夷夏之辨的文化价值观。传统意义上的夷夏之辨认为,"非我族类其心必异",这就极大地妨碍了华夏与外部世界的交流,很显然是传统农业文化的背景下的较为狭隘的思想意识。魏源的《海国图志》摒弃了九州八荒、天圆地方、天朝中心的史地观念,树立了五大洲、四大洋的新的世界史地知识,传播了近代自然科学知识以及别种文化样式、社会制度、风土人情,拓宽了国人的视野,开辟了近代中国向西方学习的时代新风气。魏源的这种审时度势的思想观念,主要还是来自他传统的经世思想。这说明,经世思想的务实理念,在一定条件下,在时代环境发生巨大变化的条件下,是完全可以转换成适应新的需要的一种思想,而魏源也正是在这种条件下产生的具有时代意识的完全不同于"理学"道德式的固守人物。魏源这种开阔而灵活的思想,使他具备了一定程度的"理性"启蒙意义。

魏源的这一思想在中国近代思想史上是非常重要的一步,说明中国文人在发生着深刻的思想意识的变革,在逐渐抛弃传统文人思想中"闭眼看世界"的不切实际的浪漫幻想,开始了具有某种程度的近代步伐,不过与欧洲启蒙主义思想家理性主义的启蒙思想显然还有着本质的差距。正如他所说:"以实事程实功,以实功程实事,艾三年而蓄之,网临渊而结之,毋冯河,毋画饼,则人材之虚患祛,其二。寐患去而天日昌,虚患去而风雷行。"[①] 从这些言论而言,他

---

① 魏源:《海国图志》原叙。

还没有完全摆脱传统经世思想的理念,还没有上升到更高层次的文化思考。即便如此,魏源的这种务实的忧虑思想对中国近代而言,也是弥足珍贵的。所以《海国图志》在实际的社会应用中究竟产生了何种作用,并不重要,"执此书即可驭外夷乎?曰:唯唯,否否。此兵机也,非兵本也;有形之兵也,非无形之兵也"①,而正是他指出的"无形"才是更为重要的。很明显,魏源开始意识到这种"无形"的力量是国家成败的关键。可惜的是魏源在《海国图志》中所要传达的多是"有形"而非"无形"。不过正是通过这种"有形"而表达了他的"无形"的思想意识,对晚清的思想解放运动起到了重要的启示作用。所以,我们说魏源思想中具备了新的思想意识,主要来自于他的"无形"思想,说他还存在着旧的东西,那就是他还残留着很多"有形"思想意识。"有形"固然重要,但不能把"有形"变成"无形"的思想,"有形"的作用是有限的。魏源已然意识到"无形"的重要性,但那"无形"的概念与范畴也还没有具备真正的近代意义,只能说在当时的条件下,具有中国的近代倾向,所以我们说他是"新旧思想的矛盾统一"。

(三) 开经世文学先河

魏源不仅在近代文化上起了拨开云雾见曙光的作用,对文学也有自己的独到见解。"在鸦片战争之前的所谓乾嘉盛世里,由于'汉学'和'宋学'适应了清王朝对知识分子实行高压与笼络相结合政策的需要,得到封建统治者的支持和提倡,在思想界占有统治地位。汉学直承东汉古文经学的遗风,故又称古文经学派。他们皓首穷经,埋头于故纸堆中,侧重古代典籍的音韵、训诂和文字学方面的校勘、辨伪、辑佚等工作,取得了突破性的进展,有较大的贡献。然而他

---

① 魏源:《海国图志》原叙。

们学而不思,知古而不知今,严重脱离现实。"① 与龚自珍一样,魏源开创了中国近代经世文学的先河,为晚清到"五四"的务实的现实主义文学的发生与发展创造了途径。

魏源等人的文学创作,不仅在思想上有着经世的追求,在创作的观念与创作的审美风格、手法上也发生了深刻的变化,对后世有诸多启示与影响。"传统的文学观念、审美趣味、文学风格、创作手法,无一不在发生变革。"② 尤其在散文的创作上,摆脱前人窠臼,抒发自己的胸怀,阐明其思想,独具个性,不落俗套,雄辩有力,深受后世推崇,与传统文学相比,显然发生了较大变化。"魏源的散文不受桐城派清规戒律的约束,不法汉、魏,也不宗唐、宋,有意为雄奇之文,独抒己见,并长于叙事说理,层次清楚,明白畅达而又深含寓意。"③ 其文章尽管注重说理,但激情奔放,跌宕起伏,不受束缚,而又能说理清楚,雄辩有力,令人折服。晚清无论是梁启超的文章,还是谭嗣同的文章,都有魏源文章的遗风。在新文学中,无论是陈独秀的文风,还是鲁迅的杂文无不有着类似的风格。

在近代,无论是文学思想的演进还是文学风格的变化,都与中国近代思想的演进、观念的变革有着密切的联系。正是那些由传统的经世思想在近代文人的忧虑与思考中与传统意义的经世思想发生了不同内涵的本质变化,使它发生质的变化,演化成一种具有理性启蒙精神时代的文化潮流,为五四时期新文化,乃至更新的文化尝试带来了契机。而龚自珍、魏源等文人正是中国由传统农业文化思维走向近代思维与现代思维中不可或缺的环节,也是从传统的古典文学走向近代与现代新文学彼岸的桥梁。

---

① 任访秋主编:《中国近代文学史》,开封:河南大学出版社1988年版,第59页。
② 任访秋主编:《中国近代文学史》,开封:河南大学出版社1988年版,第53页。
③ 同上,第68页。

<<< 第一章 从晚明至五四中国新文化与新文学秩序的建立

五、王韬对近代文化与文学转型的贡献

（一）满腹经纶的乡野文人

王韬，近代改良派思想家、政论家和新闻记者，清道光八年十月四日（1828年11月10日）生于苏州府长洲县甫里村（今江苏省苏州市吴中区甪直镇），初名王利宾，字兰瀛；后改名为王瀚，字懒今、紫诠、兰卿，号仲弢、天南遁叟、甫里逸民、淞北逸民、欧西富公、弢园老民、蘅华馆主、玉鲍生、尊闻阁王。

王韬的特殊经历，使他与同时代的一般乡野文人有了本质的区别。"他对西方和西方人的较深了解，尽管不能将他完全改变，但却给了他一个新的图景，而对较早于他的大多数中国人来说，这都是不可能的。"① 尽管他是一个聪颖而满腹经纶的人，但由于科举的失败，他对清朝的科举制度产生了厌恶。其实1848年在他去上海之前，他与当时中国的一般文人对世界的认知没有什么不同，但1848年秋天应英国传教士麦都思之邀，到新教伦敦会办的"墨海书馆"做中文编辑，很大程度上使这位中国传统的乡野文人原来封闭的视野发生了改变。尽管在当时的中国文化背景下，向外国人卖文求生仍然会遭到世人的鄙视甚至斥责。他给外国人做事，可以挣到更多的钱，但为了生存，不得不去做自己不情愿做的事。事实是在鸦片战争之后，尽管中国对世界的认识并未发生根本性的转变，但随着西人日多，不仅是商人，更重要的是西方传教士在中国，其目的不仅仅是传教，更是担起了文化交流的工作。他们不仅把中国的书籍介绍到外国去，更是把西方近代文明理念在中国进行传播，

---

① [美] 柯文：《在传统与现代性之间——王韬与晚清改革》，雷颐、罗检秋译，南京：江苏人民出版2003年版，第56页。

试图改变这个曾经的文明古国对西方近代文化的认识，以使中国人认同西方近代的文明。如果说王韬在1862年清政府向他问罪，不得不在传教士的协助下前往香港苏格兰传教士理雅各处做翻译助手之前，其思想还是在传统之间徘徊和矛盾，那么到香港后，尤其是1867年底随理雅各的英国之行，就从根本上改变了对西方的表面认知，对西方近代文明有了比较明确的认识，对他再次回到香港后所做的一切都产生了较大的影响。

（二）近代理念的传播

王韬在1870年回到香港后，也许是欧游期间受到西方近代报刊的影响，总之他觉得应以报刊新闻写作为生，于1874年1月在黄胜和伍廷芳的帮助下在香港创办了第一份由中国人自己管理的近代报刊，即《循环日报》。

王韬主持的《循环日报》同当时许多办报理念有所不同，他主张报纸应是以公正的立场、客观的态度对社会事实进行评价，使报纸成为社会公众评判社会与事实的工具来引导人们的行为准则。正像他所说："西国之为日报主笔者，必精其选，非绝伦超群者，不得预其列。今日云蒸霞蔚，持论蜂起，无一不为庶人之清议。其立论一秉公平，其居心务期诚正。如英之泰晤士，人仰之几如泰山北斗。国家有大事，皆视其所言以为准则，盖主笔之所持衡，人心之所趋向也。"[①] 从王韬的这些言论中，我们可以推断，他的办报理念，深受英国人的影响。

王韬办报理念虽然还不能同19世纪稍后的严复、梁启超等人相比，他更注重报刊对政府行为的影响，但一些观点是值得我们重视的。他试图通过报纸的议论、社论对当时的清朝政府发生影响，使

---

① 王韬：《论日报渐行于中土》，见《弢园文录外编》，楚流、书进、风雷选注，沈阳：辽宁人民出版社1994年版，第299页。

报刊成为真正的舆论工具,而他本人也正因为中国政府或者中国人不重视报刊在社会和人们生活中的作用而忧心忡忡。

王韬不仅对近代报刊大加赞赏,还对办报的形式也进行了不同的尝试。比如《循环日报》就改版过《晚报》和《晨报》来尝试新的运营模式。

(三)"华夷之辩"的新认识

王韬从骨子里还是一个中国传统文人,但长期的与西人接触和28个月的欧洲之行,给了他深刻的印象。比如他对"夷"的认识就与传统意义上的理解发生了本质的区别:"自世有内华外夷之说,人遂谓中国为华,而中国之外统谓之夷,此大谬不然者也……苟有礼也,夷可进为华,苟无礼也,华则变为夷,岂可沾沾自大,厚己以薄人哉?"① 王韬在这里显然对中国人的狭隘固守的思想进行了批评,所谓"夷"与"华"是可以互相转换的,"无礼"则"华"就可能转为"夷",有礼"夷"亦可转为"华",一切都在随着事实的变化而发生改变,不能以一成不变的思想认识来看世界。在19世纪中叶,因为世界在发生着改变,所以我们也必须以变化的眼光看世界,固守已形成的成见是盲目的妄自尊大。"方今光气大开,西学日盛,南北濒海各直省,开局设厂,制造舟舰枪炮,一以泰西为法,而域外之山川道里,皆能一一详其远近险夷。""而内外诸大臣,皆深以言西事为讳,徒事粉饰,弥缝苟且于目前,有告之者,则斥为妄。而沿海疆圉晏然无所设备,所谓诹远情,师长技者,茫无所知也,况询以海外舆图乎?"② 从这些言论来看,王韬显然是反对简单

---

① 王韬:《华夷辩》,见《弢园文录外编》,楚流、书进、风雷选注,沈阳:辽宁人民出版社1994年版,第387页。
② 王韬:《〈瀛环志略〉跋》,见《弢园文录外编》,楚流、书进、风雷选注,沈阳:辽宁人民出版社1994年版,第364页。

地把西人称之为"夷"的。既称之为"夷",还有什么值得我们学习的? 但现实是我中国要船坚利炮就必须向所谓的"夷"师其长技。所以必须改变传统的认识,当今的世界已经发生了转换。在这一点上王韬是敏锐的现实主义者。

王韬的思想,在某种程度上显然承接了魏源思想中的"师夷长技"的实用主义思想理念,对传统文人固守的故步自封思想模式是一次实质上的突破。从表面上看,王韬等人似乎没有什么轰轰烈烈的惊人之举,但从另一方面看,他们的思想意识明显地发生着悄无声息的变化。特别是中国文人对待外部事物的认识发生着深刻的变化,改变了过去的盲目自大的浪漫幻想的中心意识,开始转向客观实际。

他认为:"治民之要,在乎因民之利而导之,顺民之意而能之。即如泰西诸国,亦非徒驰域外之观者也,其善于治民者莫如英,入其国中,无不优游暇豫,自乐其天,而不尚操切之政,束缚驰骤以为能者。夫如是,然后能行之久远。"① 所以我们也应该吸取其有益于国家长久发展的东西。"西学西法非不可用,但当与我相辅而行者而已。《书》有之曰:民惟邦本,本固邦宁。固治民之本也,仿效西法其末也。西国之所以讲强兵富国者,率以尚器为先,惟其用器者人也,有器而无人,器亦虚设耳。"② 王韬非常深刻地指出,向西方学习,学习其"强兵富国"的方法与形式是末,学其治民之法才是本。如果不是这样,如果仅学其"尚器为先""器亦虚设耳"。王韬提出"借西法以自强",不同于同时期洋务派的自强思想,在于他从文明与文化的层面来考察西方与中国强弱盛衰的由来与关键。在他看来,仅是军事、技术、外交、国防等方面细枝末节的变革,不能

---

① 王韬:《上当路论时务书》,见《弢园文录外编》,楚流、书进、风雷选注,沈阳:辽宁人民出版社 1994 年版,第 389 页。
② 同上。

得到富强的实效，只有从更全面的文化体制与文化方面的改革与改造，使中国能投入世界更先进的文化潮流中前进，才是民族自新的正确道路。这些观点同20世纪初鲁迅在《文化偏至论》中的某些观点是一致的。"诚若为今立计，所当稽求既往，相度方来，掊物质而张灵明，任个人而排众数。人既发扬踔厉矣，则邦国亦以兴起。奚事抱枝拾叶，徒金铁国会立宪之云乎……曰物质，众数也，其道偏至。根史实而见于西方者不得已，横取而施之中国则非也。"①鲁迅显然认为，不对人进行思想意识上的改造，而盲目形式上学习西方是不适合中国的，学习只能是作为辅助的办法而已。早于鲁迅的王韬也有同样的认识："西学西法非不可用，但当与我相辅而行者而已。"只不过鲁迅后来是通过"改造国民性"来实现自己的认识与理想，而王韬则通过办报刊来传播新的理念，试图用报刊这一形式来影响社会与民众。

（四）王韬文学思想的近代性

王韬本质上不是一个文学家，但他认为文学应该表现自己的感情与真情，深恶"桐城派"古文和八股文，对传统文章的模拟古人与清规戒律极为鄙视。正像他在《〈蘅花馆诗录〉自序》一文中所说："余不能诗，而诗亦不尽与古合。正惟不与古合，而我之性情乃足以自见。"② 实际上，他并没有因为自己的诗文不合乎古而自愧，而认为诗是应该体现自我真情与性情的。他驳斥那些所谓的合乎古人规则的诗文："然窃见今之所谓诗人矣，扯捋以为富，刻画以为工，宗唐祧宋以为高，摹杜范韩以为能；而于己之性情

---

① 鲁迅：《文化偏至论》，见《鲁迅全集》第1卷，北京：人民文学出版社2005年版，第47页。
② 王韬：《〈蘅花馆诗录〉自序》，见《弢园文录外编》，楚流、书进、风雷选注，沈阳：辽宁人民出版社1994年版，第311页。

晚明至五四：文人思想转型背景下的文学新变　>>>

无存也，是则虽多奚为？慨自雅颂降为古风，古风沦为律体，时代既殊，人才亦变。自汉、魏、六朝迄乎唐、宋、元、明，以诗名者殆不下数千家，后之学者难乎继矣。诗至今日，殆不可作。然自有所为我之诗者，足以写怀抱，言阅历，平生须眉显显如在，同此风云月露，草木山川，而有一己之神明入乎其中，则自异矣。"① 王韬对文学的认识明显地比起龚自珍与魏源来说有其更进步的近代性一面。龚魏重视文学的真情，反对摹古，主张文学的真情与自然，不受束缚，但王韬更重视的是"写怀抱，言阅历"，"我之性情乃足以自见"，即文学对自我的表现，更表现出对文学自身特质的追寻与探讨。这种把自我看得非常重要的文学思想，是符合近代思想特点的。所以我们说，他不是简单地反对对古人的模拟，而是强调文学应因时而变，"时代既殊，人才亦变"，反对恪守既成的规范。主张文学应反映自己的内心感情与经历，"平生须眉，显显如在"，强调文学形象的"个体"感受与体现，而不仅仅是对时代的反映。

由此我们说，王韬不仅是中国较早的报刊创办者，更是较早的近代文学思想与文化的传播者，而且也是较早具有近代文学思想的提倡者。尽管他的文学思想影响不大，但意义却是重大的；特别是他对近代文化的发展，正像有研究者认为："王韬的这些文化观，不难在其后的思想家如严复、康有为、梁启超等人的文化思想中找到承传之迹。"② 他的文化观念不仅对近代文化中的维新派人物具有一定的启示，而且对鲁迅早期思想的形成也有不可忽略的影响。

---

① 王韬：《〈蘅花馆诗录〉自序》，见《弢园文录外编》，楚流、书进、风雷选注，沈阳：辽宁人民出版社1994年版，第311页。
② 林启彦：《王韬中西文化观的演变》，载《汉学研究》17卷，1999年6月第1期。

第二章　中国近代文化与文学转型的特征

一、从传统的有序到近代的无序

中国近代文化与文学经历了一个从传统的有序到近代的无序的过程，而正是有了近代的无序，才为"五四"重构一种有序的新文化创造了历史与思想的条件。中国文化在过去的几千年中，经过不断的积累与沉淀，特别是在汉代以后形成了一个相对稳定的以儒家文化为思想中心的文化体系。尽管这一文化体系，在漫长的历史发展中有过不同的调整与整合，但最为核心的文化价值体系，即以儒家文化为核心的价值却始终没有发生根本性的改变，显示了儒家文化的强大包容性与开放性生命力，可以说它形成了自己相对有序的文化价值核心，凝聚着博大的胸怀与无限的生命力。即使在晚明儒家文化有解体的征兆与迹象，但还是经过清初的不断修正，使已经发生裂痕的儒家文化与思想得到了暂时的喘息机会。可是，在18世纪末19世纪初，随着西方近代文明以另一种充满活力与诱惑的思想精神出现在华夏的时候，这个曾经辉煌的、稳固而有序的文化体系开始发生了动摇，在另一种价值体系的面前有些支撑不住了。到了嘉道年间，其实已经潜伏着危机，而到了鸦片战争时，危机就彻底爆发，以至于一发而不可收拾。表面上是战争，实际上背后是两种文化与价值的交锋。所以，鸦片战争的后果，清朝失去的不仅是地域与利益的控制权，而且失去的是思想精神与价值核心的控制，那就是西方的近代文化逐渐占据上风，而儒家文化的有序结构体系开始走向解体。

（一）传教士与西学东渐

中国近代，传统文化逐渐走向解体的过程，可以说早在西方近代新教的传教士进入中国的过程中就已经开始了，它揭开了西学东渐的历史进程。1807年9月，英国派往中国的基督教传教士马礼逊搭乘美国货船到达广州。来中国布道的目的有两个方面，一是"布道、出版、教育、医药，是基督教传教事业的四大支柱，马礼逊等早期来华传教士在这几方面都有所作为"。另外就是"向西方介绍中国文化、历史和现状"[①]。我们从中可以看到，传教士除了布道，还十分重视出版与教育，把西方近代文化中新的文化理念向中国传播。在1842年鸦片战争之前，来自欧美的传教士，据《中国丛报》统计，活动在中国东南沿海等地的人数已达61人。他们在华的活动，可以说为西方文化在中国的迅速传播做了大量工作。正是在西学不断传入中国的背景下，中国传统文化的价值系统开始崩溃，在强大的西方文化攻势面前，传统文人原来已经形成的思维发生着微妙的变化。

西学在中国传播的主要途径是通过创办报刊来宣传西方文化。早在1815年马礼逊和米怜就在南洋的苏门答腊岛创办了近代最早的中文报纸《察世俗每月统计传》，开创了西方人在中国的创办报刊历程。下面是外国人在华创办的主要中文报刊目录：

---

① 熊月之：《西学东渐与晚清社会》，上海：上海人民出版社1994年版，第97页~99页。

中国近代外国人在华创办重要中文报刊目录[①]

报刊名称	报刊创办时间	报刊创办地	报刊主要编撰者
察世俗每月统记传	1815 年	南洋苏门答腊岛	马礼逊、米怜
特选撮要每月纪传	1823 年	巴达维亚（今雅加达）	
天下新闻	1828 年	马六甲	麦都思等
东西洋考每月统记传	1833 年	广州	郭实腊
遐迩贯珍	1853 年	香港	麦都思、奚理儿
中外新报	1854 年	宁波	玛高温
六合丛谈	1857 年	上海	伟烈亚力
香港新闻	1861 年		
中外杂志	1862 年	上海	麦嘉湖
中外新闻七日录	1865 年	广州	查美司
教会新报	1868 年	上海	林乐知
中西闻见录	1872 年	北京	京都施医院编
小孩月报	1875 年	上海	范约翰
益闻录	1878 年	上海	李杕（江苏南汇，今上海浦东人）
图画新报	1880 年	上海	上海圣教会编
益文月报	1887 年	汉口	
亚东时报	1889 年	上海	日本人乙未会编
大同报	1906 年	上海	上海广学会编

据徐松荣先生1998年在山西古籍出版社出版的《维新派与近代报刊》中的统计，在19世纪40年代到90年代外国人创办的中外文报刊多达170种。上面列举的只是其中一小部分，说明报刊在19世

[①] 外人在华经营报刊目录参考了张静庐辑注的，由上海书店出版社于2003年出版的《中国近代出版史料初编》。

纪已成为西学东渐的主要传播工具，对中国传统文人向近代思想观念的转变发挥了重要的作用。因为从整体来看，"外国人创办的中文报刊对于近代中国的政治、经济、教育、科学、宗教、思想等各个领域产生过较大影响。但不少报刊是西方列强的言论机关和侵华工具，尤其在文化思想奴役方面，充当了急先锋"①。有学者认为："鸦片战争后，由于中国人民的反侵略斗争日益扩大和清政府对外实行妥协政策，另外传教士看到了中国封建统治阶级上层及广大士大夫阶层对中国社会政治、思想的绝对影响力和统治力，逐步认识到中国封建统治阶层是基督教能否在中国生存和传播的决定因素。因此西方传教士把报刊宣传由鸦片战争前面向中下层人士、以普通平民为对象，转为面向中上层人士、以清政府各级官员及广大士大夫阶层为对象，希望通过自上而下的方式来影响和控制中国人的思想，从而达到使基督教在中国生存和传播的目的。"②

（二）文化危机背景下的文人思想

中国文人在近代文化危机面前，主要表现在思变与守旧之间的激烈尖锐的矛盾与斗争。斗争包含两方面：一是来自自身的新与旧的矛盾；一是来自在危机背景下的顽固守旧派的斗争。

从当时的状况看，无论是鸦片战争前的龚自珍还是鸦片战争之后思想日趋活跃的魏源，其固有的经世的"今文学"思想起到了重要的作用，这使得他们更加坚定了"求变"的务实思想是挽救国家危机的重要利器的认识。在新形势下，显示出他们与传统"理学"思想顽固派恪守旧的一切完全不同的思想倾向，即因时而变。比如龚自珍放弃考据之学，开始抨击时政关注社会民生。与魏源不同的

---

① 徐松荣：《维新派与近代报刊》，太原：山西古籍出版社1998年版，第18页。
② 刘晓多：《近代来华传教士创办报刊的活动及其影响》，《山东大学学报·哲社版》，1999年第2期。

是龚自珍更为激愤与激情，表现出文学家的风格，而魏源则较为理性与冷静。如果说龚自珍对近代的思想解放运动产生较大影响，而魏源则在以客观冷静的眼光看世界，分析世界方面更加实际，为19世纪中后叶的改革发挥了重要作用。

近代的经世之学，首先是表现文人的忧患意识。"忧患意识是经世思想的源头，也是经世思想的动力，这种意识源于传统的儒者，以天下国家为己任的使命感，也可说对政治隆污、民生疾苦、国族绝续的关切，而形成的一种责任感。"[①] 其实近代早期的这种"经世"之学的忧患意识，还没有产生真正意义上思想解放的突破，只是一种突破的先兆而已。本质上看，还是一种务实的思想与传统文人的使命与责任意识。不过它的直接作用就是在19世纪七八十年代的洋务运动的兴起，然而，也正是洋务运动的破产，直接导致了19世纪末的维新思想运动，直至清朝的灭亡与新文化运动的发生。中国文化由近代的无序与混乱，走向了"五四"，试图重新构建一个新的文化秩序，使中国文化完成了从传统到现代的跨越，形成了一个没有孕育成熟而畸形的近代。如果说中国的启蒙是从近代开始，那么，更应该说是一种虚构的形式。不过从近代文学角度而言，这种虚构倒表现出它的真实。正像王德威先生所说："由涕泪飘零到嬉笑怒骂，小说的流变与'中国之命运'看似无甚攸关，却每有若合符节之处。在泪与笑之间，小说曾负载着革命与建国等使命，也绝不轻忽风花雪月、饮食男女的重要。小说的天地兼容并蓄，众声喧哗。比起历史政治论述中的中国，小说所反映的中国或许更真切实在些。"[②] 不过，我们今天重新审视晚清，其意义在于它的无序与混乱，为新的文化与新文学的建构开辟了发展的空间。"过渡意义大于

---

① 王聿均：《清代中叶士大夫之忧患意识》，载《近代史研究所集刊》，第11期。
② [美]王德威：《小说中国》，见《〈想像中国的方法：历史·小说·叙事〉序》，北京：生活·读书·新知三联书店1998年版，第1页。

一切。但世纪末重审现代中国文学的来龙去脉，我们应重识晚清时期的重要，及其先于甚或超过五四的开创性。"① 从这一视角看，近代文化对于新文化的发生确实是不可或缺的一部分。

二、救亡意识与文学转变

救亡意识是中国近代文学与文化转型的重要动因。如果说19世纪初，中国文人开始产生了危机意识，中国传统文化已经显示出同西方近代文化有些脱节，跟不上步伐，但传统以中国为中心的"外夷狄"意识还占据着主导地位，那么鸦片战争后，随着西方强势文化的进一步向中国内陆渗透，中国文人感受到了前所未有的危机，因为他们认为中国文化面临着被灭亡的危险。所以说，在19世纪中叶以后清朝在外忧内患的背景下不得不进行了一定程度的改革，但问题是仅从"师夷长技"的方面进行变革并不能解决根本的问题，正像鲁迅所谓那只是"文化的偏至"。即使在19世纪末的"维新变法运动"也只是不问病症的"借西法以自强""近不知中国之情，远复不察欧美之实"。② 鲁迅认为，欧美的强大是有其思想根源与文化基础的，如果不知实情，只是看到其外在物质的强大，简单地看重物质，必然走上偏至之路。"然欧美之强，莫不以是炫天下者，则根柢在人，而此特现象之末，本原深而难见，荣华昭而易识也。是故将生存两间，角逐列国是务，其首在立人，人立而后凡事举；若其道术，乃必尊个性而张精神。假不如是，槁丧且不俟夫一世。夫中国在昔，本尚物质而疾天才矣，先王之泽，日以殄绝，逮蒙外力，

---

① ［美］王德威：《被压抑的现代性》，见《〈想像中国的方法：历史·小说·叙事〉序辑一》，北京：生活·读书·新知三联书店1998年版，第3页。
② 鲁迅：《文化偏至论》，见《鲁迅全集》第1卷，北京：人民文学出版社2005年版，第46页。

乃退然不可自存。"① 鲁迅强调的是"立人"与"尊个性而张精神"的思想，如果不这么做就会"逮蒙外力，乃退然不可自存"。这种认识，毫无疑问已经具有现代性思想，有着强烈的危机意识。比鲁迅稍早的梁启超，在维新变法运动失败后流亡日本期间，提出了"新民"的思想，他认为："凡一国之能立于世界，必有其国民独具之特质。上自道德法律，下至风俗习惯、文学美术，皆有一种独立之精神。"② 就是说，中国要救亡，先从改造人做起，而他们都认为改造人的最有力的武器无疑是文学。所以说近代文学，是在救亡意识的背景下催化而生的。所以我们谈及中国的近代文学就不能不提到救亡，而谈到救亡也不能不提及文学。特别是维新派代表人物之一的梁启超，更是把文学与救亡意识，特别是小说与社会政治联系起来。"彼美、英、德、法、奥、意、日本各国政界之日进，则政治小说为功最高焉。"③ 而严复与夏曾佑也早在《国闻报馆附印说部缘起》中就说："且闻欧、美、东瀛，其开化之时，往往得小说之助。"④ 这就说明近代文人，他们把救亡和人的改造是联系在一起的，要想保存住中国文化，首先须革新。正像鲁迅所说："不能革新的人种，也不能保古的。"⑤ 由此看来，中国近代文学是在救亡背景下兴起的，要救亡，就得先改造旧的文化，要改造旧的文化，须先改造人，要改造人，就需对文学进行改造，显然把文学与救亡的意识紧密联系在一起，造就了近现代文学从起步就担负起文学之外的特殊使命。

---

① 鲁迅：《文化偏至论》，见《鲁迅全集》第1卷，北京：人民文学出版社2005年版，第58页。
② 梁启超：《新民说》，黄珅评注，中州古籍出版社1998年版，第54页。
③ 梁启超：《译印政治小说序》，见《中国近代文论选》，郭绍虞、罗根泽主编，舒芜、陈迩冬、周绍良、王利器编选，北京：人民文学出版社1981年版，第156页。
④ 严复、夏曾佑：《国闻报馆附印说部缘起》，见《中国近代文论选》，郭绍虞、罗根泽主编，舒芜、陈迩冬、周绍良、王利器编选，北京：人民文学出版社1981年版，第200页。
⑤ 鲁迅：《忽然想到》（五至六），见《鲁迅全集》第3卷，北京：人民文学出版社2005年版，第46页。

三、由翻译到创作

中国近代文学的发轫，从文学的近代性来看，首先应该是由翻译而来，最终繁荣于创作。近代文学的这一特点，是有以下原因决定的，主要是由于中国的近代文化思想的形成，首先是救亡意识的产物，对近代文人来说，"救亡意识"主要还是来自于他们的"忧患意识"。文人们认为，来自于西方列强的瓜分重要的不仅是土地的瓜分，而且是中国文化在西方强势文化的面前开始逐渐崩溃，传统的道德与价值系统发生动摇，传统的价值体系已经发生严重危机。所以，有先进思想的文人们认为必须对中国传统文化进行适度的调整与改造，来构建一种能够应对西方文化挑战的新的文化价值。那么，就当时中国文人的认识来看，在西学逐渐盛行的背景下，如何对传统观念与价值进行变革，是摆在面前的一项十分迫切的任务。特别是到了19世纪末20世纪初，文人们越来越相信中国仅靠"洋务"上的物质改造是无法摆脱西方的控制的，重要的是在思想上对中国人进行启蒙，使中国人完成由"旧民"到"新民"的转变。怎么才能完成这一过程呢？这就是维新派的进步力量代表梁启超等人所思考的问题。梁启超认为，文学可以"新民"，而文学最容易被国民所接受的是什么？无疑是小说。"仁人志士，往往以其身之所经历，及胸中所怀，政治之议论，一寄之于小说。"[1] 正是有了这些认识，晚清小说开始走向繁荣。梁启超等人提倡通过小说来改变人的文学观念，然而，旧的文学毫无疑问是不适应新的要求的，所以一时间，翻译小说在当时几乎占据了主导的地位。这一现象，在林纾的身上体现得最为明显。新文学观念的提倡，是造成林纾翻译小说

---

[1] 梁启超：《译印政治小说序》，见《中国近代文论选》，舒芜、陈迩冬、周绍良、王利器编选，北京：人民文学出版社1981年版，第156页。

风靡一时的主要原因之一。与其同时，除了林纾对外国小说的翻译外，严复对于西方哲学思想社会科学名著的翻译，可以说与林译小说相得益彰，形成中国近代文化史上的翻译高潮，共同造就了一个启蒙时代的来临。正是在这一背景下思考，使我们对王德威的言说有了更加深刻的理解："过渡意义，大于一切。但在世纪末重审现代中国文学的来龙去脉，我们应重识晚清时期的重要，及其先于甚或超过五四的开创性。"①

中国近代的小说创作是在翻译文学思潮的影响下走向高潮的。近代文学史家阿英先生就说过："如果有人问，晚清的小说，究竟是创作占多数，还是翻译占多数，大概只要约略了解当时状况的人，总会回答：ّ翻译多于创作。'就各方面统计，翻译书的数量，总有全数量的三分之二，虽然期间真优秀的并不多。而中国的创作，也就在这汹涌的输入情形之下，受到了很大的影响。"② 近代小说翻译之繁荣对近代文学创作的影响确实是毋庸置疑的，我们以林纾为例就可以看到近代文学翻译的空前高潮，就林纾本人来看，其翻译的仅小说就160余种。下面只对其翻译的主要小说书目按出版年代做一浏览，即知其翻译之盛况，令人瞠目结舌。

林译小说一栏表

翻译书目	原作者	合译者	出版年代
巴黎茶花女遗事	法国小仲马著	与王寿昌合译	1899年
黑奴吁天录	美国斯托夫人著	与魏易合译	1901年
伊索寓言	古希腊伊索著	与严培南、严璩合译	1903年
布匿第二次战纪	英国阿纳乐德著	与魏易合译	1903年
利俾瑟战血余腥记	法国阿猛查登著	与曾宗巩合译	1904年

---

① [美]王德威：《想像中国的方法：历史·小说·叙事》，北京：生活·读书·新知三联书店1998年版，第3页。
② 阿英：《晚清小说史》，北京：东方出版社1996年版，第210页。

续表

翻译书目	原作者	合译者	出版年代
滑铁卢战血余腥记	法国阿猛查登著	与曾宗巩合译	1904年
英国诗人吟边燕语	英国兰姆著	与魏易合译	1904年
埃司兰情侠传	英国哈葛德著	与魏易合译	1904年
迦茵小传	英国哈葛德著	与魏易合译	1905年
埃及金塔剖尸记	英国哈葛德著	与魏易合译	1905年
英孝子火山报仇录	英国哈葛德著	与魏易合译	1905年
拿破仑本纪	英国洛加德著	与魏易合译	1905年
鬼山狼侠传	英国哈葛德著	与曾宗巩合译	1905年
撒克逊劫后英雄略	英国司各德著	与魏易合译	1905年
美洲童子万里寻亲记	美国阿丁著	与曾宗巩合译	1905年
斐洲烟水愁城录	英国哈葛德著	与曾宗巩合译	1905年
玉雪留痕	英国哈葛德著	与魏易合译	1905年
鲁滨孙漂流记	英国达孚著	与曾宗巩合译	1905年
鲁滨孙漂流记续记	英国达孚著	与曾宗巩合译	1906年
洪罕女郎传	英国哈葛德著	与曾宗巩合译	1906年
蛮荒志异	英国哈葛德著	与曾宗巩合译	1906年
海外轩渠录	英国斯威夫特著	与曾宗巩合译	1906年
红礁画浆录		与魏易合译	1906年
橡湖仙影	英国哈葛得著	与魏易合译	1906年
雾中人	英国哈葛得著	与曾宗巩合译	1906年
拊掌录	美国华盛顿·欧文著	与魏易合译	1907年
十字军英雄记	英国司各德著	与魏易合译	1907年
神枢鬼藏录	英国阿瑟毛利森著	与魏易合译	1907年
金风铁雨录	英国柯南达利著	与曾宗巩合译	1907年
大食故宫余载	美国华盛顿·欧文著	与魏易合译	1907年
滑稽外史	英国却而司迭更斯著	与魏易合译	1907年

续表

翻译书目	原作者	合译者	出版年代
花因	美国几拉德著	与魏易合译	1907年
双孝子喋血酬恩记	英国大隈克力司蒂穆雷著	与魏易合译	1907年
爱国二童子传	法国沛那著	与李世中合译	1907年
剑底鸳鸯	英国司各德著	与魏易合译	1907年
孝女耐儿传	英国却而司迭更斯著	与魏易合译	1907年
块肉余生述（前后编）	英国却而司迭更斯著	与魏易合译	1908年
歇洛克奇案开场	英国柯南达利著	与魏易合译	1908年
髯刺客传	英国柯南达利著	与魏易合译	1908年
恨绮愁罗记	英国柯南达利著	与魏易合译	1908年
贼史	英国却而司迭更斯著	与魏易合译	1908年
新天方夜谭	英国路易斯地文、佛尼斯文著	与曾宗巩合译	1908
荒唐言	英国伊门斯宾塞尔著	与曾宗巩合译	1908年
电影楼台	英国柯南达利著	与魏易合译	1908年
西利亚郡主别传	英国马支孟德著	与魏易合译	1908年
英国大侠红蘩露	传法国阿克西著	与魏易合译	1908年
钟乳骷髅	英国哈葛德著	与曾宗巩合译	1908年
天囚忏悔录	英国约翰沃克森罕著	与魏易合译	1908年
蛇女士传	英国柯南达利著	与魏易合译	1908年
不如归	日本德富健次郎著	与魏易合译	1908年
玉楼花劫	法国大仲马著	与李世中合译	1909
玉楼花劫（后编）	法国大仲马著	与李世中合译	1909年
彗星夺婿录	英国却洛得倭康、诺埃克尔司著	与魏易合译	1909年
冰雪因缘	英国却而司迭更斯著	与魏易合译	1909年
玑司刺虎记	英国哈葛德著	与陈家麟合译	1909年
黑太子南征录	英国柯南达利著	与魏易合译	1909年

续表

翻译书目	原作者	合译者	出版年代
藕孔避兵录	英国蚩立伯倭翰著	与魏易合译	1909年
西奴林娜小传	英国安东尼贺迫著	与魏易合译	1909年
脂粉议员	英国司丢阿忒著	与魏易合译	1909年
芦花余孽	英国色东麦里曼著	与魏易合译	1909年
贝克侦探谈（初、续编）	英国马克丹诺保德庆著	与陈家麟合译	1909年
三千年艳尸记	英国哈葛德著	与曾宗巩合译	1910年
离恨天	法国森彼德著	与王庆骥合译	1913年
古鬼遗金记	英国哈葛德著	与陈家麟合译	1913年
情铁	法国老昔倭尼著	与王庆通合译	1914年
深谷美人	英国倭尔吞著	与陈器合译	1914年
残蝉曳声录	英国测次希洛著	与陈家麟合译	1914年
黑楼情孽	英国马尺芒忒著	与陈家麟合译	1914年
罗刹雌风	英国希洛著	与力树萱合译	1915年
义黑	法国德罗尼著	与廖琇琨合译	1915年
蟹莲郡主传	法国大仲马著	与王庆通合译	1915年
罗刹因果录	俄国托尔斯泰著	与陈家麟合译	1915年
哀吹录	法国巴鲁萨著	与陈家麟合译	1915年
双雄较剑录	英国哈葛德著	与陈家麟合译	1915年
薄幸郎	美国锁司倭司著	与陈家麟合译	1915年
石麟移月记	法国马格内著	与陈家麟合译	1915年
鱼海泪波	法国辟厄略坻著	与王庆通合译	1915年
涧中花	法国爽梭阿过伯著	与王庆通合译	1915年
秋灯谭屑	美国包鲁乌因著	与陈家麟合译	1916年
亨利第六遗事	英国莎士比亚著	与陈家麟合译	1916年
情窝	英国威力孙著	与力树萱合译	1916年
鹰梯小豪杰	英国杨支著	与陈家麟合译	1916年

续表

翻译书目	原作者	合译者	出版年代
香钩情眼	法国小仲马著	与王庆通合译	1916年
奇女格露枝小传	英国克拉克著	与陈家麟合译	1916年
云破月来缘	英国鹘则伟著	与胡朝梁合译	1916年
橄榄仙	美国巴苏谨著	与陈家麟合译	1916年
诗人解颐语（笔记故事）	英国倩伯司著	与陈家麟合译	1916年
天女离魂记	英国哈葛德著	与陈家麟合译	1917年
烟火马	英国哈葛德著	与陈家麟合译	1917年
社会声影录	俄国托尔斯泰著	与陈家麟合译	1917年
女师饮剑记	英国布司白著	与陈家麟合译	1917年
牝贼情丝记	英国陈施利著	与陈家麟合译	1917年
鹦鹉缘（前、续、三编）	法国小仲马著	与王庆通合译	1918年
孝友镜	比利时恩海贡司翁士著	与王庆通合译	1918年
金台春梦录	法国丹米安、俄国华伊尔合著	与王庆通合译	1918年
痴郎幻影	英国赖其镗著	与陈器合译	1918年
桃大王因果录	英国参恩著	与陈家麟合译	1918年
玫瑰花（前编）	英国巴克雷	与陈家麟合译	1918年
现身说法	俄国托尔斯泰著	与陈家麟合译	1918年
恨缕情丝	俄国托尔斯泰著	与陈家麟合译	1919年
鬼窟藏娇	英国武英尼著	与陈家麟合译	1919年
西楼鬼语	英国约翰魁迭斯著	与陈家麟合译	1919年
铁匣头颅（前编、续编）	英国司葛德著	与陈家麟合译	1919年
莲心藕缕缘	英国卡扣登著	与陈家麟合译	1919年
情天异彩录	法国周鲁倭著	与陈家麟合译	1920年
还珠艳史	美国堪伯路斯著	与陈家麟合译	1920年
赂史	英国亚波得著	与陈家麟合译	1920年

续表

翻译书目	原作者	合译者	出版年代
欧战春闺梦（初编、续编）	英国高桑司著	与陈家麟合译	1920 年
膜外风光（剧本）	法国克里孟索著	与叶于沅合译	1920 年
金梭神女再生缘	英国哈葛德著	与陈家麟合译	1920 年
焦头烂额	美国尼可拉司著	与陈家麟合译	1920 年
妄言妄听	英国美森著	与陈家麟合译	1920 年
戎马书生	英国杨支著	与陈家麟合译	1920 年
泰西古剧	英国达威生著	与陈家麟合译	1920 年
颤巢记（初、续编）	瑞士鲁斗威司著	与陈家麟合译	1920 年
炸鬼记	英国哈葛德著	与陈家麟合译	1921 年
俄宫秘史	俄国丹考大著	与陈家麟合译	1921 年
厉鬼犯跸记	英国安司倭司著	与毛文钟合译	1921 年
僵桃记	美国克雷夫人著	与毛文钟合译	1921 年
洞冥记	英国斐鲁丁著	与陈家麟合译	1921 年
怪董	英国伯鲁夫因支著	与陈家麟合译	1921 年
鬼悟	英国威尔司著	与毛文钟合译	1921 年
马妒	英国高尔忒著	与毛文钟合译	1921 年
沧波淹谍记	英国卡文著	与毛文钟合译	1921 年
双雄义死录	法国预勾著	与毛文钟合译	1921 年
沙利沙女王小记	英国伯明罕著	与毛文钟合译	1921 年
情海疑波	英国道因著	与林凯合译	1921 年
埃及异闻录	英国路易著	与毛文钟合译	1921 年
梅孽	挪威伊卜森著	与毛文钟合译	1921 年
以德抱怨	美国沙司卫甫夫人著	与毛文钟合译	1922 年
魔侠传	西班牙西万提司著	与陈家麟合译	1922 年
罐罐瞳目英雄	英国泊恩著	与毛文钟合译	1922 年

续表

翻译书目	原作者	合译者	出版年代
情翳	美国鲁兰司著	与毛文钟合译	1922年
德大将兴登堡欧战成败鉴	法国蒲哈德著	与林骖合译	1922年
情天补恨录	美国克林登女士著	与毛文钟合译	1924年

从以上翻译书目可以看出，绝大部分是英法美俄的名作，尽管林纾不懂外文，无法对国别与所翻译的作品进行选择。"从本子选择，一直到口译，都是依靠别人，而别人又并非全可靠，因此，在他的翻译上，遂有了原本选择不当、误解原意之类的缺陷。但这并不能掩去他的译作给予作家和读者的广大影响。他使中国知识阶级，接近了外国文学，认识了不少的第一流作家，使他们从外国文学里去学习，以促进本国文学发展。"[①] 可以说林译小说，开了中国近代翻译外国小说的先河。尽管在此之前已有传教士把西方小说传播到中国，但作为中国人以自己的眼光和意愿翻译外国小说，林纾是第一人，他对中国近代文学翻译与创作的影响是巨大的。在20世纪初，梁启超等人创办《新小说》杂志，大力推动小说在中国的发展，不能说没有林译小说的影响，于是当时形成了声势浩大的小说创作热潮，从根本上改变了中国传统文学不重视小说的观念，破坏了传统文学的秩序。1902年创办于日本横滨的《新小说》，与1903年创办于上海的《绣像小说》及1906年的《月月小说》和1907年在上海诞生的《小说林》被人们称为清末四大小说杂志。它们对晚清小说的繁荣与发展作出了重要的贡献。中国近代文学史上的很多名著都是在这些刊物上最初刊登的。下面是晚清四大小说杂志的主要小说目录一览，它基本上反映出了晚清小说发展的基本线索与大致轮廓，供大家参考。

---

① 阿英：《晚清小说史》，北京：东方出版社1996年版，第213页。

晚清四大小说刊物刊登创作小说一览表

小说名称	刊物名称	作者	刊物期号
洪水祸（历史小说）	新小说	雨尘子	连载于第1年第1期、第7期
新中国未来记（政治小说）	新小说	饮冰室主人	连载于第1年第1期、第2期、第3期、第7期
侠情记（传奇小说）	新小说	饮冰室主人	第1卷第1期
冥闹（传奇）	新小说	蒋鹿山稿	第1年第2期
叹老（传奇小说）	新小说	南荃外史	第1年第3期
回天绮谈（政治小说）	新小说	玉瑟斋主人	连载于第1年第4期、第5期、第6期
新聊斋（写情小说）	新小说	平等阁著	第7期
痛史（历史小说）	新小说	我佛山人	连载于第1年第8期、第9期、第10期、第11期、第12期，第2年第1期、第5期、第6期、第8期、第9期、第10期、第11期、第12期
二十年目睹之怪现状（社会小说）	新小说	我佛山人	连载于第1年第8期、第9期、第10期、第11期、第12期，第2年第1期、第2期、第3期、第5期、第6期、第7期、第8期、第9期、第10期第11期、第12期
啸天庐拾异（札记小说）	新小说	啸天庐主草稿	连载于第1年第8期、第9期、第10期，第2年第1期
警黄钟传奇（传奇小说）	新小说	祈黄楼主人	连载于第1年第10期、第11期、第12期，第2年第1期、第5期、第6期

续表

小说名称	刊物名称	作者	刊物期号
九命奇冤（社会小说）	新小说	岭南蒋叟重编	连载于第1年第12期，第2年第1期、第2期、第3期、第4期、第5期、第7期、第8期、第9期、第10期、第11期、第12期
反聊斋（劄记小说）	新小说	破迷	第1卷第12期
黄绣球（社会小说）	新小说	颐琐述	连载于第2年第3期、第4期、第5期、第6期、第7期、第8期、第9期、第10期、第11期、第12期
爱国魂传奇（传奇小说）	新小说	川南筱波山人	连载于第2年第7期、第8期、第9期、第10期、第11期、第12期
神女再世奇缘（奇情小说）	新小说	周树奎撰	连载于第2年第10期、第11期、第12期
文明小史	绣像小说	南亭亭长（李宝嘉）	连载于第1期、第2期、第3期、第4期、第5期、第6期、第7期、第8期、第9期、第10期、第11期、第12期、第13期、第14期、第15期、第16期、第17期、第18期、第19期、第20期、第21期、第22期、第23期、第24期、第25期、第26期、第27期、第28期、第29期、第30期、第31期、第32期、第33期、第34期、第35期、第36期、第37期、第38期、第39期、第40期、第41期、第42期、第43期、第44期、第45期、第46期、第47期、第48期、第49期、第50期、第51期、第52期、第53期、第54期、第55期、第56期

续表

小说名称	刊物名称	作者	刊物期号
活地狱	绣像小说	南亭亭长（李宝嘉）	连载于第1期、第2期、第3期、第4期、第5期、第7期、第9期、第11期、第12期、第13期、第14期、第15期、第16期、第26期、第37期、第39期、第43期、第44期、第45期、第46期、第47期、第48期、第49期、第50期、第51期、第52期、第53期、第54期、第55期、第56期、第57期、第58期、第60期、第61期、第63期、第64期、第65期、第68期、第69期、第70期、第71期、第72期
俗耳针砭弹词（醒世缘弹词）	绣像小说	讴歌变俗人	连载于第1期、第2期、第3期、第4期、第5期、第6期、第25期、第48期、第52期、第53期、第54期、第59期、第68期、第69期
泰西历史演义	绣像小说	洗红盦主	连载于第1期、第2期、第3期、第4期、第5期、第6期、第7期、第8期、第9期、第10期、第11期、第12期、第13期、第15期、第16期、第17期、第18期、第19期、第20期、第21期、第23期、第24期、第25期、第29期、第30期、第31期、第32期、第33期、第34期、第35期、第36期、第37期、第38期
邻女语	绣像小说	忧患余生	连载于第6期、第7期、第8期、第9期、第10期、第13期、第15期、第16期、第17期、第18期、第19期、第20期

续表

小说名称	刊物名称	作者	刊物期号
负曝闲谈	绣像小说	蓬园	连载于第6期、第7期、第8期、第9期、第10期、第12期、第13期、第14期、第15期、第16期、第17期、第18期、第19期、第20期、第21期、第22期、第23期、第25期、第27期、第28期、第29期、第30期、第31期、第32期、第33期、第34期、第35期、第36期、第41期
老残游记	绣像小说	洪都百炼生（刘鹗）	连载于第9期、第10期、第11期、第12期、第13期、第14期、第15期、第16期、第17期、第18期
痴人说梦记	绣像小说	旅生	连载于第19期、第20期、第21期、第22期、第23期、第24期、第25期、第26期、第27期、第28期、第29期、第30期、第35期、第36期、第37期、第38期、第39期、第40期、第41期、第42期、第47期、第48期、第49期、第50期、第51期、第52期、第53期、第54期
月球殖民地小说	绣像小说	荒江钓叟	连载于第21期、第22期、第23期、第24期、第26期、第27期、第28期、第29期、第30期、第31期、第32期、第33期、第34期、第35期、第36期、第38期、第39期、第40期、第42期、第59期、第60期、第61期、第62期
瞎骗奇闻	绣像小说	茧叟	连载于第41期、第42期、第43期、第44期、第45期、第46期
未来教育史	绣像小说	悔学子	连载于第43期、第44期、第45期、第46期

续表

小说名称	刊物名称	作者	刊物期号
市声	绣像小说	姬文	连载于第 43 期、第 44 期、第 45 期、第 46 期、第 47 期、第 55 期、第 56 期、第 57 期、第 58 期、第 59 期、第 60 期、第 61 期、第 62 期、第 63 期、第 64 期、第 65 期、第 66 期、第 67 期、第 68 期、第 69 期、第 70 期、第 71 期、第 71 期
扫迷帚	绣像小说	壮者	连载于第 43 期、第 44 期、第 45 期、第 46 期、第 47 期、第 48 期、第 49 期、第 50 期、第 51 期、第 52 期
学究新谈	绣像小说	吴蒙	连载于第 47 期、第 48 期、第 49 期、第 50 期、第 51 期、第 55 期、第 56 期、第 57 期、第 58 期、第 59 期、第 60 期、第 61 期、第 62 期、第 63 期、第 64 期、第 65 期、第 66 期、第 67 期、第 68 期、第 69 期、第 70 期、第 71 期、第 71 期
玉佛缘	绣像小说	嘿生	连载于第 53 期、第 54 期、第 55 期、第 56 期、第 57 期、第 58 期
花神梦	绣像小说	血泪余生	连载于第 56 期、第 57 期、第 58 期、第 59 期
世界进化史	绣像小说	惺庵	连载于第 57 期、第 58 期、第 59 期、第 60 期、第 61 期、第 62 期、第 63 期、第 64 期、第 65 期、第 66 期、第 67 期、第 68 期、第 69 期、第 70 期、第 71 期、第 71 期
苦学生	绣像小说		连载于第 63 期、第 64 期、第 65 期、第 66 期、第 67 期

续表

小说名称	刊物名称	作者	刊物期号
两晋演义 （历史小说）	月月小说	我佛山人 （吴趼人）	连载于第1年第1期、第2期、第3期、第4期、第5期、第6期、第7期、第8期、第9期、第10期
乌托邦游记 （理想小说）	月月小说	萧然郁生	连载于第1年第1期、第2期
中国进化小史 （社会小说）	月月小说	燕市狗屠	第1年第1期
上海之秘密 （社会小说）	月月小说	社员某	第1年第1期
新封神传 （滑稽小说）	月月小说	大陆	连载于第1年第1期、第2期、第3期、第4期、第7期、第10期
预备立宪 （短篇小说）	月月小说	偈（吴趼人）	第1年第2期
国事侦探 （短篇小说）	月月小说	杨心一	第1年第2期
失舟得舟 （航海小说）	月月小说	知新室主人	连载于第1年第3期、第4期
大改革 （短篇小说）	月月小说	趼（吴趼人）	第1年第3期
义盗记 （短篇小说）	月月小说	趼（吴趼人）	第1年第3期
玄君会 （短篇小说）	月月小说	社员某	第1年第3期
黑藉冤魂 （短篇小说）	月月小说	趼（吴趼人）	第1年第4期

续表

小说名称	刊物名称	作者	刊物期号
立宪万岁 （滑稽体）	月月小说	趼（吴趼人）	第1年第5期
平步青云	月月小说	趼（吴趼人）	第1年第5期
快升官 （记事体）	月月小说	趼 （吴趼人）	第1年第5期
上海游骖录 （社会小说）	月月小说	我佛山人 （吴趼人）	连载于第1年第6期、第7期、第8期
大人国 （寓言小说）	月月小说	中国老骥	连载于第1年第6期、第7期、第8期
小足捐 （短篇小说）	月月小说	报癖	第1年第6期
上海侦探案 （侦探小说）	月月小说	吉	第1年第7期
贾凫西鼓词 （弹词小说）	月月小说	木皮散人遗什	连载于第1年第7期、第8期
医意 （短篇小说）	月月小说	武	第1年第7期
恨史 （言情）	月月小说	报癖	第1年第8期
特别菩萨 （短篇小说）	月月小说	新楼	第1年第8期
查功课	月月小说	趼人	第1年第8期
新镜花缘 （寓言小说）	月月小说	萧然郁生	连载于第1年第9期、第10期、第11期，第2年第1期、第2期、第3期、第10期、第11期

续表

小说名称	刊物名称	作者	刊物期号
岳群 （侠情小说）	月月小说	天民	第1年第9期，第2年第2期
后官场现形记 （社会小说）	月月小说	白眼新	第1年第9期，第2年第3期、第4期、第5期、第6期、第7期、第8期、第9期
少年军 （军事小说）	月月小说	社员	第1年第9期
解颐语 （滑稽小说）	月月小说	新广	第1年第9期
乞食女儿 （短篇小说）	月月小说	冷血	第1年第10期
劫余灰 （苦情小说）	月月小说	我佛山人 （吴趼人）	连载于第1年第10期、第11期，第2年第1期、第3期、第4期、第5期、第6期、第7期、第8期、第9期、第11期、第12期
伦敦新世界 （科学小说）	月月小说	周桂笙	第1年第10期
未来世界 （立宪小说）	月月小说	春驭	连载于第1年第10期、第11期、第12期，第2年第1期、第2期、第3期、第4期、第5期、第7期、第8期、第10期、第11期
云南野乘 （历史小说）	月月小说	趼	连载于第1年第11期、第12期，第2年第2期
破产 （短篇小说）	月月小说	冷	连载于第1年第11期、第12期
发财秘诀 （社会小说）	月月小说	趼人	连载于第1年第11期、第12期，第2年第1期、第2期

续表

小说名称	刊物名称	作者	刊物期号
柳非烟 （侠情小说）	月月小说	天虚我生	连载于第1年第11期、第12期，第2年第1期、第2期、第4期、第5期、第6期
学究教育谈 （社会小说）	月月小说	天僇生	第1年第12期
彼何人斯 （警世小说）	月月小说	萧然郁生	第1年第12期
猫日记 （滑稽小说）	月月小说	新庵主人	第1年第12期
无理取闹之西游记	月月小说	我佛山人	第1年第12期
诸神大会议 （滑稽小说）	月月小说	笑	第2年第1期、第5期
女侦探 （短篇小说）	月月小说	冷	第2年第1期、第2期、第3期
今年维新 （短篇小说）	月月小说	大陆	第2年第1期
公冶短 （短篇小说）	月月小说	沁梅	第2年第1期
新舞台鸿雪记 （社会小说）	月月小说	报癖	第2年第3期
失珠	月月小说	天民	第2年第3期、第4期、第5期
爆裂弹 （虚无党小说）	月月小说	冷	连载于第2年第4期、第6期

续表

小说名称	刊物名称	作者	刊物期号
杀人公司 （虚无党小说）	月月小说	冷	第2年第5期
世界末日记 （科学小说）	月月小说	天笑	第2年第7期
新泪珠缘 （心理小说）	月月小说	天虚我生	连载于第2年第7期、第8期、第9期
放河灯 （短篇小说）	月月小说	非非国手	第2年第7期
暗中摸索 （短篇小说）	月月小说	虚白	第2年第8期
新乾坤 （滑稽小说）	月月小说	石窗山人	第2年第8期
学界镜 （教育小说）	月月小说	雁叟	连载于第2年第9期、第10期、第11期、第12期
爱芩小传 （写情小说）	月月小说	绮痕	第2年第9期
紫罗兰 （奇侠小说）	月月小说	云汀	连载于第2年第9期、第10期、第11期
古王宫 （言情小说）	月月小说	天笑生	第2年第10期、第12期
新鼠史 （寓言小说）	月月小说	抽斧	第2年第10期、第12期
大国维新 （诙谐小说）	月月小说	想非子	第2年第10期
两头蛇 （短篇小说）	月月小说	张其䚦	第2年第10期

续表

小说名称	刊物名称	作者	刊物期号
巧妇 （短篇小说）	月月小说	抽斧	第2年第11期
鸡卵世界 （短篇小说）	月月小说	抽斧	第2年第11期
孽海花 （社会小说）	小说林	东亚病夫	连载于第1期、第2期、第4期
碧血幕 （社会小说）	小说林	天笑	连载于第6期、第7期、第8期、第9期
亲鉴 （家庭小说）	小说林	南支那老骥氏	连载于第6期、第7期、第8期
临镜妆 （家庭小说）	小说林	铁汉	连载于第9期、第10期、第11期、第12期

从表中四大小说刊物的创作小说分布情况来看，《月月小说》的小说创作数量是最多的，在100多篇的创作小说中几乎有60%以上来自《月月小说》，看来这个刊物倒是确实以推动近代小说的发展为其创刊目标的。不过说到影响，它远没有其他三个刊物的影响广泛，它们尽管发表的数量上看起来似乎没有那么多，但大部分是长篇的连载，而且其中有好多篇是后来产生反响较大的近代小说名篇。如发表在《新小说》上的《二十年目睹之怪现状》《痛史》《九命奇冤》，发表在《绣像小说》中的《文明小史》《老残游记》，发表在《小说林》上的《孽海花》等都对近代小说的发展产生了较大影响，一时炙手可热。除此之外，《月月小说》也没有像《新小说》《绣像小说》《小说林》那样有自己的独特追求与鲜明的风格。《新小说》是中国最早专载小说的期刊。在创刊号上，梁启超还发表了《论小说与群治之关系》，极力强调小说与改良社会的关系，为近代小说

的发展趋势设定了一个总的发展调子，把小说纳入了社会改良、政治改良的话语背景中，特别是受到严复等人推波助澜的影响，为近代文学的发展造就了巨大的声势与社会影响，尤其是对近代有志于改造中国社会的文人的影响。这种影响，可以说一直到五四时期新文化时期也余波未消。《绣像小说》可以说是在梁启超倡导的"小说界革命"的影响下诞生的，主要是连载小说。刊载的小说有许多是晚清著名作家创作及翻译的小说精品。特别是每回小说都有形象而生动的插图，更增加了刊物的观赏性与趣味性，突出了刊物独树一帜的鲜明风格。同时，继承了梁启超的小说理念、在创刊号发表的《本馆编印绣像小说缘起》中说："或对人群之积弊而下砭，或为国家之危险而立鉴。"很显然，承接了梁启超等人所提倡的开发民智、改造国民的思想，所以其发表小说的目的，正是在这一前提下的产物。《小说林》则更注重推广小说的美学功能与对人们的情感心理所产生的影响，他们认为中国传统一向不重视小说，甚至"视为鸩毒"。而当时则在西学东渐的影响下，与过去有了本质的不同，正像黄人（摩西）在《小说林发刊词》中所说："小说者，文学之倾于美的方面之一种也。"而徐念慈在《小说林缘起》中更是强调："尝以臆见论断之：则所谓小说者，殆合理想美学、感情美学而居其上乘者乎？"所以他们除了重视发表小说的美学与理论文章之外，刊物主要以发表翻译的西方小说为主流，只有如《孽海花》《碧血幕》《亲鉴》《临镜妆》等少数的几篇创作小说。看起来《月月小说》似乎不像其他三大文艺刊物那么旗帜鲜明，但并非是没有自己的宗旨。其实在创刊号的《月月小说·序》中就强调了出版《月月小说》的目的。他们认为小说除了用它的通俗性与可读性、趣味性来增加人们对知识的记忆，同时强调了小说与群治的关系（这些理念显然是接受了梁启超《小说与群治之关系》的影响），即小说对社会改良的益处外，特别强调小说对社会道德改良的作用与意义。"小说而外，如社会小说、家庭小说及科学冒险等，或奇言之，或正言之，务使导之以入于道德范围之内，即艳情小说一种，亦必轨于正道，乃入选焉（后之投稿本社者其注意之），庶几借小说之趣味之感情，为德育一助云尔。"① 也有许多研究者认为，《月月小说》开创了中国近代短篇小说创作的先河，其中创作短篇小说20余篇。

从中国近代文学的整体走向而言，四大文艺刊物在近代小说发展史上所起的作用是巨大的，除了翻译的文学作品外，其发表的创作小说为近代小说创作风气的形成，为提高小说在中国人心目中的地位，逐渐把小说这一文体推到文学艺术的大雅之堂，甚至正宗的地位所起的作用也是功不可没的。正因为如此重要，所以美籍华人王德威先生才有这样的认识："过渡意义，大于一切。但在世纪末重审现代中国文学的来龙去脉，我们应重识晚清时期的重要，及其先于甚或超过五四的开创性。"②

四、文人意识的消解与平民文化文学意识的形成

中国近代文化与文学的形成有其近代"救亡"的现实背景，的确是很重要的原因。但没有文人思想意识的改变，还是仅仅从传统的所谓"经世"的理念而进行文化与文学的实质性改变，那就只能是一种幻想，是无法与当时崛起的西方强势文化相抗衡的。特别是历史已走到19世纪末20世纪初的阶段，中国文人非得从骨子里来一次真正意义上的思想清算，不把那些传统里面根深蒂固的弊端彻底割除是很难适应新的世界发展趋势的。我们在前面已经讨论了这个问题，其实早在晚明时期传统文人意识的消解，已经开始显露出

---

① 《月月小说·序》，1906年第一号。
② [美]王德威：《想像中国的方法：历史·小说·叙事》，北京：生活·读书·新知三联书店1998年版，第3页。

明确的征兆。王阳明的"心学",虽不能说是新思想的萌芽,但他为晚明以来的思想的变革创造了理论的依据。所以在明末与清初的思想发展过程中,王学在李贽等人的发扬与诠释下,显示出了前所未有的活力,对后来的影响始终没有间断,只是在清初的思想高压下转入暗流,但在鸦片战争之后,随着文化与国家危机的到来而逐渐重新浮出了历史的地表。龚自珍对传统的"经世"思想进行了新的诠释,魏源则更着重于从地理学的视角启发中国文人的眼界。

形成传统文人意识消解的原因,大致有以下几个方面的原因:一是鸦片战争后随着西方传教士在中国文化的渗透,大量近代报刊的诞生,大量西学书籍的译介,在无形中不断地改变着传统文人的意识,文人开始对传统文化发生怀疑,对西方文化从反感而逐渐发生兴趣,从以王韬为代表的中国传统文人思想的转变,就足以说明问题;二是西方文化19世纪末在日本移植的成功,特别是在甲午战争后,对晚清产生了强烈的影响,20世纪初到五四前夕,大量留学生拥入日本就是一个例证;三是从1872年后,李鸿章、曾国藩等人开始逐步向欧美派遣留学生,说明了他们开始对西方文化,特别是科学文化有了认同感,传统的唯我独尊的思想发生了根本的变化。所有这些悄然发生的变化,意味着中国的思想与文化的理念发生着变化,而这一变化也正说明了传统的文人意识在不断消解中,新的文化观念、国家观念在悄然兴起,它决定了中国文化的未来走势。尽管19世纪末,中国社会还没有发生根本性的变化,洋务运动出现之后,清朝政府并不想从根本上对儒家文化及其帝制进行根本性的变革,但在另一种意义上说明,传统思想与体制,它已经不是铁板一块,新思想在日益滋长,改革已成为一种必然的趋势,传统的文化与体制正在矛盾中发生动摇。也正是由于这种矛盾的心态,使洋务运动从开始就注定了它的失败结局,不可能走得更远。不过我们要肯定"洋务"为新思想与新文化的产生带来了契机,首先,在此过程中,西学的输入,不仅是自然科学与科技的输入，而且社会科学的输入，包括文学与艺术的输入也形成了不可阻挡之势，为新思想的进一步发酵与萌芽创造了客观上的条件。

所以，洋务运动从某种意义上讲，不仅没有使清朝真正意义上强大起来，而从另一种角度看，倒成了清王朝的"掘墓人"。

甲午战争之后，逐渐兴起的维新运动，可以说是近代新思想与新文化、乃至新文学产生的萌芽。首先不在于它已经创造了什么，而在于维新思想的提倡可以说是对传统文人思想意识的深度瓦解，使人们对中国未来的社会与文化发展走向逐渐明晰起来，那就是中国必须走一种传统文化中从未体验过的一种新的文化。

传统文人意识的消解，无疑是平民文化与文学产生的基础。这是历史发展的趋势，尤其是新兴学校教育的兴起，近代学校主要兴起于19世纪末20世纪初。特别要指出的是在20世纪初，以上海为中心的城市文化迅速崛起，伴随着近代工业与商业的发展，文人读书只是为了做官的观念开始日益淡薄，它越来愈成为一种文人谋生的手段。这一方面是由于科举制度的废除，但更重要的是由于新思想与价值观的转变所带来的结果。而且其中改变传统观念的另一原因是，文化的占有已经不是个别特权阶层所享有的独特权利，而是每个公民都有了享受教育的权利，在19世纪末20世纪初随着各种学堂的诞生，这一认识就愈加普遍。早在1896年，时为刑部左侍郎的李端棻向光绪皇帝上了一道《请推广学校疏》，首次提出设置京师大学的建议：

> 夫以中国民众数万万，其为士者十数万，而人才之绝，至于如是。非天之不生才也，教之之道未尽也。①

显然，他也认为，国家要强大，不是少数人的事，而是全民都

---

① 李端棻：《请推广学校疏》，见《晚清文选》下卷，郑振铎编，北京：中国社会科学出版社2002年，第196页。

应该有良好的教育，国家需要更多的人才。到了五四新文化运动时期，更是以个性解放为宗旨，追求人的全面解放，所以文化才成为真正以平民为主体的新文化，文学才成为真正以反映平民的悲欢离合、喜怒哀乐为主体的平民文学，传统的以歌颂帝王将相、风流才子佳人为主的文学，彻底被扫进历史的垃圾箱，传统的文人意识真正被消解，代之而起的是平民文化与平民文学意识的形成。

第三章　报纸杂志对近代文化与文学转型的作用

一、近代思想的传播

中国近代报刊的兴起,对近代思想在中国的传播与影响,可以说起了决定性的作用。早在19世纪初,就在华侨比较集中的南洋苏门答腊岛由英国传教士米怜和马礼逊创办了中国近代史上的第一份报刊《察世俗每月统记传》。尽管此报有80%是宣传宗教内容,但其中也有20%是宣传天文与地理科学。米怜在谈到办报宗旨时说:

> 首在灌输知识,阐扬宗教,砥砺道德,而国家大事之足以唤醒吾人之迷惘,激发吾人之志气者,亦兼收而并蓄焉。本报虽以阐发基督教义为唯一急务,然其他各端,亦未敢视为缓图而掉以轻心。知识科学与宗教,本相辅而行,足以促进人类之道德,又安可忽视之哉。中国人民之智力,受政治之束缚,而呻吟憔悴无以自拔者,相沿迄今,二千余载,一旦欲唤起其潜伏之本能,而使之发扬蹈厉,夫岂易事?[①]

从办报宗旨看,其用意不仅旨在宗教,而包含着宗教之外的任

---

① 转引自戈公振:《中国报学史》,上海:上海古籍出版社2003年版,第76页~77页。

务。此报还"从地理意义上介绍了各国情况，如中国、印度、巴勒斯坦、埃及、俄国、德国、英国、美国等。该文章不仅附有世界地图，还刊登了中国等亚洲地区和欧洲的地图，1819年编成小册子发行，成为教会学校的教科书。这些天文地理知识的介绍，当然也离不开要向中国引进当时的西洋人世界观的目标"①。值得我们关注的是，《察世俗每月统记传》有时还刊登一些寓言、诗等具有娱乐性的文艺性文章。比如，米怜在报纸上连载的《张远两友相论》就借鉴了中国传统的章回小说叙事形式，来进行宗教道德的宣传。"表明了其世俗化、本土化的传教策略，出发点都是以简化、通俗化知识为旨归，使其广输至于白丁，使贩夫走卒亦可引经据史。"② 我们这里不是要探讨传教士所写的小说本身的重要性，而是要说明它是中国近代最早的通过报刊发表小说，以小说这种最为通俗的讲故事的叙事方式，进行宗教的宣传，来达到对下层民众进行知识启迪的目的，他所谓的"首在灌输知识，阐扬宗教，砥砺道德，而国家大事之足以唤醒吾人之迷惘"。马礼逊在华25年间，除了创办报刊外，在许多方面也都有首创之功。如他首次把《圣经》全译为中文并予以出版，使基督教经典得以完整地介绍到中国；编纂第一部《华英字典》，成为以后汉英字典编撰之圭臬；他还开办了英华书院，开传教士创办教会学校之先河。总之，目的是要把西方文明传播到中国，使中国的广大民众更多地了解西方，理解西方。

与明末利玛窦等传教士根本的不同是，米怜、马礼逊等人更注意用报刊这种大众传播媒介的优势把西学在民间和普通读书人中进行传播，它更带有西方近代文化特点。利玛窦的西学主要局限于少数的上层士大夫文人和宫廷，而且主要是数学等自然科学。1833

---

① ［新加坡］卓南生：《中国近代报业发展史》增订版，北京：中国社会科学出版社2002年版，第27页。
② 宋莉华：《传教士汉文小说研究》，上海：上海古籍出版社2010年版，第49页。

晚明至五四：文人思想转型背景下的文学新变　>>>

年，德籍传教士郭实腊在广州创办中文报刊《东西洋考每月统记传》，是为中国境内第一家中文杂志。此报创刊的目的，与《察世俗每月统记传》的目的就完全不同了，"郭实腊告诉广州与澳门的商界人士，中国人对西洋人存有严重的偏见。这种把外国人视为野蛮人的偏见，会直接影响西洋人的利益。《东西洋考》虽然不谈政治，但却将通过更加有效的手段——即介绍西方的文化、艺术、文明、科学等知识与哲理，证明西方人并不是中国人所想象的'蛮夷'；相反地，中国人要向西洋所学的东西可多哩。换句话说，改变中国人对西洋人的偏见——维护欧美旅华人士的共同利益，是《东西洋考》创刊的首要目的"①。总之，《东西洋考》已不是把宣传宗教教义放在首位，主要是通过介绍西方近代文明来消除中国人对西方人认识上的偏见，使中国人接受西方，从而才能真正维护西方人的在华利益。

　　我们虽不能有明确的数据说明在鸦片战争前西方人在中国所办报刊有多大影响，但毫无疑问的是，他们为鸦片战争后西学东渐在中国的迅速兴起与传播起到了一定程度的导向作用。比如魏源在鸦片战争后不久就出版了《海国图志》。这一次介绍西方地理情况的，不是西方人，而是中国的传统士大夫。说明中国人自身开始苏醒，以自己的眼光看世界。而这一觉醒的过程，是付出了惨重代价的。正如米怜所说："中国人民之智力，受政治之束缚，而呻吟憔悴无以自拔者，相沿迄今，二千余载，一旦欲唤起其潜伏之本能，而使之发扬蹈厉，夫岂易事？"是的，中国人是在经历了许多曲折后，才从沉睡中觉醒，才从传统文化的迷雾中走出，开始理性地、客观地认识世界。而在近代，能够冷静而理性地认识世界的第一人，无疑是严复。

---

① ［新加坡］卓南生：《中国近代报业发展史》增订版，北京：中国社会科学出版社2002年版，第47页。

（一）《直报》与严复维新思想的传播

在鸦片战争之后，具有近代意义的报刊大量涌现，它是西方人向中国人传播西学的重要宣传方式，也是国人了解西学和宣传变革思想的重要舆论武器。在这些众多的报刊中有一份被人们常常忽视的报刊——天津《直报》。《直报》于1895年1月26日（清光绪二十一年正月初一日）由德国人汉纳根创刊后，不仅舆论上支持清政府抗战，表达了对中日甲午战争的基本立场，而且在《直报》上发表了严复的5篇具有维新思想的文章，为清末的维新运动从舆论上进行推动，一定程度上对维新思想舆论上的传播起到了积极的作用。

报纸是中国近代社会转型过程中重要的，也是最为活跃的舆论工具，因此当时报刊以急风暴雨之势产生，数量颇为可观。但在维新变法运动前所不同的是报刊基本上由西方人所办。据统计"鸦片战争前后，我国的报刊大多是由外国人创办的。19世纪40年代到90年代（即鸦片战争到甲午战争前）半个世纪，外国人创办的外文、中文报刊达170多种，占同期数量的95%"[①]。当然这主要是指有较大影响而可信度较高的报刊，小报就更是不计其数。天津《直报》是一份较为独特的报刊，是一种商业性报纸，以营利为目的。内容多以新闻为主，第1版的前半版一般是银行等行业的大幅广告，后半版为"西报摘抄"和"宫门邸抄"；第2版到第5版内容为新闻；第6版为当时天津的轮渡情况表；第7至8版为广告，内容涉及工业、农业、商业、医药、娱乐等各方面。但它在报纸创办的初期就刊登了许多力主抗击甲午战争中日本人的侵略行为的文章。"《直报》创刊之时，中日甲午战争已进入后期，清政府处于明显的劣势。外强的欺凌，民族的危机，使新一代报人极其感慨，忧时报

[①] 徐松荣：《维新派与近代报刊》，太原：山西古籍出版社1998年版，第12页。

国之心常常流露于文字之间。"①《直报》文章认为："千百年来强弱迭更盛衰互依,大抵以战为立国之本,能战则弱者可化而为强,不能战则盛者即变而为衰,即使两国交兵,力竭求和,受人挟制,则和也终不可恃。"②正像王韬所说："西国之为日报主笔者,必精其选,非绝伦超群者,不得预其列。今日云蒸霞蔚,持论蜂起,无一不为庶人之清议。其立论一秉公平,其居心务期诚正。如英之泰晤士,人仰之几如泰山北斗。国家有大事,皆视其所言以为准则,盖主笔之所持衡,人心之所趋向也。"③由此看来,《直报》在中国甲午战争的生死存亡关头,对宣传抗击倭寇,批评议和等方面起到的积极的作用是应予以肯定的。

不仅积极对甲午战争进行多方面的积极评论和建议,最为人们所关注的是从1895年2月至5月严复在《直报》上发表了其5篇重要的文章,分别发表在1895年2月4日至5日的《论世变之亟》,1895年3月4日至9日发表的《原强》,1895年3月13日、14日发表的《辟韩》,1895年3月29日发表的《原强续篇》,1895年5月1日至8日发表的《救亡决论》。这5篇文章的发表刊登,对严复来说具有里程碑式的意义,体现了其维新思想是对近代中国问题思考的结果,对宣传维新思想的合理性和必要性进行了极具理性而学理的论证;是中国近代由浪漫幻想时代转向逻辑理性判断时代的重要而具有导向意义的文章,也是开启其转向宣传维新思想的实质行动的标志,为他1897年10月26日在天津创立《国闻报》进一步传播维新思想打开了广阔的思想空间,为他翻译《天演论》以对国人进行思想启蒙奠定了舆论的基础。他把中西不同的文教、政治、道德

---

① 徐建平:《甲午战争时期的天津〈直报〉及其对战后的舆论导向》,载《历史档案》,2004年第3期。
② 《论中国宜急战不宜遽和》,载《直报》,1895年3月25日。
③ 王韬:《弢园文录外编》,中州古籍出版社1998年版,第311页。

以及风俗——进行对比，并大声疾呼，"今日中国不变法则必亡"，"西洋之术，而富强自可致"。在《直报》发表文章，这是严复最早与报纸发生的联系。可以看出，从一开始，他试图通过报纸来传播自己的政治见解。这一努力与维新派对报纸的期待是相同的。

"当1897年12月《天演论》在《国闻汇编》连载和出版之后，对近代文人所起的作用是振聋发聩的，影响了近代和现代的两代文人。这部译著破天荒地向中国人介绍了进化论思想和资产阶级社会学理论。比如吴汝纶、康有为、梁启超，乃至以后的鲁迅、胡适等人，无不交口称赞。《天演论》成为改良政治的理论根据，许多爱国的仁人志士以此作为救亡、维新与革命的思想武器，产生了重大的社会影响。而'物竞天择'，'适者生存'则成为社会上流行的口头禅。这也是《国闻报》和《国闻汇编》在历史上最大的贡献。"[①] 就连毛泽东在《论人民民主专政——纪念中国共产党二十八周年》中也称誉严复是"在中国共产党出世以前，向西方寻找真理的一派人物"。严复尽管没有在实际上参加维新变法运动，但他的思想观点和译著对近代文人乃至中国现代知识分子的影响是不逊色于康有为、梁启超等人的。尤其是他的《天演论》不仅启发了中国的社会学界，而且对启蒙时代的文学家影响也是极为深远的。所以我们可以说中国近代学人和作家意识的转变与勃兴与严复所大力宣传西方思想家的著作有着非常密切的关系。所以近现代思想转型可以说是以报纸杂志为先导，以文艺思想转变为途径建立起了现代学术与现代文学空间的。如果说严复的文化理念和冷静而富有逻辑性的学理思想为社会科学家建立起了理性分析和解决问题的基本方法的话，那么近现代作家则更多地由于其思想中体现出来的忧国忧民思想和对民族国家的忧患理念受到了启迪。

---

① 郭长保：《传统文人意识的消解与中国近代文艺思想的转型》，载《贵州社会科学》，2010年第9期。

他是中国近代第一个从文化特质处入手比较中西文化异同与优劣的思想家,对中西文化经常保持一种理性与持平的批判态度。晚年的严复,对中西文化认识更深,体会更切,有关中西文化优劣取舍的见解,也更趋成熟。20世纪前20年,对中西文化的真正价值进行正确的理解,对其做出恰当的评价与说明,恐以严复的贡献为多。尽管在英国留学期间,他对英国的政治、经济和社会制度以及英国得以崛起的思想根源进行了深入的研究,达尔文、斯宾塞进化论思想更是给他留下了深刻印象,但他并没有投身于思想界。他人生中最重要的转变发生于甲午海战,正是这次战争的失败,促使他从海军投身于思想界,开始致力于对中国社会整体走向的思考,并开始了他的政治实践。做为思想家而影响时代的严复正是从天津《直报》开始扬起了维新思想的风帆,从天津进入了中国文化界的视野,因此而得到思想界的广泛关注与赞誉。正是他通过《直报》把维新思想传播到中国知识分子的和更为广泛的人群当中,使国人对自身有了一个比较明确的认识,知道了文明礼仪并非中国所独有,西方人也并非是我们想象中的蛮夷,他在《与〈外交报〉主人论教育书》中认为:

> 有一道于此。足以愈愚矣,且由是而疗贫起弱焉,虽出于夷狄禽兽,犹将师之,等而上焉者无论已。何则?神州之陆沉诚可哀,而四万万沦胥甚可痛也。①

严复在天津《直报》上发表的这5篇文章的基本思路为其后来形成的维新思想奠定了基本的基础,对近代文人的影响是巨大的。我们如果仔细辨析,其实鲁迅不仅是受严复《天演论》进化论思想的影响,可以说是受严复整体维新思想的影响,其《文化偏至论》中的许多对中国社会的分析就与严复这些文章中的思想认识有着非

---

① 严复:《与〈外交报〉主人论教育书》,见《中国现代学术经典·严复卷》,欧阳哲生编校,石家庄:河北教育出版社1996年版,第624页。

常一致的地方。所以我们说，《直报》最起码从客观上对维新思想在中国的传播起到了重要的作用。我们姑且不论这份报纸的政治倾向如何，但其报纸所持的较为客观的理念是需要我们肯定的。

因此我们以客观的态度去研究晚清的报刊是非常必要的，而近些年来对这份报纸的研究与重视是远远不够的。它对晚清以来维新思想的传播究竟起了多大的作用，我们不敢贸然下结论，因为现有的资料并不能说明当时的影响与销量以及阅读人群，但有一点是可以肯定的，那就是其在较短时间内就发表了严复5篇具有维新思想的文章却是事实，而严复又是清末维新思想界有着广泛影响的人物，就此一点就值得引起我们的重视。

（二）严复与《国闻报》

几年之后，严复不再通过西方人的报纸来进行维新思想的传播，而是自己办报来进行更加系统的宣传。于是1897年10月26日《国闻报》在天津创办。《国闻报》的创办，为进一步宣传维新思想，引导中国人更理性地认识世界，起到了极其重要的重要，很好地配合了康梁的维新运动。严复认为报纸有着如下几方面的功能：一是"通西情"特别是"通外情"的功能；二是开通民智的功能；三是开通风气的功能，即引导舆论的功能。正像他在《国闻报缘起》一文中所说：

> 《国闻报》何为而设也？曰：将以求通焉耳。夫通之道有二：一曰通上下之情；一曰通中外之故。如一国自立之国，则以通下情为要义。塞其下情，则有利而不知兴，有弊而不知去；若是者，国必弱。如各国并立之国，则尤以通外情为要务。昧于外情，则坐井而以为天小，扪籥而以为日圆；若是者，国必危。

其实，郑观应早在《盛世危言》中就说过：

> 夫报馆之设，其益甚多，约而举之，厥有数事：各省水旱灾区远隔，不免置之，膜视无动于中，自报纸风传，而灾民流连困苦情形，宛然心目，于是施衣捐赈，源源挹注，得保孑遗，此有功于救荒也。作奸犯科者明正典刑，报纸中历历详述，见之者胆落气沮，不敢恣意横行，而反侧渐平，闾阎安枕，此有功于除暴也。士君子读书立品，尤贵通达时务，卓为有用之才，自有日报，足不逾户庭而周知天下之事，一旦假我斧柯，不致毫无把握，此有功于学业也。其余有益于国计、民情、边防、商务者，更仆数之，未易终也。而奈何掩聪塞明，钳口结舌，坐使敌国怀觊觎之志，外人操笔削之权，泰然自安，庞然自大，施施然甘受他人之陵侮也。[①]

这说明，中国人自己办报，到了 19 世纪末已经成为具有变革思想的文人的共识，无论是王韬还是郑观应、梁启超、严复，都对报刊的功能提出了自己独特的看法。他们的看法，有一点是共同的，那就是报纸具有开通风气引导舆论与沟通的功能。

所以在1897年维新思想已逐渐成为上下文人认同的背景下的诞生，是大势所趋。严复尽管没有实际参加维新运动，但他创办《国闻报》，也算利用报纸的舆论宣传作用，尽了自己对维新运动精神上的支持。当然，严复对中国近代最大的贡献不仅仅是创办了《国闻报》宣传和支持维新，更重要的是在《国闻报》上发表了夏曾佑与严复的《国闻报附印说部缘起》一文，阐述了小说的社会功能。正如其中所说：

> 本馆同志，知其若此，且闻欧、美、东瀛，其开化之时，往往得小说之助，是以不惮辛勤，广为采辑，附纸分送，或译诸大瀛之外，或扶其孤本之微。文章事实，万有不同，不能预

[①] 郑观应：《日报上》，见《盛世危言》，陈志良选注，沈阳：辽宁人民出版社1994年版，第77页~78页。

拟，而本原之地，宗旨所存，则在乎使民开化。自以为亦愚公之一畚，精卫之一石也。抑又闻之，有人身所作之史，有人心所构之史，而今日人心之营构，即为他日人身之所作，则小说者又为正史之根矣。若因其虚而薄之，则古之号为经史者，岂尽实哉？岂尽实哉？①

他们甚至认为"则小说者又为正史之根矣"。肯定了小说对真实地反映特定社会现实的作用，为小说大力提倡者梁启超扭转中国历代不重视小说，把小说提高到文学的大雅之堂提供了理论的支持。

除此之外，严复对中国近现代文化最大的贡献是1897年12月开始在《国闻报汇编》上连载他翻译的《天演论》。这部著作破天荒地向中国人介绍了进化论思想和资产阶级社会学理论，并在学界风靡一时，在中国文化思想界引起了强烈的反响，特别是对鲁迅早期思想的形成起到了关键的作用。紧接着严复还翻译了亚当·斯密的《原富》（即《国富论》），斯宾塞的《群学肄言》（即《社会学研究法》），穆勒的《群己权界论》（即《自由论》），甄克思的《社会通诠》（即《社会进化简史》），穆勒《穆勒名学》（即《逻辑学体系：演绎和归纳》），耶方斯《名学浅说》，孟德斯鸠的《法意》（即《论法的精神》）等西方名著。严复对西方哲学社会科学著作的翻译介绍，对构建近现代文化的理性精神奠定了坚实的基础。

二、报刊与市民文化的建构

报纸杂志作为中国近代文化西学东渐的产物，在19世纪末20世纪初对西方近代文明的宣传和对中国传统文人意识逐渐消解、平民意识的日益形成起到了重要的作用。"中国近代报刊主要有宗教性

---

① 见夏曾佑、严复《〈国闻报〉附印说部缘起》。

报刊、政论性报刊、商业性报刊、专业性报刊、娱乐性报刊等几大类，约2000种。"① 而这一盛况空前的报纸杂志的涌现，在鸦片战争之前，是不可能出现的。它是与上海在鸦片战争之后的城市商业文化与市民文化的迅速发展分不开的。以通俗而富有娱乐性质的小报的产生，更是如此。"小报生逢近代社会文化转型时期，拥有得天独厚的时代机遇：现代都市的初步形成构制了小报生存的物质环境，近代市民社会和市民文化的衍变催生了小报文化形态的成熟，近代文化市场机制的建立提供了小报的传播渠道，现代报纸的发生和影响则成为引发小报出生的直接动因。"② 这种以爆炸式的方式出现的近代报刊，尤其是小报，毫无疑问影响了近代社会民众与市民的生活态度与思想心态，甚至价值取向。为中国社会从封闭狭隘的农业文化向眼花缭乱、信息开放、观念多元的近现代社会发展提供了足够的发展前景与空间。如果说那些具有较为严肃思想追求的、具有明确文化与政治改革导向的报刊，是引导国家向一个文明、文化、理性社会发展，为中国社会从传统文化与文学向近现代文化与文学的转型构建一种文化与政治的蓝图，那么在市民中更为有影响力的近代小报则代表了世俗社会的生活天地，表现出下层社会民众的心理与情感及其审美的新趋向。近代报刊在不断引导着大众的生活价值取向与生活方式，但市民文化的日益成熟也催生了近代都市商业消费文化的日臻完善。相互作用，形成了连锁效应，推动了中国近代文化产业的迅猛发展。如出版业、印刷业达到了空前的繁荣。无论是商务印书馆，还是中华书局或者是各种出版行业都是在这一大的文化背景下被催生的。而出版业与印刷业的蓬勃发展，反过来又促进了报纸杂志的更进一步的发展。

所以到20世纪初，中国已经逐渐开始摆脱封建农业文化的衣

---

① 王凤超：《中国报刊史话》，北京：商务印书馆1991年版，第12页。
② 李楠：《晚清民国时期上海小报》，北京：人民文学出版社2006年版，第27页~28页。

<<< 第三章　报纸杂志对近代文化与文学转型的作用

钵，迈向未来无法预料的一个充满诱惑与无限想象的社会愿景。而这一过程中，传统文人意识的消解、新意识与平民意识的形成，为以启蒙为背景的五四新文化与新文学的产生奠定了思想的基础。西方近代文化的产生就是以城市市民文化，即平民文化为基础的。

　　而在这一思想的构建过程中，近代报纸杂志对新思想与西方近代文化及其文学的传播无疑是促进现代文化产生的思想资源。这一新资源的产生，在近代主要来自两个板块：一是在华传教士在中国创办大量的中文报刊，广泛地宣传了西方近代文化与历史与自然科学的知识，使中国文人在对西方的认识上与鸦片战争之前发生了根本性的变化。鸦片战争之前中国人基本的认识是"非我族类，其心必异"，认为西方无法与中国的文明相比拟，是"蛮夷"。尽管早期西方传教士开始创办中文报刊，试图改变中国人对西方的偏见，其实收效甚微，影响也只局限于有限的少数精英阶层的文人。所以有米怜"而使之发扬蹈厉，夫岂易事"的无奈感叹。而鸦片战争之后，则情况发生了巨大的改变，不仅西方人创办各类报刊，而中国人自己也开始传播西方的文明与理念，首先是对西方的物质文明加以肯定。具有反讽意义的是一方面肯定西方的物质文明，另一方面又否定其精神文明。所以后来鲁迅在《文化偏至论》中解释道，造成这一认识的根源是，中国人对西方近代文化，从本质上并没有深刻的认识，而只停留于肤浅的表层认识：

　　　　近世人士，稍稍耳新学之语，则亦引以为愧，翻然思变，言非同西方之理弗道，事非合西方之术弗行，捣击旧物惟恐不力，日将以革前缪而图富强也。[①]

　　鲁迅认为中国人其实对西方文化的认识只是"近不知中国之情，

----
① 鲁迅：《文化偏至论》，见《鲁迅全集》第 1 卷，北京：人民文学出版社 2005 年版，第 45 页。

远复不察欧美之实"的"曰物质也，众数也，其道偏至"。我们并没有从根本上认识到："然欧美之强，莫不以是炫天下者，则根柢在人，而此特现象之末，本原深而难见，荣华昭而以识也。"可见，鲁迅认为，我们应该向西方学习的，并不仅仅是物质，"曰非物质，曰重个人"。不是物质，而是张扬人的精神。"其首在立人，人立而后凡事举"，重要的是"乃必尊个性而张精神"。

如果从这一角度看，就不难解释洋务运动失败的根本原因。这个时期，尽管中国人在思想意识上与鸦片战争前比发生了较大的变化，但还没有从根本上形成对下层社会的启蒙，也就不会产生近代意义上的市民文化，我们这里所指的近代意义市民文化，本质上就是平民文化。我们要肯定的是在晚清大批报纸杂志的产生，如以梁启超为代表的维新派、以严复为代表的具有维新思想的近代文人在近代"众声喧哗"的以报刊作为媒体宣传新的思想背景下，开启了改造下层社会，对民众进行启蒙的先河，使以后城市市民文化即平民文化的形成成了可能。到了辛亥革命后，有着近代特点的城市文化特征就非常明显了。

形成近代平民文化的另一个重要原因就是留学生的因素。随着留学生人数的不断增加，他们为新文化精神在20世纪中国的形成，准备了具有活力的有生力量。由于他们亲身经历了西方文化的体验，因而对近现代西方文化精髓有着更多的了解，更容易接受新文化，所以毫无疑问地成了五四新文化的中坚力量。同时也正是由于城市文化的迅速发展，为不同于中国传统视野狭窄的农业文化的现代新文化创造了新的环境。随着新的文化环境的发展，伴随而来是语言与语境的巨大变化。首先是从文字上进行了彻底的变革，白话文的兴起，不是简单的文学表现话语的变革，其实质是思想的革命，文化的革命，思维方式的革命，生活态度的革命，对事物认知的革命。正是有了语言的革命，文学的革命才能变为现实。"科学"与"民主"的思想才能变为现实，现代平民文化才能真正实现。所以才有周作人"人的文学"与"平民文学"的出现，把最广大的民众作为文学表现的对象。而这一文化现象的出现，是伴随着近代报纸杂志和五四时期以《新青年》为代表的众多报纸杂志对近现代文化思想不断重复中呈现出来的。

三、报纸副刊的产生

在19世纪末20世纪初，随着城市文化与市民文化的出现，为具有娱乐性的报纸副刊的出现创造了良好的环境与氛围，所以副刊是近代市民文化的产物。而出现真正意义上的报纸副刊，应该是民国以后到五四新文化运动时期的事。尽管19世纪初西方传教士创办的第一份中文报刊《察世俗每月统记传》就采用了对话方式这种通俗的表现方法来宣传一些宗教内容，目的是让普通百姓更易接受，甚至还采用了章回小说的模式，对后来报纸的文章表现模式颇有启发，但不能把它看作是文艺性的副刊，只能说是一种表现形式与传播的风格而已。1872年在上海出版的《申报》似乎有了把文艺性文章作为副刊的苗头，与之前不同的是专门刊载文艺性的文章，显然与其他性质的文章有所区别。我们在《申报》的创刊号上可以看到这么一段征文内容："如有骚人韵士有愿以短什长篇惠教者，如天下各地区'竹枝词'及长歌纪事之类，概不取值。"[①] 但从报纸的内容分类上看，并没有明确的界限，也不能说报纸副刊已经产生，只能说是副刊的雏形。从当时中国的社会文化情况来看，报纸设立专门的副刊，应该说还没有具备，其一是近代市民文化只是刚刚兴起，近代学校教育也还没有真正出现；其二是近代文艺性报纸杂志也没

---

① 见《申报》同治壬申二月二十三日（1872年4月30日）本馆条例。

有出现。这一状况，到了清末维新运动后，明显发生了变化，特别是到了20世纪初，以梁启超为首的维新派，在维新改良运动失败以后，把更多的经历用在了对中国的文化改良上。他们逐渐明白，如果没有中国最广大的国民的思想素质的改造，中国很难有真正的发展前景。于是"新民"的思想在新时代背景下应运而生。梁启超清晰地认识到，要使国民的素质由"旧民"改变成"新民"靠理论上的宣传与说教是不可能实现的。因此萌生了用文艺，尤其是文艺中最通俗的小说故事来感染民众，也许是最后的方式了。明末冯梦龙在《古今小说》序中对小说的作用这样说过："试令说话人当场描写，可喜可愕，可悲可涕，可歌可舞，再欲捉刀，再欲下拜，再欲决脰，再欲捐金，怯者勇，淫者贞，薄者敦，顽钝者汗下。虽小诵《孝经》《论语》其感人未必如是之捷且深也，噫，不通俗而能之乎？"梁启超流亡日本后，对西方小说在社会民众中的作用，有了更加成熟的认识，所以他大力提倡小说对社会与政治改造的作用。晚清报纸杂志，特别是文艺性的报纸杂志正是在这样的历史背景下出现蓬勃发展的景象。据统计，从1902年《新小说》诞生开始到1918年，国内专门刊登以小说为主的刊物大约有50份，可谓盛况空前。

在20世纪初大量文艺性刊物的涌现，就为报纸产生副刊创造了基础及其生长的土壤。另外促使副刊产生的动因与这一时期大量娱乐性小报的出现也有原因。"报以趣味为中心，不必刊载国政大事，满纸街谈巷语，私秘闻，载诗词、小品、乐府、传奇之类带有消闲性的作品，一般市民读者的口味。"[1] 为了同小报竞争，《字林沪报》在1897年11月增出《消闲报》以附章的形式随报送曰。《消闲报》的出现，可视为是近代真正意义上报纸副刊的诞生。副刊的功能可

---

[1] 陈玉申:《中国近现代报纸副刊的沿革》，载《山东师范大学学报》（人文社会科学版），2002年第3期。

以说是多方面的，如果说最初是娱乐休闲为主要内容，是为了适应普通市民的审美趣味与口味，那么，在五四时期出现的副刊就不仅仅是为了适应普通市民的趣味而设。它逐渐成为新文化宣传者们传播新思想、新观念、新理想的重要阵地，譬如鲁迅的作品其中有许多就首先是在报纸的副刊上发表的。

（一）报纸及其副刊产生的意义及作用

报纸副刊的出现，首先是为了吸引更多的读者，是以消闲娱乐为首要目的，所以它的出现有着明显的商业消费的性质，与市民文化联系在一起就是很自然的事情了。但我们应该看到，这一现象的出现，是近现代社会文化正在兴起的征兆，传统的农业文化模式正在逐渐消退。因为它在改变着人们的行为特征、生活的态度，与传统知识的吸收方式发生着本质性的变革。古人所谓的"秀才不出门，遍知天下闻"，已经变成现实。人们不再仅仅能够了解发生在自己身边的事，而是可以知道更远，甚至是发生在世界各地的事情。更重要的是，人们可以了解更多的国家的事情，社会不再是自我，一切变得不再神秘。这就是现代社会不同于传统农业文化的社会的根本区别。人们越来越感到自己是同他人联系在一起的，需要关注更多事情；他人的喜怒哀乐、悲欢离合，似乎也是自己的事情。正是在这样一种背景下，中国近代的民族主义思想开始萌生，国家的观念开始形成，社会的责任感浮出表层。但是正如前面所说，到了五四以后，副刊的目的，其实悄悄地发生着转移，不再是消闲娱乐，而是在五四启蒙文化的背景下，副刊很明显的变化是把宣传新的理念与娱乐的文艺性很完美地统一了起来，对传播新思想与新文化产生了重要作用。1921年，文学研究会成立的宣言中就指出："将文艺当作高兴时的游戏或失意时的消遣的时候，现在已经过去了。我们相信文学是一种工作，而且是于人生很切要的一种工作。"由于报纸和副刊的性质，新的思想、新的风俗和新的生活与行为方式会在社会和民众中产生更加广泛的影响。因为在五四时期，文艺还担负着另一种重要的任务，那就是对近代以来所谓的"鸳鸯蝴蝶"与"黑幕"小说的清算。因为在新派看来，"旧派把文学看作消遣品，看作游戏之事，看作载道之器，或竟看作牟利的商品，新派以为文学是表现人生的，诉通人与人间的情感，扩大人们的同情的"①。这种对文学认识上的截然不同，说明五四所追求的思想与文化本质，与近代相比，有了更加理性的内涵与启蒙的色彩。所以他们对近代文学最为繁荣的小说大加讨伐。他们认为中国传统与近代的文学，无非就是：

> 一是"文以载道"的观念，一是游戏的观念。中了前一个毒的中国小说家，抛弃真正的人生不去观察，不去描写，只知把圣经贤传上朽腐了的格言作为全篇"柱意"凭空去想象出些人事，来附会他"因文以见道"的大作。中了后一个毒的小说家本着他们的"吟风弄月文人风流"的素志，游戏起笔墨来，结果也抛弃了人生不察不写，只写了些佯啼假笑的不自然的恶札；其甚者，竟空撰男女淫欲之事，创为"黑幕小说"，以自快其"文字上的手淫"。所以，现代的章回体小说，在思想方面来说，毫无价值。②

尽管五四新文化的源流，无疑从晚清的维新运动开始，但到了五四时期，显然梁启超等人所提倡的文学改良已经完成了历史使命。因为他们尽管在从旧文化与旧文学向新文化与新文学的过渡中起到的重要作用是无法否认的，但是他们无法摆脱传统与现代之间的纠结，无论是在文化上，还是文学上这种纠结的特点都是非常明显的。从文化角度而言，以梁启超为代表的近代文人思想还没有完全从传

---

① 沈雁冰：《自然主义与中国现代小说》，载《小说月报》第13卷第7号，1922年7月10日。
② 同上。

<<< 第三章　报纸杂志对近代文化与文学转型的作用

统儒家文化阴影中走出来,他们在传统与现代的"中间"犹豫徘徊,莫衷一是;在文学上而言,则也表现出明显的传统与现代思想的混乱与纠缠。语言是传统与现代的混合体,文学内容也仍未完全摆脱传统文学的才子佳人气息,文学表现形式虽花样繁多,但没有实质性变革,只是一些表面的新名词的脸谱,难怪沈雁冰认为他们的文学只不过是一些"吟风弄月文人风流","游戏起笔墨来","佯啼假笑的不自然的恶札",所以毫无价值。而在新文化运动时代,恰恰追求的与之相反。"今日底文学底功用是什么呢?是为人生的,为民众的,使人哭和怒的,支配社会的,革命的,绝不是供少数人赏玩的,娱乐的。"[①] 所以在五四新文化中,报纸及其副刊正是在这样一种理想的追求中发生着深刻的变革。它不再是一种娱乐的媒介,而成了新文化者们宣传新思想理念的重要场地。我们看到的不仅如此,最关键的是其表达内容的重要工具发生了彻底的变革。一般都认为只是语言表现形式的改变,即用"白话",其实,这只是一种表面的现象而已,真正改变的是思想与传统思维的彻底的决裂。马克思曾说过"语言是思想的直接现实",海德格尔则说"语言是存在之家",伽达默尔认为"能被领悟的存在,就是语言"。西方哲人对"语言"的阐释,启示了我们一个重要的认识,语言不仅是表达思想与内容的工具,"语言"本身就是内容。每个人对世界的认识都是由语言表现出来的。所以时代的本质变革就是语言本身的变革,没有语言本身的变革,是无法完成从旧时代模式向新时代模式的转换的。

　　而在近代也提出了语言的变革,但它只是为了追求语言的通俗而已,不是语言本身的本质变革,所以近代文化,没有与传统文化发生本质上的不同,处在一个进退维谷的尴尬语境中。我们要肯定的是正是由于这种进退维谷的两难处境,为新文化创造了新的突破

[①] 之常:《支配社会底文学论》,见《文学研究会资料》上,郑州:河南人民出版社1985年版,第82页。

口，使新文化在新旧交替地带的裂缝中突出重围，找到了自己的生存土壤。但是新文化与新文学要得到快速的发展，就必须有能够培育它的土壤与阳光，应时代而诞生的现代副刊，正是为新文化与新文学准备的最好的温床。

（二）现代四大副刊对新文化与新文学的贡献

五四时期的四大副刊是指《晨报副刊》《京报副刊》《时事新报·学灯》《民国日报·觉悟》，它们为现代新文化与新文学的传播起到了巨大的作用。《晨报副刊》最早是1916年8月15日由研究系在北京创办的《晨钟报》，12月改为《晨报》。到1919年2月，在李大钊的主持下，增加了介绍"新修养、新知识、新思想"的"自由论坛"和"译丛"。原为《晨报》第7版，后于1921年10月单张出版，刊名《晨报副镌》。上面不仅发表现代作家鲁迅、冰心、叶圣陶、徐玉诺等人的创作作品，而且还十分重视外国作品和作家的介绍，如托尔斯泰、欧文、莫泊桑、毕恩生、普希金、屠格涅夫、契诃夫、高尔基、芥川龙之介、陀思妥耶夫斯基、志贺直哉、菊池宽、史蒂文生、显克维奇、都德、果戈理、法朗士等的小说，斯特林堡、托尔斯泰、易卜生、契诃夫、莎士比亚、果戈理、罗曼·罗兰等的剧本，莎士比亚、歌德、泰戈尔、波德莱尔、雪莱、惠特曼、王尔德等的诗。对五四时期新文学的促进、新思想的传播是功不可没的。

《京报》是由邵飘萍于1918年10月5日在北京创办的，1924年12月5日，《京报副刊》创刊，由孙伏园担任主编。《京报副刊》是一个综合性刊物，主要刊载哲学、历史、经济、伦理、宗教、自然科学、文学、艺术等。为其撰稿者有鲁迅、孙伏园、周作人、林语堂、钱玄同等名家，另外还有如张友鸾、王造时、高长虹、黎锦明、许钦文、陈学昭、向培良、荆有麟、尚钺、朱湘、冯文炳、王莲友、章衣萍、毕树棠、余上沅等许多热爱新文化与新文学的青年。为推动新文学与新文化的发展作出了贡献。

上海的《时事新报》副刊《学灯》，1918年3月由张东荪创办，是五四时期除《京报副刊》之外，传播新文艺的重要阵地之一。编辑除张东荪外，还有宗白华、郑振铎、潘光旦等人。在上面发表文章的主要新文化人士有郭沫若、沈雁冰、叶圣陶、周作人、成仿吾、田汉、胡适、鲁迅、郑振铎、俞平伯、徐志摩、冰心、郁达夫等人。另外他们同样十分重视对外国文学作家与作品的介绍，主要介绍的西方作家有：托尔斯泰、安徒生、莫泊桑、哈代、屠格涅夫、歌德、厨川白村、契诃夫、陀思妥耶夫斯基、王尔德、泰戈尔、斯特林堡、巴比塞、魏尔伦、波德莱尔、爱罗先珂、惠特曼、左拉等，同时他们也十分注意介绍一些西方的现代主义流派与理论。

上海《民国日报》的副刊《觉悟》，1919年由邵力子主编，后单独发行。《觉悟》是较早宣传马克思主义思想与社会主义思想的刊物，刊登过许多新文化与新文学的文章，如共产党人沈泽民的《文学与革命的文学》一文就发表在1924年的《觉悟》上。所以说，它不仅是五四新文化的产物，更重要的是传播马克思主义与科学社会主义思想的主要阵地。

在四大刊物中，应该说影响比较大的还是《晨报副刊》和《京报副刊》，它们不仅为现代思想的传播起了重大作用，关键是它对以文学革命为重要导向的新文学的发展与推动也是十分重要的。我们以鲁迅为例，就可以看出它们在新文学发展初期，其地位的举足轻重。我们不妨把鲁迅发表在这两个刊物上的文章与作品做一列表，供读者参考。

鲁迅在《晨报副刊》与《京报副刊》发表文章作品一览表

文章作品名称	发表期刊名称	发表年月	作者署名
"生降死不降"	晨报副刊	1921年5月6日	风声
名字	晨报副刊	1921年5月7日	风声
智识即罪恶	晨报副刊	1921年10月23日	风声
《坏孩子》附记	晨报副刊	1921年10月23日	
事实胜于雄辩	晨报副刊	1921年11月4日	风声
阿Q正传	晨报副刊	连载于1921年12月4日至1922年2月12日	巴人
为"俄国歌剧团"	晨报副刊	1922年4月9日	
无题	晨报副刊	1922年4月12日	鲁迅
"以震其艰深"	晨报副刊	1922年9月20日	某生者
破《唐人说荟》	晨报副刊	1922年10月3日	风声
所谓"国学"	晨报副刊	1922年10月4日	某生者
儿歌的"反动"	晨报副刊	1922年10月9日	某生者
兔和猫	晨报副刊	1922年10月10日	
"一是之学说"	晨报副刊	1922年11月3日	风声
不懂的音译	晨报副刊	1922年11月4、6日	风声
对于批评家的希望	晨报副刊	1922年11月9日	风声
反对"含泪"的批评家	晨报副刊	1922年11月17日	风声
即小见大	晨报副刊	1922年11月18日	
关于《小说世界》	晨报副刊	1923年1月15日	

续表

文章作品名称	发表期刊名称	发表年月	作者署名
看了魏建功君的《不敢盲从》以后的几句声明	晨报副刊	1923年1月17日	
《呐喊》自序	晨报副刊"文学旬刊"	1923年8月21日	
对于"笑话"的笑话	晨报副刊	1924年1月17日	风声
奇怪的日历	晨报副刊	1924年1月27日	敖者
望勿"纠正"	晨报副刊	1924年1月28日	风声
肥皂	晨报副刊	1924年3月27、28日	
又是"古已有之"	晨报副刊	1924年9月28日	某生者
答二百系答一百之误	晨报副刊	1924年10月2日	
文学救国法	晨报副刊	1924年10月2日	风声
通讯（致郑孝观）	京报副刊	1924年12月27日	
咬文嚼字（一）	京报副刊	1925年1月11日、2月12日	
关于《苦闷的象征》	京报副刊	1925年1月13日	
诗歌之敌	京报副刊附刊"文学周刊"	1925年1月17日	
忽然想到（一）	京报副刊	1925年1月17、20日、2月14、20日	
咬文嚼字之余	京报副刊	1925年1月22日	
咬嚼未始"乏味"	京报副刊	1925年2月10日	
青年必读书	京报副刊	1925年2月21日	
聊答"……"	京报副刊	1925年3月5日	
报《奇哉所谓……》	京报副刊	1925年3月8日	
通讯（复孙伏园）	京报副刊	1925年3月8日	
《苦命的象征》广告	京报副刊	1925年3月10日	

续表

文章作品名称	发表期刊名称	发表年月	作者署名
《陶元庆氏西洋绘画展览会目录》序	京报副刊	1925年3月18日	
战士和苍蝇	京报附刊"民众文艺周刊"	1925年3月24日	
白事	京报附刊"民众文艺周刊"	1925年3月24日	
这是这么一个意思	京报副刊	1925年4月3日	
夏三虫	京报附刊"民众文艺周刊"	1925年4月7日	
鲁迅启事	京报副刊	1925年4月17日	
忽然想到（五）	京报副刊	1925年4月18、22日	
通讯（致孙伏园）	京报副刊	1925年5月4日	
一个"罪犯"的自述	京报附刊"民众文艺周刊"	1925年5月5日	
启事	京报副刊	1925年5月6日	
忽然想到（七）	京报副刊	1925年5月12、18、19日	
并非闲话	京报副刊	1925年6月1日	
咬文嚼字（三）	京报副刊	1925年6月7日	
我才知道	京报附刊"民众文艺周刊"	1925年6月9日	
忽然想到（十）	京报附刊"民众文艺周刊"	1925年6月16、23日	
女校长的男女的梦	京报副刊	1925年8月10日	
我还不能"带住"	京报副刊	1926年2月7日	
可惨与可笑	京报副刊	1926年3月28日	
如此"讨赤"	京报副刊	1926年4月10日	
大衍发微	京报副刊	1926年4月16日	

总之，在五四时期不仅有所谓的四大副刊，在宣传进步的新思想与新文化的过程中，除了副刊之外，特别是《新青年》、《每周评论》等都为新文化与新文学的发展做出了巨大贡献。为新的审美思想与审美意识的形成起到了引导的作用。

四、新审美意识的形成

什么是新的审美意识，这是一个很难说清楚的抽象概念。我们不妨以小说为文类的演变与发展中审美趋向的变化来审视，大致上有这么几个发展阶段。在两汉以前小说作为一种文类，即文体事实还没有形成，人们把一些道听途说的闲言碎语，称之为"小说"。所以《庄子·外物篇》里说："饰小说以干县令，其于大达亦远矣。"① 到了东晋时，干宝撰有《搜神记》30卷，今流传有20卷，共有长短故事400多篇。《搜神记》所叙多为神灵怪异之事，也有不少民间传说及神话故事，主角有鬼，也有妖怪和神仙，杂糅佛道。文章设想奇幻，极富浪漫主义色彩。人们常称之为"志怪"小说。

> 上党鲍瑗家多丧病贫苦，淳于智卜之，曰："君居宅不利，故令君困尔。君舍东北有大桑树。君径至市，入门数十步，当有一人卖新鞭者，便就买还，以悬此树。三年，当暴得财。"瑗承言诣市，果得马鞭悬之。三年，浚井，得钱数十万，铜铁器复二万余，于是业用既展，病者亦无恙。②

这说明，那时的人们欣赏的是一种富有神秘色彩的神鬼狐怪的传奇故事，读者更欣赏一种人自身生活之外的虚幻的神秘事件。所以干宝的《搜神记》为传统的小说美学的形成奠定了基础。在近代以前，尽管经历了唐传奇，到明代小说的逐渐成熟，但《搜神记》

---

① 《庄子杂篇·外物》。
② ［东晋］干宝：《搜神记》卷三。

以来所形成的审美趣味,基本没有产生根本性的变化。

到了唐代的传奇,虽然和《搜神记》比较,神鬼狐怪的东西在减少,世俗化的东西在增强,不过,仍然没有摆脱情节离奇或人物行为不寻常的传奇故事,人们通常称之为唐代"短篇小说"。其实只能说是有小说的雏形,与近现代所谓的小说差距甚大。唐代除传奇之外,还有如段成式的笔记小说《酉阳杂俎》,也是如《四库全书总目提要》所评价的"多诡怪不经之谈,荒渺无稽之物,而遗文秘籍,亦往往错出其中,故论者虽病其浮夸,而不能不相征引"。如其中一段故事:

> 旧言月中有桂、有蟾蜍,故异书言月桂高五百丈,下有一人常斫之,树创随合。人姓吴名刚,西河人,学仙有过,谪令伐树。①

仍然还是体现出离奇的传奇色彩。宋明以后,特别是到了明代的小说,则趋向于对英雄式人物和事件的审美倾向,所以多以宏大历史事件和民间的传说为基础形成情节连贯而故事完整的长篇小说,表现形式上则以章回体来设置悬念,吸引读者。如《西游记》《水浒传》《三国演义》即是。而到了清代《红楼梦》《浮生六记》等小说的出现,可以说是个人化的审美趣味日渐浓厚,一改传统小说的内容模式,但又形成了另外一种模式——才子佳人的范式。

到了晚清,如果说以李伯元、吴趼人为代表的小说开始关注社会现实,逐渐摆脱传统小说只关注历史英雄人物和历史传奇事件的话,他们的小说内容比较注意反映晚清的社会现实环境与世态人心。而后来以言情为主的鸳鸯蝴蝶派的小说则在不失表现当时世态背景的前提下仍然是才子佳人的小说方式。说明近代在翻译

---

① [唐]段成式:《天咫》,见《酉阳杂俎》卷一。

西方文学的影响下,在发生着文学内在的变革,为五四文学在某种程度上做了铺垫。但它仍然呈现出一种传统与兴起的新小说混杂的状态。到了1918年鲁迅小说的出现,这种形态才真正发生着深刻的变革倾向,新的审美才形成。我们如何研究这种新范式的出现,它不仅是范式的研究,它也是时代思想与内容的研究,而这种范式的形成过程,往往不是完全逻辑的发展与发生,它在某些时候或环境中有其捉摸不定的历史发展轨迹,正如美国接受理论家霍拉勃所说:

> 文学研究并不是一个事实与证据日积月累的过程,也不是亟待接近对文学本质的认识或正确地理解个体文学作品的过程。反之,文学研究的发展特点恰恰在于质的飞跃,间断的和分离的创造。一种曾经指导过文学研究的范式,一旦不再能够满足研究作品的需要,就要被废弃,被一种新的范式,一种更适应于文学研究的、独立于旧范式的新范式取而代之,直到这种新范式又无法实现其对旧作品作出新解释的功能为止。……易言之,一个特定的范式既创造了阐释的技巧,也创造了被阐释的客体。①

在近代,以梁启超为代表的近代文化与文学先驱者,试图用一种新的认识变革传统文化与文学,尽管取得了一定的成效,但他们没有从根本上完全摆脱"文以载道"的实质,有把文学导向政治范式中的危险。1917年之后,现代文学才逐渐从本质上抛弃近代文学所遗留的后遗症,开始了真正意义上的"文学革命",为文学注入了新文化所需要的火力与范式。而对文学与文化进行理论上的研究者,应首推胡适,因为正是他首先倡导一种新的范式,开启了文学新范式的先河。随后陈独秀跟进,提出了文学革命的三大主义,即

---

① [德]H.R.姚斯、[美]R.C.霍拉勃:《接受美学与接受理论》,周宁、金元浦译,沈阳:辽宁人民出版社1987年版,第275页~276页。

曰推倒雕琢的阿谀的贵族文学，建设平易的抒情的国民文学。

曰推倒陈腐的铺张的古典文学，建设新鲜的立诚的写实文学。

曰推倒迂晦的艰涩的山林文学，建设明了的通俗的社会文学。①

之后又有周作人的《人的文学》与《平民文学》的出现，对新文学进行了进一步理论上的完善，他在《人的文学》中提出：

用这人道主义为本，对于人生诸问题，加以记录研究的文字，便谓人的文学。其中又可以分作两项，（一）是正面的，写这理想生活，或人间上达的可能性。（二）是侧面的，写人的平常生活，或非人的生活，都可以供研究之用。这类著作，分量最多，也最重要，因为我们可以因此明白人生实在的情状，与理想生活比较出差异与改善的方法。②

他同时又在《平民文学》一文里申明"以真为主，美即在其中"的"普遍与否，真挚与否"的文学观念。是周作人更明确了文学新范式的清晰度与范畴。

而鲁迅却是以他的创作实践完成了新文学的美学新理念："从1918年五月起，《狂人日记》《孔乙己》《药》等，陆续地出现了，算是显示了'文学革命'的实绩，又因那时的认为'表现的深切和格式的特别'，颇激动了一部分青年读者的心。"③鲁迅特别地谈到是因为"表现的深切和格式的特别"而使青年读者激动。为何激动，这正是读者，特别是受新文化影响的读者，从对鲁迅文学作品的解读中发现了一种新的美学与文学范式的诞生。一种新的

---

① 陈独秀：《文学革命论》
② 周作人：《人的文学》
③ 鲁迅：《中国新文学大系·小说二集序》

文学范式在新理论范式的研究与批评中产生了，反之，它的出现，又作用于作者与读者，新的审美意识取而代之近代与传统的审美意识，中国现代文学从这一角度看，体现出了它明确而清晰的现代性。

第四章　文学转型期的叙事特征

一、传统叙事结构的消解与近现代叙事模式的形成

近现代文学随着文人意识的消解，传统文学的叙事模式也在不断消解。文人意识消解的过程中最为显著的就是传统道德开始解体。而道德的解体，对近代文学的转型，起了十分重要的作用。因为随着传统道德的消解，文学成了一种最直接体现文人思想心理意识与情感表达手段或政治改革的工具，它往往能很直接地影响着人们的情感世界。在传统文化背景下，小说被视为"诲淫诲盗"，是不登大雅之堂的东西。但是在近代，小说则成为作家们最为常见，甚至是流行的文学类型，成为读者争相阅读而时髦的东西。但我们要关注的是，近现代小说，与中国传统古代小说叙事有何不同？

近现代小说与古代小说最大的不同是叙事结构发生了明显的变化，它吸引读者的美学手段不再是以讲"故事"作为情节构成的轴心，特别是到了五四以后的现代小说不再重视传统小说的教化性，以及对读者的单纯愉悦性。而是趋向于个性化的体现，重视的是作家的情感是否真挚，即是否是情感的真实流露，所以不再关注是否有很强的"故事性"，而更注重的是周作人所谓的"普遍与否，真挚与否"。所以现代小说在叙事的模式上发生了本质性的转变，或者说是对传统的彻底颠覆。颠覆性还表现在叙事语言话语的表达方式

上，即语言的直接表白。正是在这种要求语言革命的背景下，胡适首先对文言进行了彻底的革命，由此白话文学应运而生。因为"白话利于叙事、描写乃至抒情，可章回小说脱不掉说书人的外衣，作家就只能拟想自己是在对着听众讲故事"[①]。白话文学不再仅仅为了取悦读者或听众，首要的目的是表达作家的思想与新的意识理念，其次为了抒发作家自我的情感。这种文体范式，其实早在近代已由梁启超的新文体开了先河。尽管梁所开创的"新文体"与小说还有着本质的不同，但它在对传统文体的变革上是富有启示作用的。虽然梁启超也十分重视小说的革命，但就小说本身而言，其效果在于对小说地位的提高，还没有发生实质性的改观，所以"新文体"对后人的影响是远远大于小说界革命的。

从文体的视角来看，真正发生本质性革命还是五四新文化以后的事情。"中国小说这一传播方式的改变，——从口头化（拟想的）到书面化，无疑为中国小说叙事模式的转变提供了必要的文化背景。"[②] 五四以后，也正是在小说模式转变已成为历史发展大趋势的背景下，像鲁迅的《狂人日记》、郁达夫的《沉沦》才可算作真正的小说。从传统角度而言，它们很难被看成是小说，因为它们并不是传统小说以"讲故事"为小说的结构轴心。人们习惯于把鲁迅的《狂人日记》看成是白话小说的开创之作，把郁达夫的《沉沦》看成是开创了中国现代抒情小说先河的作品；其实，从文体学角度来看，更应该是对新的小说叙事模式的一次彻底的革命。

中国文学，从晚清以来其发生变革的时间是如此之短，如此高效，其中的原因是复杂的，但从大的历史观角度看，不外乎来自这几种发展趋势：一是上文已经论述到的，即晚明以来中国文化自身的发展与变化，就文学而言，发生着深刻的内部变化，即晚明已经

---

① 陈平原：《中国小说叙事模式的转变》，上海：上海人民出版社1988年版，第21页。
② 同上，第22页。

形成的浪漫主义文化与文学思潮，某种程度上说，可把它视为类似欧洲的文艺复兴运动；但本质上看，它是在王阳明"心学"背景下的对传统"理学"的反叛，是对传统道德的质疑，已经预示了中国新世纪曙光的即将来临。二是晚清以来，特别是在鸦片战争之后，西方传教士大批进入中国，这就为未来维新思想的产生铺就了理论上的条件；也就是说有了内因与外因这两种条件，中国文化的变革也就成为必然。三是晚清向西方派出一批又一批数量可观的留学生，也是促成中国文化与文学变革的另一个重要原因。因为他们（留学生）不仅在国外学到了西方文艺复兴运动以来科学技术方面的知识，更重要的是了解了西方之所以产生如此物质文化力量的深层次原因。中国要想走上真正的强盛之路，"所当稽求既往，相度方来，掊物质而张灵明，任个人而排众数。人既发扬踔厉矣，则邦国亦以兴起"①。鲁迅在日本留学时最初学医，当"幻灯片"事件后，他彻底改变了"医学救国"的思想，转而投奔文学，一个简单理由就是，他认为文学可以拯救现代国人的灵魂。也就是说鲁迅认为中国的落后原因，根本的不在物质文化的落后，而在精神文化的落后，思想理念的落后。而另一位留学英国的留学生严复则说："天下理之最明而势所必至者，如今日中国不变法则必亡是已。然则变将何先？曰：莫亟于废八股。夫八股非自能害国也，害在使天下无人才。"② 显然，严复认为必须提倡新式教育，如果墨守成规，不进行变法，不废除"八股"，中国不仅没有前途，而且会亡国的。到了19世纪末，中国的维新与变革，已是大势所趋，而中国文学模式的变革也正是在这样的大势所趋背景下发生着急速的变革。在20世纪初开始酝酿

---

① 鲁迅：《文化偏至论》，见《鲁迅全集》第1卷，北京：人民文学出版社2005年版，第47页。
② 严复：《救亡决论》，见《中国现代学术经典：严复卷》，欧阳哲生编校，石家庄：河北教育出版社1996年版，第552页。

的历史性的文学革命,小说作为文学中最受关注的文体,其叙事模式的转变也就势在必行。

所以,特别是小说叙事模式的改变,其实是传统文人意识受到不断削弱背景下的结果。是新文化的需要,新思想的需要,这不仅是小说自身变革的需要。如《狂人日记》就是鲁迅对传统思想认识上的彻底反叛的结果。一般人认为,中国有着四千年的悠久文明,是文明礼仪之邦,但在鲁迅的《狂人日记》中却有这样的话:

不能想了。

四千年来时时吃人的地方,今天才明白,我也在其中混了多年;大哥正管着家务,妹子恰恰死了,他未必不和在饭菜里,暗暗给我们吃。

我未必无意之中,不吃了我妹子的几片肉,现在也轮到我自己……

有了四千年吃人履历的我,当初虽然不知道,现在明白,难见真的人![1]

所谓的"礼教",实际上是穿着礼教的外衣,而本质是"吃人",这里的所谓"吃人"当然是指精神上的"吃人"。在小说中鲁迅为了把对传统礼教的质疑表达出来,采用了"狂人"日记体的文体形式来表现。这又是为何?我们设想,如果用一般意义上的小说,也就是传统"讲故事"的模式去表达,作者要想把这种思想传达给读者是几乎不可能的。因为鲁迅并非要写真的"吃人",如果是传统小说是可以写离奇乖谬的"吃人故事"来引起读者的好奇心,从而达到读者的阅读效应,而这里恰恰是要表达对人的精神束缚所产生的让人割头不觉死的精神麻痹,所以作者必然要探索一种不同于传统小说模式的新范式,而西方的现代主义文学的表现手段与方法是

---

[1] 鲁迅:《狂人日记》,见《鲁迅全集》第1卷,北京:人民文学出版社2005年版,第454页。

十分合适的。鲁迅这篇小说既有意识流的运用,也有象征主义与"暗示"修辞手段的结合。

上面这段话就是"狂人"内心世界的深层潜意识流动的结果,因为当时的社会环境与文化氛围,还没有能使"狂人"把那种产生于内心最真实思想的意识上升到"表层意识",即"狂人"的意识还只是表现出"超我"的状态。他已经习惯于这种状态,把"自我"中最真实的意识压抑到"无意识"的状态,所以他才有"难见真人"的感觉。把真的意识,即思想掩饰起来,最好的办法就是麻痹自我,久而久之,麻痹也就成为一种习惯,习惯于此,也就进入"潜意识"或"无意识"的状态。鲁迅正是运用意识流手法来展示人的内心世界,并通过展示人物的意识活动来完成小说叙事,以人物的意识活动为结构中心,且逻辑松散的意识中心,将人物的观察、回忆、联想的全部场景与人物的感觉、思想、情绪、愿望等,交织叠合在一起加以展示,以"原样"准确地描摹人物的意识流动过程,也就是"狂人"的意识流动过程。从"狂人"的意识流动过程中,使读者产生联想与思考。这种叙事模式,在五四初期给读者以耳目一新的感觉,一种全新的小说叙事模式诞生了。

就当时的中国读者而言,是否能欣赏鲁迅的这种以全新的面目出现的小说叙事范式,鲁迅是怀疑的。正像他在给友人的信中所说:

> 《狂人日记》实为拙作,又有白话诗署"唐俟"者,亦仆所谓。前曾言中国根柢全在道教,此说近颇广行。以此读史,有多种问题可以迎刃而解。后以偶阅《通鉴》,乃悟中国人尚是食人民族,因成此篇。此种发见,关系甚大,而知者尚寥寥也。①

从给许寿裳的信中,我们看出,《狂人日记》是鲁迅对中国文化

---

① 鲁迅:《致许寿裳》,见《鲁迅全集》第 11 卷,北京:人民文学出版社 2005 年版,第 365 页。

研究的结果,所谓的偶阅《通鉴》,而实质并非偶阅,乃是仔细阅读所得到的心得。正像鲁迅在小说中用狂人的口所说的:

> 晚上总是睡不着。凡事须得研究才会明白。古来时常吃人,我也还记得,可是不甚清楚。我翻开历史一查,这历史没有年代,歪歪斜斜的每页上都写着"仁义道德"几个字。我横竖睡不着,仔细看了半夜,才从字缝里看出字来,满本都写着两个字是"吃人"![1]

鲁迅用这种"狂人"的心理活动的小说模式,为我们传达出了故事本身之外的信息,大大地扩大了信息内容的传达,这在传统的小说中是无法达到的。也就是说这种小说叙事模式,让读者在阅读过程中,并非仅仅局限于小说叙事本身所带来的愉悦,而是小说中的隐喻(Metaphor),以事物的暗示感知、体验、想象、理解、谈论此类事物的心理行为、语言行为和文化行为。小说中最为典型的是出现在小说的第一节:

> 今天晚上,很好的月光。
>
> 我不见他,已是三十多年;今天见了,精神分外爽快。才知道以前的三十多年,全是发昏;然而须十分小心。不然,那赵家的狗,何以看我两眼呢?
>
> 我怕得有理。[2]

在这里,作者非常恰当地应用了隐喻手段。一方面作者利用狂人的心理流程,来增强小说叙事的非逻辑性结构情节,另一方面又用隐喻来加强小说的暗示性。使读者通过狂人非理性与非逻辑的行为来进一步对作者所要表达的指向进行判断,把无序而混乱的狂人行为用合乎逻辑的方式链接起来。比如狂人在一开头就用了让读者

---

[1] 鲁迅:《狂人日记》,见《鲁迅全集》第1卷,北京:人民文学出版社2005年版,第447页。

[2] 同上,第444页。

摸不着头脑的话："今天晚上，很好的月光。"这种没有因果关系的语言，究竟在表达什么？读者会顺着狂人的话，继续追寻结果："我不见他，已是三十多年；今天见了，精神分外爽快。才知道以前的三十多年，全是发昏。""我不见他"不见谁？而见了后，才知自己的过去全是"发昏"，但是，为什么明白自己的过去都是"发昏"后，"狂人"却害怕呢？我们可以联系前面狂人说过的话，因为"赵家的狗"已经看了狂人两眼，所以狂人认为自己的害怕是有道理的。要想解开这个秘密的密码就是"赵"，在中国的百家姓中的首位姓氏就是"赵姓"，那么，这一密码也就迎刃而解了。鲁迅在小说《阿Q正传》的序言里也写道：

> 第四，是阿Q的籍贯了。倘他姓赵，则据现在好称郡望的老例，可以照《郡名百家姓》上的注解，说是"陇西天水人也"。①

古时相传周穆王的驾车大夫叫造父，是伯益的后裔季胜的曾孙。造父从华山一带得到八匹千里马，献给周穆王。周穆王乘着八匹千里马拉的车子西巡狩猎。来到昆仑山，西王母在瑶池设宴招待他，饮酒唱和，乐而忘返。这时东南方的徐偃王造反，造父驾车日行千里，及时赶回镐京，发兵打败了徐偃王。由于造父这次平叛立了头功，周穆王赐他以赵城（在今山西洪洞县北；一说今山西省赵城县西南）。从此，造父及其子孙便以封地命氏，称为赵氏。造父就是普天下赵姓的始祖。据考，赵姓有声望的世家大族居天水郡。我们再联系到《狂人日记》第二节中狂人有这么一段话：

> 我想：我同赵贵翁有什么仇，同路上的人又有什么仇；只有廿年以前，把古久先生的陈年流水簿子，踹了一脚，古久先生很不高兴。赵贵翁虽然不认识他，一定也听到风声，代抱不

---

① 鲁迅：《阿Q正传》，见《鲁迅全集》第1卷，北京：人民文学出版社2005年版，第514页。

第四章 文学转型期的叙事特征

平;约定路上的人,同我作冤对。但是小孩子呢?那时候,他们还没有出世,何以今天也睁着怪眼睛,似乎怕我,似乎想害我。这真教我怕,教我纳罕而且伤心。①

看来,"赵姓"作为第一姓,显然是暗示,它不是凶手,但最起码也有充当"帮闲"角色的嫌疑。所以"赵贵翁虽然不认识他,一定也听到风声,代抱不平;约定路上的人,同我作冤对"。而狂人最为伤心的是小孩子为什么也同赵贵翁一样也睁着"怪眼",狂人最终明白,小孩子为什么会这样?那是因为"他们娘老子教的"。中国文化中的这种有害的东西,即吃人的东西,正是这样一代又一代地传承下去,如果不改掉,中国是没有希望的,正像严复所说的那样,"今日中国不变法则必亡是已"。严复用了一种最理性的方式表达了自己的看法,而鲁迅则是用了形象的小说的方式,给我们指出了同样的道理,给读者留下了更深刻的印象,并给读者带来理性的思考,更透彻地理解来自作者的用意。把西方隐喻的文学修辞手法熟练而巧妙地融入小说中,这不仅是小说叙事模式的革新,更是小说表现的语言与结构范式的革命。所以鲁迅在评价中国近代小说时有这样的评说:

其在小说,则揭发伏藏,显其弊恶,而于时政,严加纠弹,或更扩充,并及风俗。虽命意在于匡世,似与讽刺小说同伦,而辞气浮露,笔无藏锋,甚且过甚其辞,以合时人嗜好,则其度量技术之相去亦远矣,故别谓之谴责小说。②

鲁迅在此特别指出了近代的小说,其对时政社会是有讽刺性的,但只是一味迎合"时人嗜好",其实就是说,没能摆脱传统小说取悦于读者的固定叙事模式,因而其小说的效果不仅技术是落后而落于

---

① 鲁迅:《狂人日记》,见《鲁迅全集》第1卷,北京:人民文学出版社2005年版,第445页。
② 鲁迅:《中国小说史略》,见《鲁迅全集》第9卷,北京:人民文学出版社2005年版,第291页。

俗套的，而思想上也很难称之为真正的讽刺小说，只能说"谴责小说"而已。也就是说近代小说的价值，除了有谴责的价值外，没有给读者带来新东西，缺乏实质性的变革。

五四时期的小说除了鲁迅这种极具现实主义精神的小说外（说鲁迅小说具有现实主义精神，而不是现实主义，那是因为鲁迅小说虽然显示出浓厚的现实主义精神，但在他的具体创作中则不能简单地说鲁迅的小说都是应用了现实主义的方法。他小说题材与内容切入的视角是现实主义的，观察问题的维度是现实主义的，但在具体的创作中则显示出了极为开放的创作方法，并非都是被现实主义的方法所束缚），郁达夫所创立的"自我"写真范式的小说，也同样为五四新的小说叙事模式的形成贡献巨大。他的小说，几乎谈不上什么情节，而只是人物心理或思想情绪的流程及主人公自我的感受。而这种感受是孤独而自怜的，郁达夫由人物的感受自怜，作者通过人物所展现的，并非是个体的情绪与感受，而是由主人公的遭遇即处境来呈现出整个民族、国家的感受。正像小说中所写得那样：

> 痛饮了几杯新拿来的热酒，他更觉得快活起来，又禁不得呵呵笑了一阵。他听见间壁房间里的那几个俗物，高声的唱起日本歌来，他也放大了嗓子唱着说：
> "醉拍阑干酒意寒，江湖寥落又冬残，
> 剧怜鹦鹉中州骨，未拜长沙太傅宫，
> 一饭千金图报易，几人五噫出关难，
> 茫茫烟水回头望，也为神州泪暗弹。"
> 高声的念了几遍，他就在席上醉倒了。①

作者把小说中人物的情绪感受与整个民族的情绪很巧妙地联系了起来，读者在读小说的时候，欣赏的不是故事的情节，而是人物

---

① 郁达夫：《沉沦》，上海泰东书局出版社1921年10月版。

的情绪,主人公情绪的波动,时时牵动着读者的心。这样的小说模式,它不是传统意义上的所谓小说。传统注重故事情节的营构。而郁达夫的小说注意的是情绪的制造,把小说和散文两种不同的文体表现形式完全融为一体。散文更有助于作者情绪与感情的抒发,而小说是用故事的情节让读者感受情绪。所以我们明显地看到五四小说,很多作品你可以把它看成是散文,如冰心、庐隐的小说,而鲁迅的《狂人日记》甚至可以把它当作是一首对封建礼教的诅咒诗。你在读小说的时候很容易把小说中的人物感受与作者的思想情绪联系在一起,好像是作者的认识由作品中的人物来代言。而传统小说恰恰相反,给读者的感觉是作者替作品中的人物形象去代言的全知叙事。五四后的小说从整体上彻底改变了这一模式:

> 五四作家的真正贡献在于,倒装叙述不再着眼于故事,而是着眼于情绪。过去的故事之所以进入现在的故事,不在于故事自身的因果联系,而在于人物的情绪与作家所要创造的氛围——借助于过去的故事与现在的故事之间的张力获得某种特殊的美学效果。①

中国近代小说还没有完全脱离传统说书人的模式,而五四小说则完全不同,作者在小说所要叙述的故事不再是听故事本身,而是被作品中所写的人物情绪与精神状态深深感染着,读者似乎也同作品中的人物一起悲伤,一起快乐;作品中所表现的生活不是传统小说那种程式化的东西,更没有道德式的说教,它看起来就像是生活本身,似乎就是发生在你身边的事情一样,与你的生活,与你的情绪息息相关,而你不再是一个旁观者与欣赏者。像鲁迅的小说《阿Q正传》,小说所给予你的,不仅是阿Q的故事与命运,当你在关注人物的精神状态的时候,你同时也在不断地关注自身,不断地用作

---

① 陈平原:《中国小说叙事模式的转变》,上海:上海人民出版社1988年版,第57页。

品中的人物对照自己，我何尝不是如此，进行着灵魂的自我拷问。就像王富仁所说的，他是"一面镜子"，不仅照见了我们每一个人，而且也照见了那个社会的人普遍存在的"阿Q"精神。《狂人日记》其实也同样如此，当我们阅读时，不仅是在注意狂人的言谈举止，在此过程中也不断地解剖着我们自身周围的生活，我们习以为常的所谓"礼教"，不仅狂人感到有"被吃"的可能，我们也同样是身处其中。五四小说的这一主题在近代小说中是绝对没有出现的。尽管近代在西方小说不断翻译的背景下中国小说的传统模式发生着变革，但从本质上看，可以说是叙事方式与叙事手段的变革，而不是模式的转变。原因是那时传统的文人意识还没有彻底消解，只是处在消解的过程中。这时期，文学语言也一样处在由文言到白话的过渡阶段，处在新与旧的交替时期。而五四时期，文人传统意识已完全消解，代之而产生的是现代文人意识，即平民意识的诞生、现代知识分子阶层的形成。所以，文学叙事模式才发生了彻底的转变。

这并不是说近代文学的意义不重要，在某种程度上看，可以说是五四新文学的开端或者说是由传统向现代的过渡。正如王德威说的，"过渡的意义，大于一切"。对于近代到现代的文学而言，大致经历了几个阶段：19世纪末到20世纪的五四前夕是由传统到现代的过渡阶段，这个时期无论是文化上还是文学上，都表现出鲜明的过渡性质，无论是从国家思维还是个人思维上都体现出传统与现代的纠结与矛盾的困惑，似乎进入了守旧与变革的两难境地。文学上也是如此，在文学的叙事形式上也同样表现出传统与现代之间的徘徊。具体表现就是20世纪初的小说创作试图摆脱传统说书人的味道与风格，语言亦如此，但还藕断丝连。到了五四时期，即第二个阶段，这种情况就发生了巨大的转变，无论是文化上还是文学上，都产生了质的变化，这就是我们一再强调的从渐变到裂变的过程。文化上，《新青年》打出了科学与民主的旗帜，反对旧道德，提倡新道德，反对旧文化，提倡新文化，反对旧文学，提倡新文学，体现出鲜明的新的特点，与近代最大的不同就在于个性的解放、人的发现，即个体的觉醒。在个体开始觉醒的背景下，文学随着文化的转型，范式也发生了本质的变化。就五四文学的模式来看，第一人称的叙事特点非常鲜明。我们根据陈平原先生的统计更能说明这一问题：

> 证之以整个小说界的创作倾向，更说明第一人称叙事作为过渡桥梁的作用。在我抽样分析的1917年—1921年刊登在《新青年》《新潮》《小说月报》上的57篇小说中，第三人称限制叙事只占百分之十八（10篇）而在1922年—1927年刊登于《小说月报》、《创造》、《莽原》、《浅草》上的272篇创作小说中，第三人称限制叙事所占比例上升到百分之三十一（85篇）跟第一人称叙事比例（38%）接近。而到了三十年代，第三人称限制叙事甚至取第一人称叙事而代之，成为中国现代小说最主要的叙事角度。[①]

五四初期，为什么第一人称多于第三人称，原因恐怕主要是与五四文化背景有关，因为这时中国刚刚从一个封闭保守而又缺乏个性的社会向个性开始高扬的社会文化转型。人们期盼个人情怀与情感的充分释放，人们往往容易冲动，把压抑太久的情绪快速释放，这一倾向在20世纪初的新派文人梁启超等人身上已有明显的体现。只是由于梁启超在小说创作上还徘徊在传统与现代的叙事范式之间，没有摆脱传统小说叙事的成见，因而其叙事总是在中西小说的模式之间寻求一个新的突破口，但实际效果并不理想。到了五四时期，在新思想、新文化与新道德的驱使下，文学理念与旧的文学理念发生了彻底的决裂。作家的感情抒发在叙事模式改变的情况下找到了突破口，因而其情感也容易向堤坝决口一样一泻千里，无遮无拦。

[①] 陈平原：《中国小说叙事模式的转变》，上海：上海人民出版社1988年版，第91页。

而这种情感的爆发是与人的观念的改变与认识密切相关的。正如周作人所说："我们相信人的一切生活本能，都是美的善的，应得完全满足。凡是违反人性不自然的习惯制度，都应排斥改正。"① 这是对传统礼教的宣战，对传统道德规则的无情嘲弄。周作人特别强调了"一切生活本能"是美与善的，这样的认识，在封建文化背景下是无法想象的。五四文学正是千年堆积所形成的火山突然爆发而散发出的缤纷花雨，一时间无法控制，甚至失去了情绪的节奏与制约。难怪闻一多也好，梁实秋也好，他们认为五四文学是无节制的、不守纪律的，缺乏理性而浪漫的。形成这种现象的因素，除了文化转型所产生的原因之外，读者，即接受者欣赏口味的转型也是重要的原因之一。"当时读者最欣赏的，是文人那才知焕发的个性；他们所重视的，并不是作者专门的技艺，也不是作者瑰奇丰富的想象力，而是作者本身强烈的情感体验。"② 因为作者强烈的情感体验能够得到淋漓尽致的表达，似乎用第一人称叙事模式更为顺手，所以在五四初期的作品第一人称的作品必然占据主导地位。郁达夫的小说在五四时期之所以得到很多读者的认可，与当时的社会文化背景是绝对分不开的。郁达夫现象也进一步说明，在五四启蒙文化与文学背景下，文学，尤其是小说叙事模式的改变已成为中国现代文学发展的趋势，是不可逆转的，这一趋势正是在作者与读者的互动中完成的。因为第一人称叙事的优点是"叙述者是故事中的人物，可以无拘无束地发表自己的主观评价、批评并做出反应。在这种叙事方式中，叙述者具有三种作用：描述、解释和行动"③。所以当时小说叙事模式的改变是对时代文化模式转变的一种积极回应。

---

① 周作人：《人的文学》，见《文学运动史料选》，上海：上海教育出版社1979版，第102页。
② 李欧梵：《中国现代作家的浪漫一代》，北京：新星出版社2005年版，第251页。
③ [捷克]米列娜：《晚清小说的叙事模式》，见《从传统到现代——世纪转折时期的中国小说》，伍晓明译，北京：北京大学出版社1991年版，第58页。

第四章 文学转型期的叙事特征

随着五四社会文化、文学以及个体意识从亢奋高潮到冷静，文化进入了冷思考与学理的状态，文学则趋于平静而客观审视的过程，表现在小说的叙事模式也不再是以发泄情绪的第一人称为主要的手段，更加趋向它的常态发展。而诗歌亦由简单的"绝端自主"与"绝端自由"的白话自由体，开始走向自律与回归到它本来的面目。所以，1926年闻一多在《诗的格律》一文中，系统地表述建立新格律诗的具体主张，提出了白话新诗也应该遵循"三美"的原则，为白话新诗的发展树立起又一个里程碑。1928年3月30日梁实秋发表在《新月》创刊号上的《文学的纪律》一文，则更加明确地表达了文学需要纪律的观点：

> 文学的力量，不在于开扩，而在于集中；不在于放纵，而在于节制。新古典派所订下的许多文学规律，都是根据于节制的精神，但是那些规律乃是"外在的权威"（outer authority）而不是"内在的制裁"（internal check）。把"外在的权威"打倒，然后文学才有自由；把"内在的制裁"推翻，文学就要陷于混乱了。[1]

这表明新文学到20世纪20年代中期以后，已经由新文学的原始阶段进入到自我反省的阶段。1927年后，新文学从雏形走向成熟的发展过程，仍然是在经历了巨大的历史阵痛后才完成的。这"阵痛"不止是文学内在的阵痛，也是外在的阵痛，即社会政治模式的转变。也就是说文学叙事的转型是在中国社会转型阵痛背景下完成的。如果说19世纪末20世纪初，中国文学叙事模式转变的基础是伴随着晚清革命，是传统文人意识在不断消解下发生了转变，那么20世纪20年代末的文学叙事模式转变仍然是在社会革命模式急剧转变的环境中发生的又一次转变。使五四启蒙运动以来所形成的新的

---

[1] 梁实秋：《文学的纪律》，载《新月》创刊号，1928年3月30日。

思维模式又一次发生了裂变。而与文化模式相伴的另外一种模式也悄然诞生了,即不同于五四的"革命叙事""政治叙事"模式。20世纪30年代的文学叙事模式整体上是在"革命叙事"与"政治叙事"大的文化背景下形成的。不过令人欣慰的是在"革命叙事"与"政治叙事"模式之外,其他的文学范式同样有着生存的地盘,形成了事实上的多元并存格局。所谓的"京派"与"海派","左翼"与"右翼","自由主义"与"现代主义",同时争夺着读者与观众,从某种程度看,当时的读者与观众是非常幸运的。

不同时代,或者说不同文化背景下,作家对历史文本的阅读可能是截然不同的。这里既有不同阶级的视角,也有不同时间与空间转移所带来的变化原因所致。所以,对历史的真实性究竟什么才是最可靠的,用不同政治视角去观察,其差异性是明显的;对美的感觉亦是如此,在不同的时空,或者不同的语境下甚至是完全相反的。它事实上很难证明某一方的错误,因为任何一方都是某种利益的代言人,因此:

> 历史真实的标准正像它的文化本质一样是多样化的。指涉性的或者经验性的事实主张可以根据其与证据的吻合程度来加以判断,但是这种程度并不总是显而易见的。如果对于吻合的程度可以加以论争,那么,其他的真实性主张也可以在专业之中或者之外加以论辩。真实性可以根据文本间的一致意见来加以衡量,也可以根据一种历史与其他的历史相符合的程度来加以衡量。如果历史学者通常在阅读原始材料时,头脑中就存在他种历史,那么,他们的作为事实或者解释的文本从一开始就是互文性的。一种历史的真实性也可以根据它是否能够很好地与读者关于世界是如何运转的理解和经验相符合来加以判断。谁的经验有效,这种经验是哪来的,这两个问题为读者之间的论辩提供了基地。历史的可靠性可以通过它的人类行为和社会

劳动模型与读者那里的这两者的模型的相符合的程度来加以判断，但是，依然会有相同的问题，即谁的模型才算数？一种历史的总体可靠性可能根据读者的美学整体感觉和秩序感觉来加以判断。当然，伟大故事的真实性是在寓言的王国里的。历史的真实性最终将对读者的价值观和政治立场负有责任。①

是的，在 20 世纪 30 年代，与五四相比，无论文化还是文学，不仅在时空上发生了较大的变化，就是对历史文本的解读上也截然不同。五四新文化时期，无论理论界对文化的阅读，还是作家对文学的理解，或者说读者对文本的接受，都是建立在一种"亢奋"而缺乏理性节制中的状态。像鲁迅那样表面上冷峻而思考深刻的作家实属罕见。其实如果深入鲁迅文学作品更深层次，他作品的内核还是灼热而炙人的；外表冰冷，而内心炙热，是被冰冻了的"死火"，他希望读者在"黑夜"中追寻光明，也就是说鲁迅是极富热情的，只是那热情被外部世界的冷漠压缩成了一团"冰冻的火"，火热到寒气逼人。所以五四文化与文学都是以在"情感"为主旋律的背景下的运转。而 30 年代无论是理论界还是文学界，从外在看是如此的激烈，而实际上表现出空前的学理而冷静。这一特点，表现出中国文化与文学到了 30 年代的成熟与理性一面。"在检验一种历史或者历史本身的真实性的时候，学科程序总是在一个大的社会语境下运作。真实性主张既在文本中运作，也在读者的世界中运作，这为同意还是不同意各种历史的可靠性提供了战场。"② 读者在不同的时间与历史时空背景下对文本的解读是无法永恒的，它会在不同的历史要求中互相转移的。比如以今天的历史为基点去阅读 20 世纪 30 年代的文本，与 20 世纪 80 年代之前是有着本质的不同的，首先衡量的标

---

① ［美］罗伯特·F. 伯克霍福（Robert F. Berkhofer. Jr）：《超越伟大故事：作为文本和话语的历史》，邢立军译，北京：北京师范大学出版社 2008 年版，第 120 页 ~121 页。
② 同上，第 121 页。

晚明至五四：文人思想转型背景下的文学新变 >>>

准与范式发生了巨大的变化，这一变化不是因为叙事模式的转变，而是衡量准则的改变。20世纪30年代，无论是文化的提倡者还是文学的创造者，或者说是读者对真实性的衡量标准同启蒙的五四时期是有区别的，这并不是说晚清或者五四的那种模式应该废除，不是的。而是读者需要一种新的模式，因为这时的文化追求与理想发生了完全不同于五四的格局。所以无论是理论的思考与探索，还是作家的叙事模式也必须发生相应的改变。所以30年代叙事模式的改变也不能不是在文人与读者已有的意识在逐渐消解过程中的产物。任何时候，过去的已经形成的意识总是在不断的消解中建构的，即建构是在解构的过程中建立起来的，历史总是在解构—建构—解构的过程中循环，试图寻求终极的目标。所以，在终极目标尚未达到之前，所有的建构与解构都有其合理的一面。因为历史在没有实现其终极理想时，总是表现出这样的现象：

> 可以说，所有的历史，同所有的理论一样，都是有偏见的，因为它是根据某种利益而被产生出的，无论是这种利益属于那些强大的人，还是属于那些一无所有的人，无论这种历史是自下而上的，还是自上而下的，抑或是中间地带的。政治与历史之间的关系超越了历史学者在他们的表面论证中对政治范式的公开使用；准确地说，它是被嵌入历史实践本身，它在所有的元故事和元材料中把权威和权力神秘化为理解现在和过去的世界的自然模式。所以，归根结底，情节和政治、方法与寓言是贯穿着一般历史范式的明显的、共谋的伙伴。①

所以我们可以说在20世纪30年代的文学创作中，这种现象也是显然的。比如，作为无产阶级文学领域里被认为是最有成就的茅盾的长篇小说《子夜》，在不同的历史时空与语境下，无疑会发生不

---

① [美] 罗伯特·F. 伯克霍福（Robert F. Berkhofer. Jr）：《超越伟大故事：作为文本和话语的历史》，邢立军译，北京：北京师范大学出版社2008年版，第333页。

同的解读与认识，这是非常正常的。对"新月"派的文学创作，还是对所谓的"自由主义"文学，"京派"的抑或是"海派"的文学创作也是如此，他们各自都会站在各自"利益"基点出发，对历史的文本进行自己的解释。从历史的整体观看，都有其偏见，也有其合理性的存在理由，只是视角不同而已，无论是茅盾的《子夜》还是其他流派的所有创作都会有类似的问题。"在对历史现象的所有再现中都存有一种无法祛除的相对性，即再现的相对性。"[①] 如果从新文学的整体建构角度看，茅盾的《子夜》对"革命叙事"的贡献是显而易见的。它的那种具有宏大叙事能力的小说，可以说又一次回归到小说的本质，即故事情节为主的营构，但它并不是传统小说那种以取悦读者把故事性与观赏性作为首要手段的故事叙述，而是以人物的内在冲突与矛盾为主线的故事结构，所以它从叙事模式转变的角度看，其对20世纪30年代小说叙事模式的形成其意义是重大的。如果撇开"政治叙事"的角度看，"海派"文学的叙事模式可以说是中国现代文学史上最早出现的"都市叙事"模式。《子夜》从广义上看，也可以说是"都市叙事"，但严格意义上看，它更是都市的工业题材的叙事，不是真正的"都市叙事"。而"海派"小说则体现出明确的市民文化色彩，或者说他们更注意都市人的心理、情绪、生活方式、行为、态度、话语及其生活的理念。如果说茅盾为我们展示了20世纪30年代工人与资本家、民族资本家与买办资本家等与社会各方面的矛盾，那么"海派"的"都市叙事"则从市民生活的角度较为全面地呈现了那个时代的都市画面，共同构筑起上海20世纪30年代的社会全貌。这种全貌是在各自的相对性的叙事与描述中完成的，为传统文人意识的进一步消解、新的意识的孕育创造了条件。这里所谓的传统意识的消解与新意识的形成，是指

---

① [美]海登·怀特：《后现代历史叙事学》，陈永国、张万娟译，北京：中国社会科学出版社2003年版，第324页。

流动的过程而言，并没有明确的时间概念。与此同时，随着无产阶级思想的兴起，马克思主义在文化与文学领域的传播必然逐渐成为20世纪30年代的主流意识，无论人们同意或者不同意，它的存在与历史的真实性都是毋庸置疑的。

二、语言由程式化到开放性

在晚清，不仅文学的叙事模式发生了深刻的变革，作为文学与文化思想的直接表达工具语言也发生着中国历史上前所未有的变革。"晚清的白话文运动是由'改良政治'为动力的，要推行'民主'，普及教育，必须'言文一致'，让更多的平民接受教育。"① 文言是中国文人书面语言表达的主要工具，它经过悠久的历史长河积淀，成了文化当中最为稳固的部分。在不同的历史时期，虽然也发生了某种程度的流变，但它的变化显然是最缓慢的。不过它在人类的社会实践与活动中却不断完善。同时语言对文化的生成又起着关键的作用，没有语言，人类很难有实质性的进步与发展，所以在不同时空中，随着人类思想行为与社会实践的变化，它会需要越来越丰富的语汇来表达，尽管"很难找到文化形式变化引起语言形式变化的例子，但是语言形式变化引起文化相应变化却不乏其例"。因为，可以肯定的是"语言是文化的产生和发展的关键，文化的发展也是促使语言更加丰富和细密"②。语言的丰富和发展，同人类的社会活动有着密切的关系。当人类的活动是较为封闭，与其他社会交往较少的时候，语言作为人类交际与沟通的工具，无疑会相对简单而贫乏，因为它不需要传达太多的信息量；当人类随着交流的增多，信息量的增多，就会需要更丰富的语汇来表达，不同的语言就会日趋融汇，

---

① 袁进：《试论中国近代文学语言的变革》，载《上海科学院学术季刊》，1997年第4期。
② 周振鹤、游汝杰：《方言与中国文化》，上海：上海人民出版社1986年版，第2页。

产生愈来愈多新的名词。这里不仅是语言规则本身的问题，其实不同的时代，当人们的思维模式、生活方式与行为发生变化的时候，话语的表达模式与方式发生的变化是最为显著的。所以我们这里重点要讨论的是话语模式的问题，而不是语言学本身的问题。

文学作为文化活动的重要部分，人们表达情感的话语模式往往最先体现出来。比如在汉代"赋"的出现，与之前的"辞"比较看，显然"辞"更重主观情感的抒发，而"赋"则更重视的是来描绘客观事物，需要表达的更加通畅而明了。正像陆机在《文赋》中所说："诗缘情而绮靡，赋体物而浏亮。"从赋的结构、语言方面看，它更接近于散文。但从文体类型上看，赋是介于诗、文之间的边缘文体，在两者之间，赋又更近于诗体，其实它为后来近体律诗的形成，打下了基础。当然，"赋"的出现，其实与汉代的"好大喜功"的文化环境是密切相关的。一般研究者认为，散体大赋产生于赋体文学的发展时期，是从汉高祖到汉武帝登基之前，这段时间的赋体文学风格以雄大壮阔为主，因而又被称为"散体大赋"，代表作品如司马相如的《上林赋》等。但从汉武帝登基到东汉时期，这段时期是赋体文学的成熟期，作品以抒情为主，代表作品有江淹的《恨赋》和《别赋》等。不过，到了唐代，文体发展，从文体类型来看，又发展到了一个新的阶段。由于唐代对文人的态度，是相对宽松的，文人的情感得以更加自由地发挥，因而一种新的文体模式开始出现，那就是近体诗。这是就文学的外部环境而言，但如果说从文学的内部环境看，文学的表现体式更加趋于"节制"，逐渐形成了一套固定的表达模式，这就是文学话语模式的形成。尤其诗歌，就更是这一模式的产物。它把作者的情感发挥限制在一定的模式里面，形成一个模块，形成了有规则的情感流动，而最主要的规则就是话语的规则与模式。到了宋代，话语模式为之一变，这一变化的原因有许多，但从文学的外部环境看，思想禁锢趋于加紧，文学则趋于娱乐，文

晚明至五四：文人思想转型背景下的文学新变 >>>

人在情感交流的同时，增加了更多娱乐的元素，这又同宋代市民社会的出现与商业文化的发展分不开。就文人的创作看是宋词的出现；就民间来看，则是宋话本的产生。宋代话本的出现，在中国文学史上有着非同寻常的意义，它为后来作为另一种文学体系——小说的产生起到至关重要的作用。就文学而言，文人所形成的话语模式总是有节制，有一定的运转规则与固定模式，但民间的则不然，它总是较为简单而生活化，较为随机而不刻板，更加接近大众而易于传播，而题材也更加开放，不像文人作品那样较为主观，较为封闭；同样，话语模式也是如此，它更显示出个性，不流于约定俗成的套路。

> 话语在经验的既定编码与一连串的现象之间"往返"运动。这些现象拒绝融入约定俗成的"现实""真理"或"可能性"等概念。话语也在为这个现实编码的可选方法之间（像穿梭一样？）"往返"运动，其中有些方法是由某一特定探究领域中盛行的话语传统提供的，另一些可能是作者个人语型（idiolect），作者正试图确立这种语型的权威性。总之，话语从本质上说是一种调节。即如此，话语就是阐释的，又是前阐释的（preinterpretative）；它总是既关阐释本身的性质，也同样关注题材，这也显然是它详尽阐述自身的机会。[①]

是的，小说的出现是打破传统诗文话语模式的重要因素，因为它在表现方式上几乎不受局限，尤其是传统小说那种全知叙事的模式，更为作者自由发挥创造了可能。力图通过作者的话语传达给读者更多的信息，更容易接受，所以从小说一诞生始，这种文类的本身就决定了它比诗文更需要言文的脱离，与口头表达接近。所以就小说而言，文言小说不会成为正宗，应该属于边缘。小说不同于诗

---

① ［美］海登·怀特：《后现代历史叙事学》，陈永国、张万娟译，北京：中国社会科学出版社2003年版，第5页~6页。

文的最大特点，是它的故事性，它不是论辩，也不是作者主观情感的呈现，它的受众对象是最普通的民众百姓，所以它必须得到观众或读者的接受，不是作者自身阶层。而从社会历史的发展趋势来看，文化和文学的发展也是如此，越来越由少数人的英雄时代向平等的平民时代过渡，特别是到了近代，平民的价值得到不断提升。文学作为文化的一部分，自然也会发生着渐变。而文学的这一发展与变化，不仅体现着题材的变化，往往也伴随着话语模式的变化，文人原有的话语模式会逐渐消解，融入了更多的平民话语。中国文学中话语变化也是如此。到了明代，一是随着商业文化的兴起与繁荣，市民阶层越来越需要表达自己的思想与情感；另一方面，明代尽管思想禁锢也更加严厉，但文人思想却日趋活跃，对传统理学的质疑此起彼伏。所以文学中不同于诗文类型的小说的兴起，也是自然的事情，不必惊讶。它表明了人们的思想可以通过小说故事的"转义"性质来突破禁锢。正像海登·怀特所说：

> 作为反逻辑，其目的是要对一个特定经验领域的概念化加以解构，因为这个经验领域已经硬化成了一个本质（hypostasis），阻碍着新的认知，并出于形式化的考虑否认在特定生活领域中，我们的意志和情感告诉我们不应该是的东西。作为前逻辑，其目的是要标识出一个经验领域，以供后来由逻辑导引的思想进行分析。[①]

在小说中这种反逻辑的现象是到处可见的。简单来看，比如《水浒传》的很多人物，如果按照正统的规则去看，按照人们已经在思想意识中凝固了的常理看，这些所谓的英雄好汉，是不符合正统的逻辑的。但实际上读者在阅读过程中往往会把这些人物视为英雄好汉来看待。小说正是通过那种夸张变形的手段，用看起来似乎不

---

① ［美］海登·怀特：《后现代历史叙事学》，陈永国、张万娟译，北京：中国社会科学出版社2003年版，第5页。

合乎既定的社会逻辑行为来透视出其合理性，使读者对之充满向往。这就使人们认识到在所谓既定的合理外衣下哪些应该是被抛弃的，即海登·怀特所谓的"我们的意志和情感告诉我们不应该是的东西"。在这种逻辑思想的作用下，过去那些既定的已经凝固了的稳定话语模式，必然被解构，新的逻辑话语模式也会相应建立。

这种反逻辑的行为推理，在近代文学作品中就更是比比皆是。无论是李伯元的《官场现形记》，还是吴趼人的《二十年目睹之怪现状》，或者是刘鹗的《老残游记》中，往往人们一般看来非常荒诞可笑的行为，但在当时的社会背景下人们似乎习以为常，成为常理。这一小说的叙事模式，在外部结构上看，与传统似乎没有质的区别，但小说中语言所隐含的模式，显然区别甚大。为了把作者的思想含义更好地传达给读者，不仅是小说，就是诗文也发生着语言话语结构模式的变革。如梁启超的文章，与传统文言相比有明显向"言文一致"过渡的迹象。不过要把文言这一几千年积累而成的话语模式彻底改变，在晚清时期尚没有完全具备条件。正如袁进所说：

> 中国近代的语言变革不是语言发展自发产生的变革，而是社会政治变革带动下的变革。尽管报刊已经崛起，"报章体"也初具雏形，但是它们的力量还不足以引起一场语言变革，因为此时报章主要集中在上海等少数几个城市，中国大部分地区感受不到它的冲击。报刊带来的语言变化，是在晚清先进知识分子掀起的"救国"热潮中才转变为语言变革，形成潮流的，它汇成潮流的关键在于把提倡"白话文"与"救国"结合起来，而原来享有文言专利的士大夫中，分化出一批先进知识分子，成为提倡白话文的急先锋。[①]

中国文学上真正的语言变革发生在五四。我们说它是真正的语

[①] 袁进：《中国文学的近代变革》，桂林：广西师范大学出版社2006年版，第131页。

言变革，不仅是指由文言变成白话的问题，而是指文人在文章中表达的话语模式与过去发生了根本性的变革。这一模式的变革，正像袁进所说的是由于"原来享有文言专利的士大夫中，分化出一批先进知识分子，成为提倡白话文的急先锋"。其实，更是由于当时新文化启蒙的需要；如果说新文化启蒙是要求语言变革的内在需求，那么当时对外国文学的翻译介绍比起近代来说更加成熟，除文学作品而外，西方思想与哲学著作的介绍也远远超过近代。严复对西方思想家的名著还是采用文言翻译，即使在翻译过程中遵循着"信、达、雅"的原则，力图把作者的原文思想风格如实体现出来，但能够得到广泛的传播也是有限的，只是局限于少数文人，相对仍然是封闭的。而五四则不同，用白话不仅易于理解，而且比文言文能更好地传达原著的精髓与写作的风格，把深奥的思想道理用浅显通畅的话语进行清晰的表达。尤其是外来的新名词，白话文比文言文能够更准确、更通俗地表达它的含义。比如"物理学"（physics）一词，在19世纪末的时候译成"格致学"，当然也许对儒家文化比较精通的中国士大夫而言，"格致"一词更为容易理解，但是，对于广大普通民众来说就不容易理解其真正的内在含义，而"物理学"一词对于五四时期的新式知识分子而言更能理解其本质含义。文学上也是如此，五四时期在西方文学影响的背景下，很多作家开始模仿西方作品的话语表达模式，被称为是"欧化"的语言。"欧化"的话语尽管并不适合中国人既定的思维与逻辑模式，但它实际在表述上更严谨，思想表述更丰富，情感表达更细腻，内容表述更准确而不容易产生歧义。关键的是这一模式的应用，使原来话语的结构模式发生了较大的变化，逐渐消解了传统话语中那种固定而程式化的模式，在表达作者的思想情感上比传统模式更加开放，更加具有个性化色彩。如郁达夫的文学语言与话语模式，尽管人们可以把它视为具有浓厚的"欧化"语言特征，但它无疑又是中国传统话语模式与

"欧化"语言两者融合的模式。在五四以后的作家中，无论是冰心、庐隐，还是梁遇春，或者是鲁迅，其文学语言的话语模式是不能用传统意义上的话语模式可以解释的。只能说像鲁迅这样对传统话语模式有着出色了解的作家，他能够把中国传统的元素与"欧化"的精髓完美地融合在一起，其中国元素非常独特而鲜明，但它也绝不是传统模式，其语言模式注入了更多的个性化语汇，在表达上也构建了一种开放的话语模式。我们所谓的开放，是指话语表达的灵活性，它会根据不同的思想内容而结构，而不像文言，必须在既定的话语模式中表达，它很大程度上限制了作者思想的传达。对于五四那个需要传播更多现代信息的时代，个性张扬的时代，传统话语模式显然会阻碍人们情感与思想的表达。

在那个要打倒旧文化、打倒旧道德、打倒旧文学的充满激情而需要摆脱传统束缚的时代，传统语言的话语模式不可能不发生变革。所以语言也同文化一样需要彻底推翻传统文言的束缚，走向开放。白话与文言的最大区别，就在于它的不受限制，它会随着你的感情与思想的变化而变化，随着你的情感与思想的丰富而丰富，思想情感可以得到更淋漓尽致的表达，且通俗而明了。

三、从英雄人物到平凡人物

中国文学，尤其是小说创作，人物形象经历了一个英雄到平凡人物的转换。中国传统小说中几乎所有的人物形象，即使不是什么英雄人物，甚至是来自于大众的人物，也总是赋予英雄化的色彩。即使较早地出现的"志怪"小说或"传奇"小说，在看似平常的生活事件或人物背后也用不同于常人或常理的模式进行叙述，使其故事神秘化。

寿光侯者，汉章帝时人也。能劾百鬼众魅，令自缚见形。

其乡人有妇为魅所病,侯为劾之,得大蛇数丈,死于门外,妇因以安。又有大树,树有精,人止其下者死,鸟过之亦坠。侯劾之,树盛夏枯落,有大蛇,长七八丈,悬死树间。章帝闻之,征问。对曰:"有之。"帝曰:"殿下有怪,夜半后,常有数人,绛衣,披发,持火相随。岂能劾之?"侯曰:"此小怪,易消耳。"帝伪使三人为之。侯乃设法,三人登时仆地,无气。帝惊曰:"非魅也,朕相试耳。"即使解之。或云:"汉武帝时,殿下有怪常见,朱衣,披发,相随,持烛而走。帝谓刘凭曰:'卿可除此否?'凭曰:'可。'乃以青符掷之,见数鬼倾地。帝惊曰:'以相试耳。'解之而苏。"[1]

让读者或听众通过故事中非同寻常的人物或事件感受情节的离奇与曲折。读者或听众不是因为作品中的故事或情节贴近自身的生活或情感而产生共鸣,往往是由于其中的非我的神秘情节与故事而惊叹,而想入非非。总之,读者或听众感兴趣的是非生活化的、幻想与想象的,从中得到审美的感受与愉悦。

即使到了明清时中国小说已经相对成熟,所叙述的内容已经贴近史实,是以历史上实有的人物与事件为中心建构小说的故事情节,但其演义的成分也是相当大的(演义与文学是有本质不同的)。"演义"是指根据史传融合野史经艺术加工而成的一种通俗的长篇小说。正是利用演义的手段,对作品中的人物与事件,进行极度的夸张,使之不同于常情或常理来使人物英雄化。如《三国演义》,它是在社会既定的文化与道德背景的基础上,根据历史上流传的历史事件与人物构思其中心故事情节;它是以一个大的历史与时代背景为框架,设置了一连串相对独立的故事,形成了"章回体"的小说叙事模式——"章回体"形式,恐怕目的还是为了吸引读者阅读,使之读

---

[1] (晋)干宝:《搜神记》卷二。

完一段故事时，无法释手。这种小说留给读者最大的悬念就是，当你看完一个独立的故事时，其实并没有得到最终的结果，因为它把每一个独立的人物或故事融入到一个特定历史时间概念的框架里，由每一个小的故事组成了一个大的历史主题。也就是维克多·斯克洛夫斯基所谓的"各种各样看来似乎毫无联系的插曲下面的潜在结构"。"在这种结构模式之中，一些独立的故事主题前后相随，所有这些主题都被主要行动人物的统一性联结起来。"[1] 但我们认为，影响读者阅读兴趣的不是结构，结构只是一种手段。能够使读者产生浓厚兴趣的是那些英雄式的故事。再比如为中国读者所喜欢的《水浒传》，在历代封建专制统治者眼中，造反都是不对的，"造反"者都是杀人放火、面目狰狞的妖魔鬼怪、离经叛道者。但这部充满传奇色彩的小说却反其道而行，为那些所谓"造反"者树碑立传，并渲染他们豪侠仗义、除暴安良、替天行道的英雄壮举，使他们成为读者心目中的英雄人物。

这种英雄化的小说叙事模式，在20世纪初的小说中有一定程度上的改变。它主要表现在英雄式人物的情节开始淡化，尽管还是在小说的形式上与传统小说并无二致，但人物与情节接近现实，小说所吸引人的已经不再是靠单纯的英雄化或非常态的生活行为与历史事件；而读者更关注的是现实性，与自我生活密切相关的利益或者作者所要表现的思想态度。正像米列娜所说的：

> 在行动之外是对于哲学、社会和道德问题的深思内省。这些深思内省在有些小说中便发展成独立完整的插曲，它们由典型的哲学化人物（僧侣、店主等）支配。这种"非行动材料"多少具有一种"纯文学"的形式（如哲理性的对白），并且这种形式被纳入情节之中。

---

[1] ［捷克］米列娜：《晚清小说情节结构的类型研究》，见《从传统到现代——世纪转折时期的中国小说》，伍晓明译，北京：北京大学出版社1991年版，第38页。

>>> 第四章　文学转型期的叙事特征

总之，具有线式情节的小说由四个层次组成：主要主人公的故事，即"线索"；次要（可任意选择的）主人公的故事，它与主要主人公的故事平行；一连串独立的轶事；以及表现为纯文学形式的非行动性材料（后两层次完全由"线索"结合在一起）。①

在晚清的小说中表现更多的是"社会和道德问题的深思内省"，由此来形成一条主题线索，把每一组故事或轶事连接在一起，构成了小说的故事中心。小说引导读者去思考的是问题，而不仅仅是关注那些离奇情节和传奇的故事。那些故事似乎就是发生在普通百姓身边的事情。如李伯元的《官场现形记》："在透彻地描写官场情况时，作者这样组织这些故事组，目的在于系统描述中国的状况。"②从这样一些细微的变化中我们看到，晚清小说为现代小说的兴起，即由英雄化向平民化的过渡作用是显著的。甚至有些研究者认为，伴随着这一变化的同时，而且在小说叙事模式上，为现代提供了可供借鉴的新东西。如吉尔伯特在评价吴趼人的《九命奇冤》时说："《九命奇冤》这部小说频繁采用倒叙，这在中国小说中实属罕见。"③尽管这部小说写的是雍正年间发生于广东的一件大命案，但实际上与传统的所谓"公案小说"与西方的侦探小说有所不同，而只是借用所谓的公案比较生活化地描写了系列人物。作者以动人的描写、曲折的故事，目的是来攻击当时黑暗地狱中的贪官污吏。小说让读者主要的关注视线不是离奇事件本身，或英雄化的人物，而是这些人物和事件背后的"内省"。所以我们说，在晚清的小说创作中英雄化的模式开始消退，代之而起的是发生于当时社会中的许多

---

① ［捷克］米列娜：《晚清小说情节结构的类型研究》，见《从传统到现代——世纪转折时期的中国小说》，伍晓明译，北京：北京大学出版社1991年版，第39页。
② 同上，第50页。
③ ［加拿大］吉尔伯特：《〈九命奇冤〉中的时间：西方影响和本国传统》，见《从传统到现代——世纪转折时期的中国小说》，伍晓明译，北京：北京大学出版社1991年版，第126页。

离奇而荒谬的生活和社会事件，使人们在那种无序而混乱的社会与道德秩序中分辨"我们的意志和情感告诉我们不应该是的东西"（海登·怀特语）。

到了五四新文学时期，人们更关注的是自我的内在世界。即"自我"作为社会的一分子在现存的世界中究竟处于何种地位？我与社会及他人是何种关系？作为人的内心世界被唤醒，不再追求所谓的英雄，英雄是什么，英雄就是自身，不再依靠那些虚幻而神秘的外在的想象。"历史是人间普遍心理表现的记录。人间的生活，都在这大机轴中息息相关，脉脉相通。一个人的未来，和人间全体的未来相照应。"[①] 历史不是英雄的天下，而"历史是人间普遍心理表现的记录"。人们意识到，"要讲人道，爱人类，便须先使自己有人的资格，占得人的位置"[②]。周作人对新的文学特别强调："平民的文学应以普通的文字，写普遍的思想与事实。我们不必记英雄豪杰的事业，才子佳人的幸福，只应记载世间普通男女的悲欢成败。"[③] 文学的审美来自哪里呢？"只须以真为美，美既在其中"。五四新文学正是在这种具有革命性的氛围中完成了对旧的文学的改造。所以五四文学不再以什么英雄来作为小说的中心情节，更不以脱离现实生活的神秘事件与任务结构小说的线索，而是以人世间最普通的人和事为小说叙述的核心线索。我们下面就摘录一段叶圣陶1919年发表在《新潮》杂志上的小说，同传统小说进行对比，其不同是非常明显的：

> 她生在农家，没有享过"呼婢唤女""傅粉施朱"的福气，也没有受过"三从四德""自由平等"的教训，简直是很简单的一个动物。她自出母胎，生长到会话行动的时候，就帮着她父母拾些稻稿，挑些野菜。到了十五岁，父母便把她嫁了。因

[①] 李大钊：《Bolshevism 的胜利》，载《新青年》第五卷第五号，1918年11月15日。
[②] 周作人：《人的文学》，载《新青年》第五卷第六号，1918年12月25日。
[③] 周作人：《平民文学》载，《每周评论》第5号，1919年1月19日。

为她早晚总是别人家的人,留一年,便多破费一年的衣食零用。倒不如早早把她嫁了,免得白掷了心思财力,替人家长财产。她夫家呢,本来田务忙碌,要雇人帮助。如今把她娶了,即能省一个帮佣,也得少养半条牛!她嫁了不上一年,就生了个孩子。她也莫名其妙,只觉得自己困在母亲怀抱里,还是昨天的事,如今自己是抱孩儿的人了。她的孩子,没有摇篮眠,没有柔软的衣服穿,没有清气阳光充足的地方登;连困在她怀里,也只有晚上睡觉时候方才得享受,白天只困在黑蛾蛾的屋角里。不到半岁,就死了。她哭得不可开交,只觉以前从没这样伤心过。她婆婆说她不会领小孩,好好一个孙儿,被她糟蹋死,实在可恨!她公公说她命硬,招不牢子息,怎不绝了我一门的嗣!她丈夫却没话说,但说要是在赌场里百战百胜,便死十个儿子,也是值得!她听了也不去想这些话是什么意思,只是朝晚的哭![1]

这种非常平民化的叙事模式,成为五四新文学的主导风格。它没有了任何英雄化与神秘传奇色彩,完全就是生活本身,叙说普通民众的生存处境,尤其是妇女的遭遇。

---

[1] 叶圣陶:《这也是一个人!》(《一生》),载《新潮》,第1卷第3号。

第五章　文化与文学转型的内在联络

一、梁启超文学思想对近代文学变革的现代性转化

在晚清那个以救国为主要任务的社会背景下，无论梁启超的文学思想有怎样的弊端，他甚至把文学看作是政治改良的工具，过分夸大了文学的社会功能；但与传统旧文学观念比较，不仅仅是由于他对小说这一文体被视为文学边缘地位的大幅度提高，以至于把小说提高到受人追捧的地位，其文学思想的进步性是明显的。但我们要讨论的问题不是仅局限于他对小说地位提高的贡献，而重要的是其文学的观念；为文学从传统到近代乃至到现代新文学现代性的转化，都是不可或缺的一环。我们分析问题的时候是不可离开历史文化的语境而孤立地加以解析的。

　　　　语境和世界观同样离不开与文化和时代相关的语境。人类行为和制度也是一样，它们应该被放在与宏大的行动网络或者社会组织结构的关系中加以理解，而它们自己就是其组成部分。[①]

梁启超作为一个时代的标志性人物，他的思想行为与言论，我们不可轻易用一般意义上的学术阐释来诠释他所建构的思想大厦，

[①] [美] 罗伯特·F.伯克霍福（Robert F. Berkhofer, Jr）：《超越伟大故事：作为文本和话语的历史》，邢立军译，北京：北京师范大学出版社2008年版，第53页。

他应该被放在与宏大的行动网络或者社会组织结构的关系中加以理解。他思想的形成，正是那个特殊历史背景下的"特殊的历史叙述"，充分体现出中国正从一个农业文化的思维中寻求近代性的突破，试图解决现实的危机。梁启超的思想，在他流亡日本后显然有了新的变化，逐渐摆脱了康有为思想控制的阴影，其思想批判已逐渐从近代经世致用观念中解脱出来。他在《新民说》中对"民主"的阐释就与早期有了明显的变化。一是他对传统文化中的"仁"的阐释与早期有了明显的不同，二是对"权利"和"自由"的思想有了比较深入的带有某种"现代意义"上的阐释。可惜的是他并没有从近代角色中完全解放出来，完成其向现代性的转化。应该说梁启超在近代思想家中是最具有从近代角色中完成转换的人之一。特别是他在1900年4月间给康有为的信中所表达的对"自由"的解释，很能说明这时的他正处在新与旧的矛盾挣扎中。从文化主义的角度出发，他看到中国传统文化的弊病已经积重难返，而积弱的原因就是几千年来所形成的奴隶性。正像他所说："不除此性，中国万不能立于世界万国之间。"

> 中国数千年之腐败，其祸极于今日，推其大原，皆必自奴隶性来；不除此性，中国万不能立于世界万国之间。而自由云者，正使人自知其本性，而不受箝制于他人，今日非施此药，万不能愈此病。

但是要彻底除此弊端，其首在开民智，民智不开，中国就"必不能沸，必不能狂也"。所以必须提倡自由：

> 盖若有一人侵人之自由者，则必有一人之自由被侵者，是则不可谓之人人自由。以此言自由，乃真自由，毫无流弊。要之，言自由者无他，不过使之得全其为人之资格而已。质而论之，即不受三纲之压制而已，不受古人之束缚而已。

> 夫子谓今日"但当言开民智，不当言兴民权"，弟子见此二

语，不禁讶其与张之洞之言甚相类也。夫不兴民权，则民智乌可得开哉？其脑质之思想，受数千年古学所束缚，曾不敢有一线之走开，虽尽授以外国学问，一切普通学皆充入其记性之中，终不过如机器砌成之人形，毫无发生气象。试观现时世界之奉耶稣新教之国民，皆智而富；奉天主旧教之国民，皆愚而弱。（法国如路梭之辈，皆不为旧教所囿者。法人喜动，其国人之性质使然也。）无他，亦自由与不自由之分而已。（法国今虽民主，然绝不能自由。）故今日而知民智之为急，则舍自由无他道矣。中国于教学之界则守一先生之言，不敢稍有异想；于政治之界则服一王之制，不敢稍有异言。此实为滋愚滋弱之最大病源。此病不去，百药无效，必以万钧之力，激励奋迅，决破罗网，热其已凉之血管，而使增热至沸度；搅其久伏之脑筋，而使大动至发狂。经此一度之沸，一度之狂，庶几可以受新益而底中和矣。①

显然梁启超的思想认识，在1900年间，有了质的飞跃，他所谓的"言自由者无他，不过使之得全其为人之资格而已"的思想认识和五四时期周作人在《人的文学》中所提出的"要讲人道，爱人类，便须先使自己有人的资格，占得人的位置"，已经没有本质上的区别。但是，梁启超所要做的工作是如何才能使中国的国民摆脱奴隶性而变成真正的国民呢？他正是在"开民智"思想的指引下提出了"新民"的思想。在《新民丛报》创刊号上的《本报告白》中阐述该报的宗旨时，有如是的解释：

本报取《大学》新民之义，以为欲维新吾国，当先维新吾民。中国所以不振，由于国民公德缺乏，智慧不开，故本报专对此病而药治之，务采中西道德以为德育之方针，广罗政学理

---

① 梁启超：《致南海夫子大人书》，光绪二十六年四月一日。

第五章 文化与文学转型的内在联络

论以为智育之原本。①

要达到"新民"的目的,他认为小说是最好的新民武器。正像他在《新小说》创刊号上发表的《小说与群治之关系》一文中所说的"欲新一国之民,不可不先新一国之小说",因为小说可以做到:

> 仅识字之人,有不读经,无有不读小说者,故六经不能教,当以小说教之;正史不能入,当以小说入之;语录不能谕,当以小说谕之;律例不能治,当以小说治之。②

梁启超所提倡的这种小说观念,只是过分地重视了小说的政治作用,夸大了小说的职能。但他对小说这一文体本质,在认识上的转变,则是一种全新的理念,从根本上改变了人们对传统文学,尤其是小说的理解。因为在传统的思想影响下,一般认为诗文如果对社会发生作用,那主要是"讽喻";而小说则是下层社会的"娱乐"。在传统中由于这一偏见,很容易使文人阶层认为小说就是"小道",是不能登入大雅之堂的文体,所以不屑为之。尽管明代以来,对小说的本质的认识发生了一些变化,但并没有从根本上改变这一偏见。所以梁启超在《译印政治小说序》中有这样的话:

> 中土小说,虽列之于九流,然自虞初以来,佳制盖鲜。述英雄则规画《水浒》,道男女则步武《红楼》,综其大较,不出诲盗诲淫两端,陈陈相因,涂涂递附,故大方之家,每不屑道焉。③

在这里,梁启超其实不是要贬低《水浒传》与《红楼梦》,而主要是指传统小说所形成的模式套路。因为从正统的观念来看,《水浒传》和《红楼梦》被看成是"诲盗诲淫"的。而在这里梁启超正

---

① 《新民丛报》创刊号《本报告白》,见《新民丛报》光绪二十八年元月一日(1902年),第1号。
② 梁启超:《译印政治小说序》,载《清议报》第1册,光绪二十四年(1898年11月11日)。
③ 同上。

是看到了"小说"这一文体对下层社会平民阶层的巨大作用。他是以一种新的思想观念来考察的，所以要极力推广小说在政治改良中的作用和意义。

我们认为，梁启超不仅是对小说的作用，特别是对政治改良作用的重视，最为关键的是他不是要因袭旧小说的叙事模式，而是提出了用西方的模式来对传统模式进行改造。"梁启超的'小说界革命'观念，已不是在汉语文学旧的畛域里进行的调整，而是要对传统来一次彻底的重建，他所凭借的理论依据正是西方文学这一来自异域的尺度。"① 他力图使小说以新的面目出现：

> 在昔欧洲各国变革之始，其魁儒硕学，仁人志士，往往以其身之经历，及胸中所怀，政治之议论，一寄之于小说。于是彼中缀学之子，塾之暇，手之口之，下而兵丁、而市侩、而农氓、而工匠、而车夫马卒、而妇女、而童孺，靡不手之口之，往往每一书出而全国之议论为之一变。彼美、英、德、法、奥、意、日本各国政界之日进，则政治小说为功最高焉。英名士某君曰：小说为国民之魂。岂不然哉！岂不然哉！今特采外国名儒所撰述，而有关切于今日中国时局者，次第译之，附于报末，爱国之士，或庶览焉。②

在这里特别要注意的是梁启超所谓"仁人志士，往往以其身之经历，及胸中所怀，政治之议论，一寄之于小说"，显然他强调了作者在小说叙事中的参与性。他对小说的这一认识，显然为后世"第一人称"叙事模式小说的产生奠定了理论上的基础。

梁启超在晚清对文学的改造，不仅是小说，而且对诗歌与文界的改造也是影响颇大。特别是他以自己所写的文章实现了对传统文

---

① 汤惟杰：《"小说界革命"与文类格局的重构——梁启超与中国近代文学观念中比较意识的兴起》，载《同济大学学报》（社会科学版），1998年第3期。
② 梁启超：《译印政治小说序》，载《清议报》第1册，光绪二十四年（1898年11月11日）。

章的彻底变革。如果说他特别地强调小说中作者主观情感甚至议论的渗透，那么，我们可以看到，他的文章又何尝不是如此呢？包括政论性的文章。可以说也是"往往以其身之经历，及胸中所怀，政治之议论""一寄之于小说"，形成了近代文学史上的"新文体"。

尽管梁启超在近代文学史上，对传统文学改造的成就是辉煌的，但他始终没有完成从近代走向现代的关键一步跨越，在传统与现代之间徘徊；但他又是中国文学从传统走向现代不可或缺的一环，如果没有他的对传统文化与文学所进行的深刻"内省"，近代文化与文学就不可能完成从近代到现代性的转化，他的过渡性色彩是非常显著的。所以，我们说对传统文化与文学向现代性的转化是由五四时期的新一代知识分子群体完成的。

二、近代文化视域中的鲁迅

鲁迅思想的形成有着极为深远的近代文化和思想背景。可是长期以来我们并没有把他放在近代文化背景中考察，而往往是置于五四新文化的背景下去审视，明显形成了理解鲁迅的文化误区，这是造成误读鲁迅的主要原因之一，也是造成今天的读者对他作品难以读懂的主要因素。即使鲁迅同时代的许多知识分子也经常因为对鲁迅的误读而对其思想不理解。所有这些因素，更增加了鲁迅的"孤独感"和"寂寞心态"。我们要想真正解读鲁迅，就须把他的思想置于近代文化视野中去透视。而其在新文化启蒙背景中的文学作品又恰恰是对他早年留日时期形成的近代理念的形象诠释。

（一）形成鲁迅文化思想和文学思想的近代背景

探寻鲁迅文化思想和文学思想形成的脉络，不外乎两个方面：其一是家庭和个人的，其二是社会的。但在鲁迅那里，其个人家庭因素是隐蔽的,并没有明确体现在其作品中;而社会因素则是非常清晰鲜明地表现在他的文章中。

从鲁迅个人和家庭的原因来看,它典型地体现了清末中国社会传统家族走向没落和衰亡的鲜明特征。这些因素,只能说深深刺激了鲁迅,或者说对鲁迅的人格和心理造成了一定程度的影响,使其对国人有了更深入的了解和认识,并不是形成鲁迅早期思想的主要原因。而促成鲁迅思想形成的基础是1898年到南京水师学堂求学时,一方面他接触到了令其耳目一新的新式教育,另一方面则是当时晚清在中国文人中最为关注的维新运动。那时他首先接触了严复翻译的《天演论》这部著作,它对鲁迅思想的影响是至关重要的,因为它开启了鲁迅思考和探索中国社会的大门,使之看到了人类社会和历史发展的另一面,不是儒家,更不是道家思想所能解释的。而当时在维新运动影响下,"救亡图存"显然是中国具有变革思想的文人所热衷讨论的政治话语。这些极为敏感的近代思想也是形成鲁迅现实主义思想的重要因素。当鲁迅1904年从日本弘文学院完成了语言学业后,他选择了并不是清朝所要求他学习的医学。原因很简单,鲁迅曾在《呐喊》自序中说:"我的梦很美满,预备卒业回来,救治像我父亲似的被误的病人的疾苦,战争时候更去当军医,一面又促进了国人对于维新的信仰。"① 因为他很清楚,日本的维新思想首先是从西方的医学而发轫。鲁迅这时的思想尽管还略显幼稚,但也正是1906年在仙台医学专门学校的学习期间的一次偶然事件,即"幻灯片"事件,改变了他的初衷,迫使他放弃医学,走上了艰难的思想求索之路,试图完成对国人灵魂的改造。

为什么说1906年对鲁迅来说特别重要?我们不妨看一看中国当时的现实状况。在中日甲午海战中洋务运动彻底失败了,给了已经

---

① 鲁迅:《呐喊自序》,见《鲁迅全集》第1卷,北京:人民文学出版社2005年版,第438页。

第五章 文化与文学转型的内在联络

孤注一掷的清朝政府致命一击,清朝帝国再一次陷入了绝望中,于是维新运动诞生了,但从一开始就注定要失败的维新变法很快便走向了悲剧的结局。在国家如此危亡的历史时刻,有着"先天下之忧而忧,后天下之乐而乐"传统美德的中国文人怎么可能对天下大事置若罔闻?于是一时各种思想和言论甚嚣尘上,而鲁迅正是在这样的背景下开始放弃学业,把自己的精力投入到了"救国"思想的探索方面来。所以"幻灯片"事件不是鲁迅改变初衷的重要原因,也不是什么偶然事件,而其中早已蕴藏着必然的历史和现实的思想基础。这证明了严复是对鲁迅思想形成影响的主要原因,特别是严复思想中那种对中国传统文化弊病的审视精神,对鲁迅的影响是深刻的。严复早在1895年3月在天津《直报》上发表的《原强》一文中就说:"以富以强之机,而迁地弗良,若亡若存,辄有淮橘为枳之叹。公司者,西洋之大力也。而中国二人联财则相为欺而已矣。是何以故?民智不足以与之,而民力民德有弗足以举其事故也。"[①] 而维新思想家们的这些精辟言论,其实早已潜藏在年轻的鲁迅思想中,而时机一旦成熟它就会显现出来。维新运动失败后,流亡日本的梁启超这时的思想境界也已经与康有为不可同日而语。尤其是梁启超的"新民"思想,在当时的中国文人当中影响如此之大,而且正是他开启了中国文学向下层社会启蒙的先河,不可能不受到鲁迅的关注。

正是在维新思想的鼓动下,有着强烈救国思想和忧患意识的鲁迅,早在1902年到1903年在弘文学院学习期间就同好友许寿裳热衷于中国民族性和国民性的讨论,并且在《自题小像》一诗中就表达了他对祖国和国民的忧虑。所以我们肯定地说,鲁迅在这时一面求学,一面孜孜以求地阅读了大量的西方名著和文学经典,始终没

---

① 严复:《原强》,见《中国现代学术经典:严复卷》,刘梦溪主编,石家庄:河北教育出版社,第551页。

有放弃其救国和改造中国的夙愿。而在1906年放弃学业后回到东京办《新生》杂志，失败后与其弟周作人致力于翻译域外小说就是确凿的证据。而1907年开始发表于留日同乡会创办的刊物《河南》杂志上的《文化偏至论》和《摩罗诗力说》等长篇文言论文，就更加鲜明地表达了他对祖国命运的担忧和对中国国民陈旧思想的由衷批评。

（二）鲁迅近代性思想的形成

在《文化偏至论》中鲁迅认为："近不知中国之情，远复不察欧美之实，以所拾尘芥，罗列人前，谓钩爪锯牙，为国家首事，又引文明之语，征印度波兰，作之前鉴。"① 从这一段话中，我们可以看到鲁迅对中国前途的深切忧虑；也是对晚清以来改革一次又一次失败的经验教训的深度总结。

近代改革失败的原因何在？究其根本是在强大西方势力面前的急迫和浮躁的心态所致。改革本身无可非议，如果不对19世纪以来西方社会现状和其赖以生存发展的近代人文精神加以深入的研究和辨析，就可能变成拾人牙慧的肤浅陋见，无异于自杀。鲁迅在文章的开头就指出："近世人士，稍稍耳新学之语，则引以为愧，翻然思变，言非同西方之理弗道，事非合西方之术弗行，掊击旧物，惟恐不力，曰将以革前缪而图富强也。"② "曰物质也，众数也，其道偏至。"这不是救国之本，而只看到的是西方之末。他认为："诚若为今立计，所当稽求既往，相度方来，掊物质而张灵明，任个人而排众数。人既发扬踔厉矣，则邦国亦以兴起。奚事抱枝拾叶，徒金铁

---

① 鲁迅：《文化偏至论》，见《鲁迅全集》第1卷，北京：人民文学出版社2005年版，第46页。
② 同上，第45页。

国会立宪之云乎?"① 在这里鲁迅所提倡的"任个人而排众数"并非是对国民的轻视，而相反这是指出中国要想强大，必须要重视"个体"，以重视人为第一要务。他在这篇文言论文中已经阐述得非常清楚，他认为中国传统的社会是"个人之性，剥夺无余"。鲁迅在《文化偏至论》中还明确指出，西方近代以来，由于其破坏了传统教会对人的束缚，随着人的解放，而带来的是物质的解放，所以他们能迅速崛起，空前繁荣。但他又进一步阐述了19世纪西方社会在繁荣背后的深刻矛盾：其物质文化所带来的弊端也同时鲜明地体现了出来。正是在这样的矛盾背景下，叔本华、尼采、克尔凯郭尔等哲学思想家就会受到大家的重视，因为他们的哲学思想中有试图挽救物质繁荣影响下人的精神衰落的颓势，我们不能不看到19世纪的这一思想潮流。但从另一种角度来看，西方社会把尊物质已看成是人类必然追求宗旨。"为汽为电，咸听指挥，世界之情状顿更，人民之事业利益。久食其赐，信乃弥坚，渐而奉为圭臬，视若一切生存之根本，且将以范围精神界所有事。"② 显然，鲁迅认为如果我们中国不加鉴别、不动脑子地一味模仿和照搬，那就是文化的偏至。

由此可知，这一时期的鲁迅思想明显发生了较大的变化，他更加成熟，更加理性，其思想构架体系中最核心的部分已经形成。他认为社会发展的最重要因素是人，而"人"能不能起到改变社会的作用要看他是否有真正的"人"的精神。正像他所说："思索自由，社会蔑不有新色，则而后超形气学，上之发见，与形气学上之发明。"③ 如果不重视人的精神，就会被物质所"囿"。鲁迅的这一深刻见解，是对当时中国社会现实思考的结果，而非是"唯心"的。

---

① 鲁迅：《文化偏至论》，见《鲁迅全集》第1卷，北京：人民文学出版社2005年版，第47页。
② 同上，第49页。
③ 同上，第48页。

特别是他在谈到西方物质文化对人的束缚时，用了"范围"精神界所有事的认识，这和马克思提出的"异化"思想有异曲同工之妙。遗憾的是鲁迅当时在西方的思想家中，注意的是叔本华和尼采等人，而没有涉及马克思。一直到20年代末，当他与瞿秋白接触后，思想才发生了真正转变，并且很快就成了一个马克思主义唯物论者，他在马克思主义思想中找到了与其思想追求上的契合点。

既然鲁迅更重视的是"人"的精神，那么形成他"改造国民性思想"的原因，是有其对近代以来中国社会现实思考基础的，所以1904年仙台医专所发生的"幻灯片"事件，只能说是导致其思想改变的导火线，而不是一次偶然事件。他把"治疗中国国民的灵魂"作为救国的重要一步也不是简单的思考，而是建立在其深思熟虑的基础上的。为了唤醒麻木愚昧的国民灵魂，鲁迅1908年初发表《摩罗诗力说》的目的是非常明确的，正像他所说过的："今则举一切诗人中，凡立意在反抗，指归在动作，而为世所不甚愉悦者悉入之为传其言行思维。"① 既然鲁迅介绍这些西方所谓的"摩罗诗人"的用意是非常明确的，那么，我们就无法证明他早年曾经是崇尚浪漫主义的。只能说浪漫主义的那种充满个性的反抗精神，是鲁迅所欣赏的，不是简单地提倡浪漫主义，而是他针对中国社会的现状所采取的有的放矢的办法，这与鲁迅一贯的现实主义精神并不矛盾。他是一位极具开放心态的现实主义者，为具有中国特色的"五四"现实主义风格的形成起了十分重要的作用。

（三）文学创作：早期思想的形象化诠释

鲁迅思想中改造国民思想精神的宗旨，即使在五四新文化运动的启蒙背景下，也没有发生根本性的改变。相反，辛亥革命后的中

---

① 鲁迅：《摩罗诗力说》，见《鲁迅全集》第1卷，北京：人民文学出版社2005年版，第68页。

国社会现实，却强化了鲁迅思想认识上的迫切性。所不同的是，如果说在民元前，鲁迅主要是以理性的精神辨析和思考，那么，在"五四"新文化运动背景下的文学革命，则促使他用文学的武器去形象地表达自己的思想和对中国社会现象的认识。早在"幻灯片"事件之后，鲁迅就有用文艺改造国民灵魂的想法，只是这些想法没有得到别人的呼应而失败。他能在辛亥革命后的绝望和颓废中重新振作起来的重要原因是，因为陈独秀所提倡的崇科学和民主的精神恰恰是他早年所梦寐以求的理想，以中国下层社会为启蒙目的的五四时期新文化运动，是符合了鲁迅理想追求目的的。

所以鲁迅的第一篇小说《狂人日记》的诞生，也就不是什么偶然的事情了，只能说钱玄同在某种程度上激活了鲁迅的创作欲望。曾经的失败使鲁迅仍然不能忘却，他在《呐喊》自序中说："我当初是不知其所以然的；后来想，凡有一人的主张，得了赞和，是促其前进的，得了反对，是促其奋斗的，独有叫喊于生人中，而生人并无反应，既非赞同，也无反对，如置身毫无边际的荒原，无可措手的了，这是怎样的悲哀呵。"[1] 虽然鲁迅当时对未来还充满怀疑，但他还是毅然答应了《新青年》写白话小说的要求。这说明鲁迅暂时的消极不等于颓废，而"孤独"的思考，是他思想走向成熟的源泉，使他对中国的社会有了更加准确的认识。因而，他才会在《狂人日记》之后有了一发而不可收的创作激情。这是源于他作为一个中国现代知识分子的良知。"是的，我虽然自有我的确信，然而说到希望，却不能抹杀，因为希望是在于将来，决不能以我之必无的证明，来折服了他之所有。"[2] 由此也可以断定，鲁迅在自序中所说的写小说是为了敷衍朋友们的嘱托，并不是事实，只能说是激发了他

---

[1] 鲁迅：《呐喊》自序，见《鲁迅全集》第 1 卷，北京：人民文学出版社 2005 年版，第 439 页。
[2] 同上。这里的"他"，就是指金心异，即钱玄同。

为砸碎那"铁屋子"而呼喊的热情。

他在《阿Q正传》第一章"序"中开头说:"我要给阿Q做正传,已经不是一两年了。"这再一次证明了鲁迅对中国国民思想特征的思考已经很久了,也就是说他自从留日期间开始对国民性思考以来,从未停止过思索。只不过那时他是用抽象的理论探讨表达,而新文化运动中鲁迅是带着感情和理性的思考用想象的角度去完成了对中国近代以来社会问题的诠释,而且体现得更为深刻、准确、成熟。

不过,鲁迅在20年代尖锐的思想,辛辣的讽刺也确实刺痛了许多文人。这是造就了鲁迅作为一名永不屈服的斗士的一个重要因素,更是让鲁迅感到孤独和寂寞的一个原因。譬如"现代评论派"的陈西滢、新月派的胡适、梁实秋等,甚至是支持文学革命的同一条战线的"创造社"等进步人士也加入了围攻鲁迅的行列。如果说陈西滢、胡适等人对鲁迅的不理解还好解释,因为他们所接受的教育的差异,注定了他们之间很难沟通;那么,同一战线上的人也如此攻击鲁迅,又是为何呢?我们曾经认为是追求浪漫主义和为艺术而艺术的"创造社"成员是因为鲁迅不是一个浪漫主义者,其风格不同所致。

其实事实并非完全如此,而是因为他们不加思考地把鲁迅放在"五四"新文化运动背景下审视的结果,这显然是对鲁迅的误读。在这一点上,梁实秋倒能较客观地看待鲁迅,比如梁实秋在评价鲁迅的《华盖集续编》时就说道:"鲁迅先生的文字,极讽刺之能事,他的思想是深刻而辣毒,他的文笔是老练而含蓄。讽刺的文字,在中国新文学里是很不多见的,这种文字自有他的美妙,尤其是在现代的中国。一般人,神经太麻木了,差不多是在睡眠的状态,什么是非曲直美丑善恶,一概的冷淡置之不生影响。在这种情形之下,非要有顶锋利的笔来刺激一下不可。"① 在当时比较狂热的文化背景下，很多人是难以理解鲁迅的那种冷静的反省和对历史的冷峻审视态度的。

除造成误读鲁迅的时代和文化背景以外，我们来统计一下鲁迅的《呐喊》和《彷徨》中的小说取材，也不难理解误读鲁迅的原因。鲁迅的小说创作中以五四后新文化背景取材的小说只不过《伤逝》等为数有限的几篇而已。这说明鲁迅在其文学作品中也仍然延续着他对中国近代改革中得失的思考，希望以此来警醒人们不要忘记历史。他总是有着明确而深刻的危机感，这危机感主要是源于他的对中华民族的使命感，这也是产生近代以来具有爱国思想的中国知识分子"忧患意识"的主要原因。

当时的人们，即使某些知识分子还不断地误读鲁迅，难道在距近代文化已经走过近100年后的今天，我们能够理解鲁迅吗？这仍然是一个问号，更何况我们对中国近代的思想和历史还知之甚少。而对年轻的读者来说，不仅是误读，而是不懂。我们有时还是不是经常臆造鲁迅呢？如何才能真正意义上还原鲁迅，仍然是摆在我们面前的一个深刻课题。从这一角度看，对鲁迅的研究不仅没有穷尽，而是刚刚开始。鲁迅的深邃思想是"仰之弥高，钻之弥坚"的现代文化财富。

三、鲁迅从民元前到"五四"的心路历程

梁启超为中国文化与文学从传统向现代过渡架设了一座畅通的桥梁，他在桥梁的那端观望而没有做出跨越，鲁迅则沿着业已架好的桥梁没有任何回顾地走了过来。他以坚定而怀疑的心态面向了一

---

① 梁实秋：《评〈华盖集续编〉》，见《梁实秋作品集》，兰州：敦煌文艺出版社1997年版，第36页。

个不可预测的未来。

前面我们已经谈过鲁迅在近代文化思想的背景下，对中国与世界的关系进行过比较全面而深刻的文化审视。这是由于他对中国传统国学有着非常深刻的了解，甚至有人认为鲁迅的"国粹"功底是出类拔萃的。他后来在与复古主义的斗争中，他所具有的国粹基础，以至于使他在为新文化与新文学即白话文所作的辩护中起到至关重要的作用。另一方面，鲁迅到南京求学后，迎来了他人生的转折点，他开始初步接触与中国传统迥异的西方知识，使这个刚刚要步入青年时期的中国青年，看到了新的希望：

> 在这学堂里，我才知道世上还有所谓格致，算学，地理，历史，绘图和体操。生理学并不教，但我们却看到些木版的《全体新论》和《化学卫生论》之类了。我还记得先前的医生的议论和方药，和现在所知道的比较起来，便渐渐的悟得中医不过是一种有意的或无意的骗子，同时又很起了对于被骗的病人和他的家族的同情；而且从译出的历史上，又知道了日本维新是大半发端于西方医学的事实。[1]

也正在这时又值中日甲午战争爆发的时候，对一个充满希望的中国青年来说，对当时国家的安危、民族的兴衰不可能无动于衷。就在1898年的南京求学期间，鲁迅得到了严复译著的《天演论》，并被其中进化论的思想所深刻影响，从此形成了以进化论为基础的世界观，用以观察社会和人生。如果说南京求学时期是鲁迅充满幻想的时期，那么，日本留学时期就是他的美梦破灭的时期。正像他自己所说："我的梦很美满，预备卒业回来，救治像我父亲似的被误的病人的疾苦，战争时候便去当军医，一面又促进了国人对于维新的信仰。"[2] 鲁迅这时期的理想破灭，不仅是因为"幻灯片"事件对

---

[1] 鲁迅：《呐喊》自序，见《鲁迅全集》第1卷，北京：人民文学出版社2005年版。
[2] 同上。

第五章 文化与文学转型的内在联络

这个漂泊异国青年的心灵所产生的震撼，更是为了拯救现代国人的灵魂放弃医学从事文艺过程中所遭遇的挫折。

　　这一学年没有完毕，我已经到了东京了，因为从那一回以后，我便觉得医学并非一件紧要事，凡是愚弱的国民，即使体格如何健全，如何茁壮，也只能做毫无意义的示众的材料和看客，病死多少是不必以为不幸的。所以我们的第一要著，是在改变他们的精神，而善于改变精神的是，我那时以为当然要推文艺，于是想提倡文艺运动了。在东京的留学生很有学法政理化以至警察工业的，但没有人治文学和美术；可是在冷淡的空气中，也幸而寻到几个同志了，此外又邀集了必须的几个人，商量之后，第一步当然是出杂志，名目是取"新的生命"的意思，因为我们那时大抵带些复古的倾向，所以只谓之《新生》。

　　《新生》的出版之期接近了，但最先就隐去了若干担当文字的人，接着又逃走了资本，结果只剩下不名一钱的三个人。创始时候既已背时，失败时候当然无可告语，而其后却连这三个人也都为各自的运命所驱策，不能在一处纵谈将来的好梦了，这就是我们的并未产生的《新生》的结局。

　　我感到未尝经验的无聊，是自此以后的事。我当初是不知其所以然的；后来想，凡有一人的主张，得了赞和，是促其前进的，得了反对，是促其奋斗的，独有叫喊于生人中，而生人并无反应，既非赞同，也无反对，如置身毫无边际的荒原，无可措手的了，这是怎样的悲哀呵，我于是以我所感到者为寂寞。①

　　辛亥革命后，中国并没有像鲁迅所想象的发生本质上的变化，只不过是"咸与维新"而已。这时鲁迅感到如"置身毫无边际的荒

---

① 鲁迅：《呐喊》自序见《鲁迅全集》第1卷，北京：人民文学出版社2005年版。

原"的寂寞与悲哀，所以他只能在搜集金石与前贤的文字中聊以自慰。

只是我自己的寂寞是不可不驱除的，因为这于我太痛苦。我于是用了种种法，来麻醉自己的灵魂，使我沉入于国民中，使我回到古代去，后来也亲历或旁观过几样更寂寞更悲哀的事，都为我所不愿追怀，甘心使他们和我的脑一同消灭在泥土里的，但我的麻醉法却也似乎已经奏了功，再没有青年时候的慷慨激昂的意思了。①

鲁迅绝望而颓唐的思想，随着《新青年》第四卷第五号（1918年5月）《狂人日记》的发表开始消退，他的小说创作，从此一发而不可收，在"铁屋子"中有了旷世而震撼世界的"呐喊"。鲁迅从19世纪末到20世20年代初，经历了由亢奋到冷静沉寂，再到新探索的三部曲。从早期文言论文中对中国文化的思考与探索，到五四时期在"呐喊"中的"内省"，建构起了令世人永久回味而魅力无穷的思想库。

四、新文学生成的语文学意义

这里所谓的语文学意义，主要是指五四的白话新文学给现代汉语语文学带来了一次革命性的变革。变革主要体现在由原来的文言文变成了白话文。其实从话语的角度而言，话语的结构产生了本质的变化，它不仅是表达词汇的排序习惯有了比较大的变化，而阅读的语感也产生了根本不同的韵律与节奏。在文言文里作者的感情往往由虚词的辅助来完成，而白话文则不然，它无需太多的虚词，它可以通过直抒胸臆的方法一吐为快。文言重表情，白话不仅重表情

---

① 鲁迅：《呐喊》自序，见《鲁迅全集》第1卷，北京：人民文学出版社2005年版。

更重表意。所以胡适认为白话文为国语的形成起了重要的作用。他提出了所谓"国语的文学,文学的国语",并对它的内涵做了进一步的解释:

> 我们所提倡的文学革命,只是要替中国创造一种国语的文学。有了国语的文学,方才可有文学的国语。有了文学的国语,我们的国语才可算得真正国语。国语没有文学,便没有生命,便没有价值,便不能成立,便不能发达。①

白话文学是胡适所谓的活的文学。说它是活文学,那是因为它来自民众的口语,人们的生活中,比起文言文少了些古板与学究气,多了些鲜活与生动。重要的是白话文学的表现题材来自民众,情感来自民众,最终接受者也是民众,周作人在《平民文学》中所谓的要表现平民的"悲欢成败"。所以我们说白话的文学没有了文绉绉的书生气,更贴近了底层的劳动者。从语文学的角度看,白话文学为中国的新文化时代与新文学时代结构了全新的语言范式,从语言学角度而言,则更符合现代汉语的规则,更符合普通人们的表达习惯,少了些"烂调套语,无病呻吟"的话语程式,消除了表达思想与情感的语言隔阂。正是胡适所谓:"思想不必皆赖文学而传,而文学以有思想而益贵也。"② 新文学为何要用白话呢?胡适认为因为白话文学可以更直接地表达作者的思想,而文言文则不能很好地把深奥的思想道理用浅显易懂的话语说明白。如果仅仅以表情的角度看,也许文言文并不差,所以守旧的国粹派认为白话文不能写"美文"。但是胡适认为新文学不仅仅是要表情,更要表意,就是所谓思想。在五四时期新文学不仅是要抒发感情,而且情感要真诚,是为情而文,不是为文造情。周作人认为只要感情是真挚的,就是美的;在情感之外,他们更要传达给中国国民一种新的思想,这是同传统文学根

---

① 胡适:《建设的文学革命论》,见《胡适文存》一集卷一,华文出版社2013年版。
② 胡适:《文学改良刍议》,载《新青年》第二卷第五号,1917年1月1日。

本性的一个差异。传统文学无非是文人们之间的情感交流，或者是讽喻社会，那与平民百姓还有着相当的距离，隔着一道很厚的墙壁；传统文学或者是文人们高兴时的游戏和失意时的消遣。可是五四时期具有新文化与新文学思想者认为"将文艺当作高兴时的游戏或失意时的消遣的时候，现在已经过去了"①。传统文学中，有的诗文几乎也是语言的游戏，所以胡适先生给予批判：

> 今之学者，胸中记得几个文学的套语，便称诗人。其所为诗文处处是陈言滥调，"蹉跎"，"身世"，"寥落"，"飘零"，"虫沙"，"寒窗"，"斜阳"，"芳草"，"春闺"，"愁魂"，"归梦"，"鹃啼"，"孤影"，"雁字"，"玉楼"，"锦字"，"残更"……之类，累累不绝，最可憎厌。其流弊所至，遂令国中生出许多似是而非，貌似而实非之诗文。今试举一例以证之：
> "荧荧夜灯如豆，映幢幢孤影，凌乱无据。翡翠衾寒，鸳鸯瓦冷，禁得秋宵几度。幺弦漫语，早丁字帘前，繁霜飞舞。袅袅余音，片时犹绕柱。"
> 此词骤观之，觉字字句句皆词也。其实仅一大堆陈套语耳。②

如果把文学变成了文字的游戏，那就只是文人对文字的卖弄，自我的欣赏，对普通读者来说，连游戏的作用也起不到。从文法的角度来说也是不通的。钱玄同也在多处谈到这个问题，现摘录如下：

> 胡君所云"须讲文法"，此不但今人多不讲求，即古书中亦多此病。如《乐毅报燕惠王书》中"蓟丘之植，植于汶篁"二语，意谓齐国汶上之篁，今植于燕之前蓟丘也。江淹《恨赋》"孤臣危涕，孽子坠心"，实"危心坠涕也"。杜诗"香稻啄余鹦鹉粒，碧梧栖老凤凰枝"，"香稻"与"鹦鹉"，"碧悟"与

---

① 《文学研究会宣言》，载《小说月报》第12卷第1号，1921年1月10日。
② 胡适：《文学改良刍议》，载《新青年》第二卷第五号，1917年1月1日。

"凤凰",皆主宾倒置,此皆古人不通之句也。《史记裴骃集解序》索隐有句曰:"正是冀望圣贤胜于'饱食终日无所用心',愈于《论语》'不有博弈者乎'之人耳。"凡见此句者,殆无不失笑。然如此生吞活剥之引用成语,在文学文中亦殊不少,宋四六中,尤不胜枚举。

语录以白话说理,词曲以白话为美文,此为文章之进化,实今后言文一致的起点。此等白话文章,其价值远在所谓"桐城派之文""江西派之诗"之上,此蒙所深信而不疑者也。①

中国传统文人写文章,不仅言文不一致,更不注意文法,如果用现代文法理论去看,更是如此。即便是从语义学的角度看,文言文也多有不合逻辑之处。"所有话语均由符号构成,而任何符号都有三个维度的功能。首先是'句法'维度,包括被我们称为逻辑的所有因素;其次是'语义'维度本身,涉及符号对物体的指涉;最后是'语用'维度,涉及所包含所有或明或暗的心理学、生物学和社会学意义。"②而现代的语文学也正是在追求语文的现代性上对文言进行改造,是新文化过程中不可缺少的重要环节,其意义是深远的。他们首先要做的是使我们在写文章的时候要言文一致,那么如何推广言文一致的理念,即现代语文学的标准,胡适在《建设的文学革命论》中作了比较详尽的阐述。他认为文言文是用"死文字"作文,因此不能很好地"表情""达意",更不能表达现代人的思想情感:

为什么死文字不能产生活文学呢?这都由于文学的性质。一切语言文字的作用在于达意表情;达意达得妙,表情表得好,便是文学。那些用死文言的人,有了意思,却须把这意思翻成

---

① 钱玄同:《寄陈独秀》,载《新青年》第三卷第一号,1917年2月25日。
② [美]约翰·克罗·兰色姆:《新批评》,王腊宝、张哲译,南京:江苏教育出版社2006年版,第193页。

晚明至五四：文人思想转型背景下的文学新变 >>>

几千年前的典故；有了感情，却须把这感情译为几千年前的文言。明明是客子思家，他们须说"王粲登楼"、"仲宣作赋"；明明是送别，他们却须说"《阳关》三迭""一曲《渭城》"；明明是贺陈宝琛七十岁生日，他们却须说是贺伊尹、周公、傅说。更可笑的：明明是乡下老太婆说话，他们却要叫她打起唐宋八家的古文腔儿；明明是极下流的妓女说话，他们却要她打起胡天游、洪亮吉的骈文调子！……请问这样作文章，如何能达意表情呢？既不能达意，既不能表情，哪里还有文学呢？即如那《儒林外史》里的王冕，是一个有感情、有血气、能生动、能谈笑的活人。这都因为作书的人能用活言语活文字来描写他的生活神情。那宋濂集子里的王冕，便成了一个没有生气，不能动人的死人。为什么呢？因为宋濂用了二千年前的死文字来写二千年后的活人；所以不能不把这个活人变作二千年前的木偶，才可合那古文家法。古文家法是合了，那王冕也真"作古"了！

因此我说，"死文言决不能产出活文学"。中国若想有活文学，必须用白话，必须用国语，必须作国语的文学。①

所以胡适先生认为要想使文学变成活的文学就必须表现现代人的思想情感，要表达现代人思想情感，就必须对死的文字进行改造，不要用古人的话，说今人的话。使现代人的话成为现代人的语文标准；要使现代人的写作语言成为现代汉语的标准，就首先要在文学上推广白话文学。因为他认为这样的工作，单靠语言学家是不能够完成的。兹摘录一段胡适先生的话，以为例证：

有些人说："若要用国语做文学，总须先有国语。如今没有标准的国语，如何能有国语的文学？"我说，这话似乎有理，其

---

① 胡适：《建设的文学革命论》，见《胡适文存》一集卷一，华文出版社2013年版。

实不然。国语不是单靠几位言语学的专门家就能造得成的；也不是单靠几本国语教科书和几部国语字典，就能造成的。若要造国语，先须造国语的文学。有了国语的文学，自然有国语。这话初听了似乎不通。但是列位仔细想想便可明白了。天下的人谁肯从国语教科书和国语字典里面学习国语？所以国语教科书和国语字典，虽是很要紧，决不是造国语的利器。真正有功效有势力的国语教科书，便是国语的文学，便是国语的小说、诗文、戏本。国语的小说、诗文、戏本通行之日，便是中国国语成立之时。试问我们今日居然能拿起笔来作几篇白话文章，居然能写得出好几百个白话的字，可是从什么白话教科书上学来的吗？可不是从《水浒传》《西游记》《红楼梦》《儒林外史》等书学来的吗？这些白话文学的势力，比什么字典教科书都还大几百倍。《字典》说"这"字该读"鱼彦反"，我们偏读它做"者个"的者字。《字典》说"么"字是"细小"，我们偏把它用作"什么""那么"的么字。字典说"没"字是"沉也"，"尽也"，我们偏用它做"无有"的"无"字解。《字典》说"的"字有许多意义，我们偏把它用来代文言的"之"字，"者"字，"所"字和"徐徐尔，纵纵尔"的"尔"字。……总而言之，我们今日所用的"标准白话"，都是这几部白话的文学定下来的。我们今日要想重新规定一种"标准国语"，还须先造无数国语的《水浒传》《西游记》《儒林外史》《红楼梦》。①

胡适的这些观点，进一步明确了现代标准国语的基础就是现代白话文学。而创造白话文学的人，就是制定标准国语的人。

胡适的观点，对中国文学从古代与近代转向现代性做出了划时代的成就，现代白话文学的产生，为现代语文的规范起了重要而关

---

① 胡适：《建设的文学革命论》，见《胡适文存》一集卷一，华文出版社2013年版。

键的作用。所以郁达夫在谈到叶圣陶的散文时有如是的评价:"我以为一般的高中学生,要取作散文的模范,当以叶绍钧氏的作品最为适当。"① 所以五四以后,白话文学的日益兴盛,对现代语文有着重要的意义。

---

① 郁达夫:《中国新文学大系·散文二集》导言。

第六章　现代新文学的重构

一、文学的文化责任与文学的政治化

中国文学从晚清到现代，经历了由梁启超等人在近代重视文学的政治功能到五四新文化时期重视文学的文化责任的转移。现代新文学也十分重视文学的社会功能，强调文学是为人生的，仍然传承了近代文学的用文学改良社会的传统。但仔细进行考察、检视就会发现，现代文学的革命性与近代文学的革命性是有着概念上的不同的，近代文学的革命性，是要用文学改造政治制度，而现代文学则不然，它的核心要素是要用文学去改造文化，那个造成社会政治制度的文化，并非是政治制度本身，所以现代文学更关注文学的文化内涵，这是现代文学同近代文学的本质区别。而后五四则由新文学的重视文化改造向重视文学的阶级性转向，经历了由文学革命到革命文学的过程。由此我们可以观察到一个中国文学从晚清开始所经历的三段式历程，即注重文学的政治功能→关注文学对文化的改造→注重文学的阶级性（文学的政治化）。

近代文学注重文学的政治功能，其实质是要用文学干预政治，促使社会政治变革；五四新文学用文学改造文化，是要用文学改造传统文化中所形成的不利于中国社会、中华民族向现代化发展的弊端；后五四时代，即20年代末到30年代文学的政治化，实际是走

晚明至五四：文人思想转型背景下的文学新变　>>>

向了用政治干预文学，即文学的政治化。这种三段式过程，是由晚清以来的中国社会现实所决定的。近代梁启超等人试图用文学来对晚清的社会政治进行变革，但并没有取得实质性的成功。近代维新变革的失败，某种程度上给了五四知识分子以启发，用文学去改造政治及其制度，只是一种理想，造成政治问题的根本原因是文化出了问题。问题在哪里，有很多方面，但问题的实质是必须对文化进行改造。如何改，陈独秀认为中国必须要提倡"民主"与"科学"，用科学民主的精神改造旧的文化，建设新的文化，改造旧的道德，建设新的道德；改造旧的文学，建设新的文学。陈独秀的文学观，在1917年2月所发表的《文学革命论》一文中有着鲜明的阐述。而与此同时，胡适说，要改造旧文学，须先废除文言文，提倡白话文，这一主张，在1917年1月发表的《文学改良刍议》中表达得十分清楚。周作人则认为，提倡人道主义的文学才是改造旧文学的良方，因为只有尊重每一个人，才能实现真正意义上的平民文学。他的观点在1918年发表的《人的文学》和1919年初发表的《平民文学》两篇文章中有详尽的论述。鲁迅作为文学家则以他的小说创作，更加细腻生动地表达了自己对文化改造的认识。他在1918年5月发表的第一篇白话小说《狂人日记》，不仅是为白话文学在叙事范式上带来了全新的创意，关键是小说中用狂人的感受、狂人的心理与幻想道出了中国历史上从未有人敢说的话：

  凡事总须研究，才会明白。古来时常吃人，我也还记得，可是不甚清楚。我翻开历史一查，这历史没有年代，歪歪斜斜的每页上都写着"仁义道德"几个字。我横竖睡不着，仔细看了半夜，才从字缝里看出字来，满本都写着两个字是"吃人"！[①]

鲁迅正是利用狂人对中国历史的研究来实现对中国封建文化中

[①] 鲁迅：《狂人日记》，见《鲁迅全集》第1卷，北京：人民文学出版社2005年版，第425页。

所谓"礼教"的"仁义道德"的批判,把文学创作的笔锋转向了对传统礼教文化的反思,因而也就开启了五四文学对传统文化的"反省"指向与理性精神。尽管五四文学的整体还是抒情与浪漫的,但它又是在五四时期新文化运动的理性反思背景下的浪漫,即新文学是在新思想背景下对过去时代的形象描述,对即将来临的新时代的热情向往。如果说对过去时代需要用理智的态度进行"反省",那么对新时代的到来则更需要幻想与热情。所以我们说,五四时代是理性与感性的结合体,是"冰"与"火"的二重奏,是用文学形象对历史的哲学思考:

> 文学可以看作思想史和哲学史的一种记录,因为文学史与人类的理智史是平行的,并反映了理智史。不论是清晰的陈述,还是间接的暗喻,都往往表明一个诗人忠于某种哲学,或者表明他对某种著名的哲学有直接的知识,至少说明他了解哲学的一般观点。①

就五四作家而言,鲁迅作为新文学的奠基人,对西方思想家的著作与西方哲学名著有着较深入的了解。这一点,他早在南京求学时期已经接触了严复译著的《天演论》,对西方思想有了一定的认识,形成了初步的进化论思想;而在日本留学生界杂志《河南》上发表的文言论文中就更表明鲁迅对西方思想与哲学的思考,并由此而引导鲁迅用西方角度观照中国,对中国传统文化进行重新的评价。在近代梁启超等人对西方思想和哲学已经有所介绍,但仔细检视会发现,梁启超介绍卢梭等西方思想家的东西,目的是为了政治的改良,因此说他是从政治的角度解释卢梭,而不是从文化的角度。他同严复还是有区别的,可以说严复的维新思想更接近于文化的维新,因而他在译介西方名著时,其视角是从文化的角度去接受的,可以

---

① [美]韦勒克、沃伦:《文学理论》,刘象愚、邢培明、陈圣生、李哲明译,北京:生活·读书·新知三联书店1984年版,第114页。

说严复的思想，某种程度更接近五四。所以从本质上说，鲁迅对文化问题的深刻思考是对严复思想的进一步深入与发展。所以鲁迅的创作无疑会有着深刻文化思想烙印，而在鲁迅的影响下，无论是"问题小说"还是"乡土文学"都带着浓厚的文化气息与哲理思考，使之成为五四时期文坛主流。

不过新文学到了30年代发生了又一次新的变化，由重视对文化反省的文学革命走向了重视文学阶级性的革命文学。这一转变仍然是受到了西方在19世纪末20世纪初所形成的马克思主义思想潮流的影响。就20世纪30年代的文学理论界来看，马克思主义的文艺思想得到了广泛的传播。任何的存在其实都有它的合理性，这是无可厚非的。马克思主义思想，从社会政治与经济的角度看，它更重视从社会制度革命的角度来改变旧制度所产生的矛盾。如果从中国社会当时的现实环境看，马克思主义思想革命在中国能够产生也是必然的潮流。我们在这里要讨论的是在马克思主义思想潮流的背景下，马克思主义文艺在当时的中国又是如何表现的呢？显然这是一个众说纷纭的问题。谈20世纪30年代的文学，尤其是革命文学，必须结合当时的文化语境，才能客观地对其所有现象做出适当的评价。"谈三十年代的文学，首先有必要对三十年代政治文化语境及与之相适应的文学氛围进行考察。离开了这种语境和氛围，三十年代许多文学现象将难以获得合理的解释。"① 也就是说从文学的外部环境去研究是非常有必要的。外部环境确实一定程度上影响着文学的发展走向，但是文学毕竟有自身的运行规律。

我们应该承认，社会环境似乎决定了人们认识某些审美评价的可能性，但并不决定审美价值本身。我们可以概略地断定，在某一特定的社会中，什么样的艺术形式是可能的，什么样的

---

① 朱晓进：《政治文化与中国二十世纪三十年代文学》，北京：人民出版社2006年版，第14页。

艺术形式又是不可能的；但我们却不能预言这些艺术形式必然会存在。许多马克思主义者，而且不光是马克思主义者，试图通过十分粗略的捷径从经济方面来研究文学。①

所以 20 世纪 30 年代以来一部分革命文学作品既不能进行文本的细读，更难经受时间的考验。造成这种原因的因素，不单是因为文学的外部原因所致，而是由于政治化的干预而导致作家在创作中过分追求功利性的结果。由于革命文学单纯追求政治化的原因，作家创作时就会把更多的精力放在政治的倾向上，生硬地表现政治，而不是自然流露出来，忽略了文学的审美功能。奇怪的是曾经有许多文学研究者仅从文学的外部环境研究，重视背景的研究而不注意从文学内部的规律去研究。韦勒克等人认为：

> 文学研究的合情合理的出发点是解释和分析作品本身。无论怎么说，毕竟只有作品能够判断作家的生平、社会环境及其文学创作的全过程所产生的兴趣是正确的。②

由于作家受到太多的自身之外的非文学因素的干扰，使作家在创作时失去了自我，往往容易从概念出发，致使文学失去了文学应有的品质。这种过分政治化的趋向，不仅是创作自身，研究与评论也发生了评价标准的扭曲。革命文学自身是有问题的，但由此所引起的文学论争也走向了许多离开文学本身之外的声音。所以有学者认为政治文化成了三十年代文学的主旋律。"由于三十年代各文学派别的文学观念，在某种意义上可以说是并非出于文学的或学术的思考，而常常是从自身的政治立场、政治态度出发，针对自身对当时文化形势的理解而采取的某种文学策略，因此，在三十年代的一系

---

① [美] 韦勒克、沃伦：《文学理论》，刘象愚、邢培明、陈圣生、李哲明译，北京：生活·读书·新知三联书店 1984 年版，第 107 页。
② 同上，第 145 页。

列重要的文学论争中都无不显示出浓烈的政治文化色彩。"[①] 20 世纪 30 年代是文学多元纷呈的时代，马克思主义的文艺思想得到迅速而广泛的传播，无产阶级的文学与其他文学形成了分庭抗礼之势。我们认为，所谓的文学政治化的趋势，不是造成文学自身规律缺失的原因，而是由于现实的斗争与残酷的政治压力迫使文学成为政治斗争的工具与武器，造成这种局面的原因是由于多方纷争的结果，而非单方面的因素。所以在 30 年代的现代文坛，恰恰是那些与政治保持一定距离的作家与派别在文学上取得了令人注目的成就。不过文学的政治化，作为文学史上的特别现象与存在是无可厚非的历史，也使中国文学在从 19 世纪末到 20 世纪 30 年代的转型过程中形成了十分有趣的现象。即晚清的政治文学到五四的文学文化化（与政治疏离）再到 30 代文学的政治化，映射出了中国文学的近代历程。

二、文学观转型与五四创作

20 世纪以来，中国社会不仅在政治和文化方面发生着剧烈的变动，而伴随着社会变革的文学，事实上它比社会的变革更直接、更预先形象地体现在文学作品中。这种现象在五四文学的创作中表现得极为鲜明，它预示了中国文学将从 19 世纪末对旧文学破坏之后的混乱无序状态中建立一种新的秩序，重新建构一种新的文学体系，使业已衰落的传统文学再次建构新的秩序。不过，这种新秩序是在西方 19 世纪末以来的文学思想观念影响下寻求到的，因而，新文学从一开始就试图找到与世界文学发展相一致的契合点，即文学的人性化和平民化。

[①] 朱晓进：《政治文化与中国二十世纪三十年代文学》，北京：人民出版社 2006 年版，第 118 页。

（一）文学理念的开放性

近代以来的文学思想和中国社会现实决定了中国现代文学从它一开始就不可能是封闭的而是开放型态的，它的胃口是现实主义的，但它完全可以吸收浪漫主义、唯美主义乃至现代主义、象征主义等有益新文学发展的一切流派。

正如《小说月报》改革宣言中所宣称的："同人以为今日谈革新文学非徒事模仿西洋而已，实将创造中国之新文艺，对世界尽贡献之责任：将欲取远大之规模尽贡献之责任，则预备研究，愈久愈博愈广，结果愈佳，即不论如何相反之主义咸有研究之必要。故对于为艺术与为人生两无所袒。必将尽忠实介绍，以为研究之材料。"[①]"我们主张为人生的艺术，我们自己的作品自然不论创作译丛论文都照这个标准去做但并不是欲勉强大家都如此，所以对于研究文学的同志们的作品，只问是文学否，不问是什么派，什么主义。"[②]譬如，以宣传现实主义为己任的《小说月报》在改革以前主要发表"礼拜六"派的小说，但在沈雁冰主编的小说新潮栏宣言中就指出："现在新思想一日千里，新思想是欲新文艺去替他宣传鼓吹，所以一时间便觉得中国翻译的小说实在是都不合时代，况且西洋文艺已经由浪漫主义（romantcism）进而为写实主义（realism），表象主义（symboliism），新浪漫主义（New romanticism），我国却还是停留在写实以前，这个又显然是步人后尘。所以新派小说的介绍，于今实在是很急切的了。"[③]《小说月报》从11卷1号开始由沈雁冰主编"小说新潮"栏进行了革新，这是大势所趋，新文学新观念逐渐占领了上风。《小说月报》的革新，说明孕育中的新文学已到了它

---

① 见《小说月报》第12卷第1号，第3页。
② 见《小说月报》第12卷第6号附录，载《文学研究会会务报告》，第2页。
③ 见《小说月报》第11卷第1号，《小说新潮》，第1页。

的产期。尽管在此之前《新青年》已诞生鲁迅的《狂人日记》,北京大学也办起了以发表新小说为主的《新潮》,但那只是报春之花,而真正的百花争艳的时代应该是《小说月报》革新以后。说它是在重新寻找新的秩序,新的体系,说它是成熟的,我们从改革宣言中便可略知其大概。首先,他们"深信文艺进步全赖有不囿于传统思想之创造的精神",以介绍西洋名家著作为己任;其次是对中国旧有文学,他们认为不仅过去时代有相当之地位而已,即对于将来亦有几分之贡献。所以"甚愿发表治旧文学者研究所得之见"。这对近代梁启超所提倡的现实主义文学既是接轨,又是发展。

新文学家们认为建设新的文学,不仅仅是创造我们的"国民文学",而且要把文学作为"沟通人类感情代社会人类呼吁的唯一工具"。文学能使世界不同色的人种可以融化可以调和,所以"文学家要在非常纷扰的人生中寻求永久的人性。要了解别人,也要把自己表露出来使人了解,要消灭人与人之间的沟渠"。这样的文学就是"为人生"的文学。王统照说:"我们相信文学为人类情感之流底不可阻遏的表现见,而为人类潜在的欲望的要求。"[①] 实际上对于一个刚刚从几千年沉睡中觉醒的民族的文学来说更是如此,被压抑的欲望必然会通过文学表现出来。它不可能以纯客观的角度来观察人,观察社会,观察生活,它既有新奇的感受,也有不安的焦虑,既有对未来的向往,亦有对前途的茫然痛楚、兴奋、悲哀交织在一起,这是觉醒时期文学的特征。正像郑振铎在《文艺丛谈》中所说:"文学不惟是最好思想的记录,爱默生(Emerson)所说的,并且也是人们的一切感情的结晶。他把我们的笑,我们的哭,我们的叹息,我们的崇慕、恨怒,以及我们的一分一秒间的脑中的波动与变化,

---

[①] 王统照:《本刊的缘起及主张》,这里的本刊指《文学旬刊》,载《晨报副刊》,1923年6月11日。

微妙而且感人地写下来。"①

（二）"抒情"：文学创作的主旋律

新文学早期小说创作固然庞杂多样，作家总的倾向、艺术风格也不尽一致，但作为一个整体来看，我们可以在庞杂多样中找出一个较为普遍的特点，初期的创作"抒情"多于冷静思考。

无论是"创造社"的浪漫主义代表作家郁达夫，还是追随"文学研究会""为人生"艺术的庐隐和冰心，即使被称为杰出的批判现实主义大师的鲁迅，也不是传统意义上的现实主义作家。鲁迅在民元前留学日本时期的长篇文言论文《摩罗诗力说》就主要介绍的是英国东欧和俄国的浪漫主义诗人，试图为死水一潭的中国文坛激起一点浪花，为黑暗中生存的中国国民输入一丝新鲜血液，他写《摩罗诗力说》的宗旨在于"立意在反抗，旨归在动作"。这说明鲁迅早期的文学观认为，在压抑的文化和社会背景下，浪漫主义是激起国民觉醒的最好方式，也是作家抒发内心苦闷的最佳选择。不妨仔细阅读和体会他的第一篇开山之作《狂人日记》，其中就充满激情，不乏浪漫主义特征。这篇作品从某种意义上看，可以说是一首抒情诗，是对旧文化和旧道德的诅咒诗，是一声绝叫，是黑暗的铁屋子中的绝叫。

这篇作品一般认为是现实主义的，但它同传统意义上的现实主义截然不同。它给人的感觉是作者压抑已久的内心世界的一种释放，它更像他在散文诗《死火》中曾经描述过的那种被冰冻了的火，有焰焰的形，但那是"死火"，不过总有复活的时候，有爆发的潜力。在鲁迅所有的作品中我们都能感觉到这种极具爆发的张力的存在，"地火在地下运行，奔突；熔岩一旦喷出，将烧尽一切野草"。这足

---

① 见《小说月报》第12卷第1号，第31页。

以证明鲁迅就是一团火，但又是被冰冻的火。他没有简单的乐观，更没有单纯地表露自己的内心世界，而是选择了理性的冷静的视角来观察人生和社会。因而表面看，鲁迅是那样的冷静，很容易被人看作是一个冷峻的现实主义作家，当你真正解读他的内心世界时，你会发现他的本质其实是激烈的。这种激烈不仅仅来自他文章中的好斗精神，而是对未来充满憧憬和希望，但现实却不能使他看到希望和光明，还是一种被抑制的激情。因此，鲁迅本是一个充满个性的极具张力的作家。只是鲁迅的作品同现代文学史上的以郭沫若为代表的浪漫主义作家以不同的方式表现出来而已。

所以我们不难看出，五四时代启蒙文学的总体特质是充满激情的，是对传统几千年来人性被压抑后焕发出来的激情。

（三）忏悔意识：文化与文学转型期的特征

忏悔意识是初期小说创作中的一个主要特征，这一类小说多采用第一人称的手法，以描写下层贫民的生活为主；不仅是写下层贫民的苦难生活，而且是通过对某一事件或生活情节的描绘叙述，来反映"我"的思想感情和态度，由"我"的感情波动变化来思考人生，因此多数小说情节非常简单。这些小说还不能普遍深入地反映下层贫民的生活，几乎也没有写什么人物性格，"我"和所叙述者的感情融合在一起，构成了一幅具有巨大精神包容量的写意画。带着强烈的从朦胧中苏醒过来的知识分子对于"人"的重新发现而产生的感慨思绪。

"人"的发现，一方面是自我的发现，另一方面又是通过自我对于他人的发现。对于自我的价值，又是对他人的价值的发现。忏悔意识正是在对于他人的价值发现中窥察到了自我。这也是不同于中国古代文学中的人道主义的一种新的意识，是近代以来所提倡的人道主义思想的体现。在古代文学作品中的人道主义只是一种精神，一种倾向，一种人民性，其中几乎没有真正的自我。如杜甫的"三吏""三别"，只能反映出作者对于那些不幸者的同情、怜悯，其实质是在通过描绘现实来讽喻封建统治者，目的无非是"致君尧舜上，再使风俗淳"。而现代文学中的人道主义却是对"人"的真正发现，是对人生的形而上的哲学思考。它不仅仅是一种"同情"和"怜悯"。正如周作人在《平民文学》中所说的："平民文学者，见了一个乞丐，决不是单给他一个铜板，便安心走过；捉住了一个贼，也决不是单给他一元钞票放了，便安心睡下，他照常未必给一个铜子或一元钞票，但他有他心里的苦闷，来酬付他受苦或为非的同类人，他所注意的，不单是这一人缺一个铜子或一元钞票的事，乃是对于他自己的与共同的人类的运命。他们用一个铜子或用一元钞票，赎得心的苦闷的人，已经错了。"① 如果说胡适的《人力车夫》还只是知识分子对于贫民的同情和怜悯的话，鲁迅的《一件小事》则是如识分子从劳动者的形象中对比出了自己"渺小"的一面，忏悔意识也不仅仅是发现下层贫民的"崇高美德"，而是对于整个人生的思索，他们因此而苦闷、而忧患。表现出一种深刻的自我启蒙精神和虔诚的反省精神，这是以往时代的文学中没有的。这种忏悔意识是想摆脱传统束缚的心态，是对传统的绝望，对新生活的憧憬。

其实在"五四"对传统文化的否定中，知识分子在接受西方的资产阶级人道主义思想的时候，也有意或无意地和中国传统的人文主义思想融合在了一起，其忏悔意识和忧患意识便是一种传统文人品格。西方的人道主义特别强调的是自我，是"个性"，只有在自我价值的实现中才体现了对于人类的爱。对他人的爱首先应该是对自我的尊重。"创造社"的作家在他们的创作中似乎更体现出这种西方式的"个性"。然而，终因不符合中国人的精神而不得不逐渐转向

---

① 周作人：《平民文学》，载《每周评论》第五号，1919年1月19日，署名仲密。

现实。

五四文学的忏悔意识还表现在小说中的主人公颇像俄国 19 世纪中叶文学中"多余人"形象。他们"苦闷""彷徨",绝望于社会,也厌恶自己,他们感到自己在社会中是没有用的。正像赫尔岑《谁之罪》中的主人公所说:"……为甚么人生而有这样的力量和这样的憧憬,而无用武之地呢?这简直是不可理解的。"五四时期的中国知识分子感到自己在强大的封建势力面前是如此微弱、渺小。庐隐笔下的那些凄凄切切的哀怨的女性,郁达夫笔下的"零余者"都感到自己的"多余"。他们不但经济拮据,而且在思想转型时期,体现出了对国家、民族和自我的忧虑。这使他们和社会的下层有了密切的思想上的联系,很容易和被压迫者结合起来,谋求新的生活。不仅仅是我的生活,而且也包含着对民族生存前景的思考。所以,五四后新文学不同于传统的一面,主要体现在是以"自我"的形式表现的,把"自我"意识和整个社会联系在一起,不断地反省自身存在的传统道德观,这就是五四文学中忏悔意识形成主要原因。

(四)"爱"与"美"追寻

对"爱"和"美"的追求也是当时许多作家表现的主题。五四时期对于"爱"和"美"的理解,和封建的"爱"和"美"有着完全不同的意义,是对人的内在生存本质的追求。正像茅盾所说:"我们觉得文学的使命是声诉现代人的烦闷,帮助人们摆脱几千年来历史遗传的人类共有的偏心与弱点,使那无形中还受着历史束缚的现代人的情感能够互相沟通,使人与人中间的无形的界线渐渐泯灭,文学的背景是全人类的背景,所诉的情感是全人类共同的情感。"[①]这说明,五四时期,知识分子在思考问题时是把中国放在全人类的

---

① 茅盾:《创作的前途》,载《小说月报》第 12 卷第 7 号,第 45 页,署名沈雁冰。

文化背景中思考的，而传统民族主义思想中的"夷夏之辨"思想已荡然无存。而在传统文化中民族主义不仅在人与人之间筑起了一堵厚厚的墙，而且民族与民族之间、国家与国家之间也隔开了一道厚厚的墙，无法有真正的感情的交流。五四文学在很大程度上反映了人们寻求突破这种"隔膜"的途径。鲁迅在《故乡》中就沉重地感觉到了这种"隔膜"的痛苦，是封建礼教使他与闰土之间隔了一层可悲的厚障壁。他希望下一代应该有新的生活，为所未经生活过的，再不要像他们似的存在精神上的"隔绝"。但鲁迅并没有指明如何消除这"隔绝"，而冰心则想以"母爱""童真"去感动那冷冰冰的超人，她希望人类就像母亲爱活泼天真的儿童一样去相爱，使爱变成一种天性，消除"隔膜"。她是中国文学史上第一个写真正写"母爱"、歌颂"母爱"的作家。固然，在中国文学史上可以找到许多"母爱"的例子，但那都是带着封建理性色彩将"母爱"赋予了浓厚的封建理性思想。所以，这样的思考，在五四时期是有积极意义的，她给母爱赋予了现代色彩。

另外，叶圣陶对"自然之美"和"童稚之爱"的歌颂，王统照对于超越现实人生的"爱"和"美"的追求，也都是觉醒者对于人的思考和追求。这也是觉醒时代文学的一个重要特征。他们不是在幻想，而是在追求，它不是缥缈的，而是充实的，正是在对"爱"和"美"的追求中表达了五四后知识分子的价值取向。

（五）新主题的呈现

对"国民性"主题的发掘，也是当时文学创作所关注的问题。20世纪初，改良主义者梁启超就提出了"新民"的主张，他说："现在的民德民智民力，不但不可以和他讲革命，就是你天天讲，天天跳，这革命也是万不能做到的。"① 而在近代，真正拿起改造"国民性"武器的是鲁迅。《小说月报》的改革宣言中也说："同人深信一国文艺为一国国民性之反映，亦惟能表现国民性之文艺能有其价值，能在世界的文学中占一席地。"对于一个刚刚从沉睡中醒来的民族来说，对于一个落后的民族来说，对于一个有进取精神的民族来说，对有反思精神的民族来说，它必然有着反省精神，它必然正视国民性的弱点。对于我们这个有着几千年文明的民族来说，既有闪光的珍宝，亦有积淀的沉疴。

五四文学的启蒙性质，需要以揭示国民性的弱点为主。它是一种更深层的文化反省精神。在五四后的文学创作中反映国民性题材的作品，除鲁迅外，还体现在20年代中期受鲁迅影响的"乡土文学"中。他们对农村的落后、闭塞、愚昧陋习的展示，使我们不仅看到了那些淳朴的风土人情画面，而且也看到了中国农民习惯于逆来顺受的听天由命的落后意识。如许杰的《惨雾》《赌徒吉顺》就是在通过野蛮愚昧的互相残杀、做着发财美梦的赌徒的堕落来写中国传统乡村的国民性。"乡土文学"在一定程度上展现了20年代中国农民的落后和牢固的传统意识。

为什么在1923后会兴起"乡土文学"？难道仅仅是寓居都市的作家对于故乡的怀恋和反省？难道仅仅是对于淳朴风土人情的赞美与歌颂？其实它蕴含着在现代意识冲击下的知识分子对中国乡村民俗社会的重新审视，是五四后中国现代知识分子把启蒙转向平民的重要特征，也是现代知识分子思想向底层社会转型的重要标志。譬如这一时期，即使以反映知识分子题材为主的郁达夫，同样一改过去的狭隘圈子，写出了《春风沉醉的晚上》和《薄奠》，把自己的视野转向平民社会，开始关注平民的生活。

---

① 梁启超：《饮冰室合集》，专集之八十九，《新中国未来记》，第38页。

三、胡适的理性精神对新文化与新文学的意义

　　胡适的理性精神对新文化与新文学来说有着十分重要的意义。五四新文化是一个文化启蒙的时代，它需要的不仅是热情，更需要理智和思考。尤其是对一个有着几千年文明历史的中国来说，不是简单地把旧文化与旧文学推倒就完事，摧毁是容易的，但建构新的文化与文学却不是轻而易举的事。他认为新文化的建设应该像进化一样，是一点一滴的渐进的过程。在充满激情的五四时代，胡适好像与时代有些不合拍，特别是他的整理国故更是受到许多新文化人士的诟病。

　　他在《新思潮的意义》文章的一开头就说明了要改造旧文化，适应新思潮，就要"研究问题，输入学理，整理国故，再造文明"。那么胡适显然是用学理的精神再造文明，而不是为整理而整理。"若要知道什么是国粹，什么是国渣，先须要用评判的态度，科学的精神，去做一番整理国故的工夫。"所以整理的目的是为了弄清楚"什么是国粹，什么是国渣"，再造不是盲从，也不是调和，而是用科学和学理的精神再造文明（即新文化）。

　　中国文化和思想从近代打破了单一化的完整格局后，进入了一个混乱而无序的群雄并起时代，一个群龙无首的诸子百家时代。在这样的背景下，需要的不仅是激情，而是理智和激情的结合，是冷静和热情的熔铸、多元文化的整合和包容。所以胡适构建新文化与新文学的理性精神和学理的态度，是新文化建设中不可缺少的一部分。胡适对当时中国文化现状的思考，显然是站在了世界角度看中国问题的，从他的一些言论中我们明显地看出他有同鲁迅思想一致的地方。那就是他认为对于旧文化的改造应该从人的精神入手，尽管他没有像鲁迅那样有明确改造"国民性"的思想，但他通过与西

179

方文明特色的对比显然发现了我们民族文明中的严重缺陷。

东方文明的最大特色是知足。西洋近代文明的最大特色是不知足。

>知足的东方人自安于简陋的生活,故不求物质享受的提高;自安于愚昧,自安于"不识不知",故不注意真理的发现与技艺器械的发明;自安于现成的环境与命运,故不想征服自然,只求乐天安命,不想改革制度,只图安分守己,不想革命,只做顺民。这样受物质环境的拘束与支配,不能跳出来,不能运用人的心思智力来改造环境改良现状的文明,是懒惰不长进的民族的文明,是真正唯物的文明。这种文明只可以过抑而决不能满足人类精神上的要求。①

我们把鲁迅文章中的一些话摘录如下以作例证:

>夫中国在昔,本尚物质而疾天才矣,先王之泽,日以殄绝,逮蒙外力,乃退然不可自存。②

>中国人的不敢正视各方面,用瞒和骗,造出奇妙的逃路来,而自以为正路。在这路上,就证明著国民性的怯弱,懒惰,而又巧滑。一天一天的满足着,即一天一天的堕落着,但却又觉得日见其光荣。③

胡适认为我们这个民族是"知足"的,有"不想革命,只做顺民"的"懒惰不长进"习性。而鲁迅也认为中国的国民性中有"懒惰""满足"的特点。胡适认为我们是"真正唯物的文明",而鲁迅则认为"中国在昔,本尚物质而疾天才"。对中国人的这些特点,胡适是用一种冷静而学理的态度去探讨的;而鲁迅则是用充满激情的文艺作品(杂文)抒发出来的。在五四的作家中,鲁迅是非常成熟

---

① 胡适:《我们对于西洋近代文明的态度》,见《胡适文存》三集卷一。
② 鲁迅:《文化偏至论》,见《鲁迅全集》第1卷,北京:人民文学出版社2005年版。
③ 鲁迅:《论睁了眼看》见《鲁迅全集》第1卷,北京:人民文学出版社2005年版。

而理性的一个。在新文学与新文化的理论建设中,胡适先生可谓是最稳健而学理的一个,他与陈独秀相比较,两人就有鲜明的区别。下面我们不妨摘录两段文字进行对比,可见两人特点是非常鲜明的。

我们先摘录一段胡适寄给陈独秀信中的一段文字:

> 足下所主张之三大主义,适均赞同。适前著《文学改良刍议》之私意不过欲引起国中人士之讨论,征集其意见,以受切磋研究之益耳。

下面摘录陈独秀答胡适信的一段文字:

> 改良文学之声,已起于国中,赞成反对者各居其半。鄙意容纳异议,自由讨论,固为学术发达之原则;独至改良中国文学,当以白话为文学正宗之说,其是非甚明,必不容反对者有讨论之余地,必以吾辈所主张者为绝对之是,而不容他人匡正也。

胡适态度缓和而较为理性,对于文学改良,尤其是白话文学,只是提出自己的意见与国人探讨而已。陈独秀则态度非常坚决而鲜明,他认为把白话文学作为正宗,是没有讨论余地的。从这些文字中,我们可以看出,胡适是冷静的、理性的、学理的。而陈独秀则是激烈的、锋芒毕露的、态度坚定的。不愧为新文化建设时期的一员冲锋陷阵的猛将。新文化与新文学的建设,首先要做的是把过去已经形成的一切推倒,没有陈独秀那样毫无退缩的勇士是不行的;但新文学和新文化不是仅仅破坏就能完成的,还需要构建新的文化体系,如何建立新文化和新文学,则是摆在他们面前的最大难题。胡适在《新思潮的意义》一文中有着非常清晰而学理的分析,表明了自己观点。

胡适认为提倡新思潮运动(新文化运动),第一是要"研究问题",第二是要"输入学理",第三是"整理国故",最终是"再造文明"。要建设新文化,但是旧文化所遗留的问题太多,需要新文化建设者来解决问题。在谈到问题时，胡适认为：

> 为什么要研究问题呢？因为我们的社会现在正当根本动摇的时候，有许多风俗制度，向来不发生问题的，现在为不能适应时势的需要，不能使人满意，都渐渐的变成困难的问题，不能不彻底研究，不能不考问旧日的解决法是否错误；如果错了，错在什么地方；错误寻出了，可有什么更好的解决方法；有什么方法可以适应现时的要求。①

就具体的问题而言，胡适指出：

> 在研究问题一方面，我们可以指出（1）孔教问题，（2）文学改革问题，（3）国语统一问题，（4）女子解放问题，（5）贞操问题，（6）礼教问题，（7）教育改良问题，（8）婚姻问题，（9）父子问题，（10）戏剧改良问题等等。

> 又如文学革命的问题。向来教育是少数"读书人"的特别权利，于大多数人是无关系的，文字的艰深不成问题。近来教育成为全国人的公共权利，人人知道普及教育是不可少的，故逐渐的有人知道文言在教育上实在不适用，于是文言白话就成为问题了。②

其实胡适所提出的问题，都是当时中国社会亟待解决的新问题。尽管与李大钊之间发生过"问题与主义"之争，但我们认为这两者并不矛盾。马克思主义的最终目的也是要解决社会存在与发展中的问题，只是李大钊认为这些问题可以通过马克思主义得到解决，而胡适则认为只有通过具体而实际的行动才可解决。胡适所持的观点是受杜威"实验主义"哲学思想影响的结果。"实验主义"哲学最基本的信条是："强调立足现实生活，把确实状态当作出发点，把采取行动当做主要手段，把获得效果当作最高目的。"杜威则"十分强

---

① 胡适：《新思潮的意义》，见《胡适文存》一集卷四，福建教育出版社2002年版。
② 同上。

调生活、实践和行动,反对脱离实际的思辨哲学"。那么李大钊所主张的是马克思主义思想,其最终目标都是为了解决中国的问题,是殊途同归。他们之间的争论不存在斗争,只是学理上的探讨。胡适在谈到"输入学理"时说:

> 为什么是输入学理呢?这个大概有几层解释。一来呢,有些人深信中国不但缺乏炮弹兵船电报铁路,还缺乏新思想与新学术,故他们尽量的输入西洋近世的学说。二来呢,有些人自己深信某种学说,要想他传播发展,故尽力提倡。三来呢,有些人自己不能做具体的研究工夫,觉得翻译现成的学说比较容易些,故乐得做这种稗贩事业。四来呢,研究具体的社会问题或政治问题,一方面做那破坏事业。一方面做对症下药的工夫,不但不容易,并且很遭犯忌讳,很容易惹祸,故不如做介绍学说的事业,借"学理研究"的美名;既可以避"过激派"的罪名,又还可以种下一点革命的种子。五来呢,研究问题的人,势不能专就问题本身讨论,不能不从那问题的意义上着想;但是问题引申到意义上去,便不能不靠许多学理做参考比较的材料,故学理的输入往往可以帮助问题的研究。①

胡适认为"输入学理"就是把西洋近代的新思想与新学说传播到中国,因为中国不仅没有西方近代的物质文明,更没有思想的文明,所以"输入学理"的目的是为了"种下一点革命的种子",为新文化的建设奠定理论的基础。他在谈到"整理国故"时说:

> 我们对于旧有的学术思想,积极的只有一个主张,——就是"整理国故"。整理就是从乱七八糟里面寻出一个条理脉络来;从无头无脑里面寻出一个前因后果来;从胡说谬解里面寻出一个真意义来;从武断迷信里面寻出一个真价值来。为什么

---

① 胡适:《新思潮的意义》,见《胡适文存》一集卷四,福建教育出版社2002年版。

要整理呢？因为古代的学术思想向来没有条理，没有头绪，没有系统，故第一步是条理系统的整理。因为前人研究古书，很少有历史进化的眼光的，故从来不讲究一种学术的渊源，一种思想的前因后果，所以第二步是要寻出每种学术思想怎样发生，发生之后有什么影响效果。因为前人读古书，除极少数学者以外，大都是以讹传讹的谬说，——如太极图、爻辰、先天图、卦气……之类，——故第三步是要用科学的方法，作精确的考证，把古人的意义弄得明白清楚。因为前人对于古代的学术思想，有种种武断的成见，有种种可笑的迷信，——如骂杨朱墨翟为禽兽，却尊孔丘为德配天地、道冠古今！——故第四步是综合前三步的研究，各家都还他一个本来真面目，各家都还他一个真价值。

这叫做"整理国故"。现在有许多人自己不懂得国粹是什么东西，却偏要高谈"保存国粹"。林琴南先生做文章论古文之不当废，他说，"吾知其理而不能言其所以然"！现在许多国粹党，有几个不是这样糊涂懵懂的？这种人如何配谈国粹？若要知道什么是国粹，什么是国渣，先须要用评判的态度，科学的精神，去做一番整理国故的工夫。[①]

所以我们说，胡适当时所做的"整理国故"不是为了整理而整理，而是为了再造文明。"20世纪初，中国知识分子在西潮狂烈的激荡之下，觉得自己事事不如人，有心人士就想从中国文化之中找出一个落后的根源，究竟是什么阻挠了中国科学和民主的发展，这成了许多知识分子共同探索的一个课题。"[②] 胡适在另外一篇谈到关于"整理国故"的文章时说，目的是"只为了我十分相信'烂纸堆'里有无数无数的老鬼，能吃人……用精密的方法考出古文化的

[①] 胡适：《新思潮的意义》，见《胡适文存》一集卷四，福建教育出版社2002年版。
[②] 周质平：《胡适与中国现代思潮》，南京：南京大学出版社2002年版，第152页。

真相；用明白晓畅的文字报告出来，叫有眼的都可以看见，有脑筋的都可以明白。这是化黑暗为光明，化神奇为臭腐，化玄妙为平常，化神为凡庸；这才是'重新估定一切的价值'。他的功用可以解放人心，可以保护人们不受鬼怪迷惑"[1]。胡适认为要对中国的传统文化重新估定其价值，就要用学理的态度理清它的来龙去脉，找出其"坏"或"好"的根源，要做到科学而客观的改造，"先须要用评判的态度，科学的精神，去做一番整理国故的工夫"。他这种科学理性而温和的态度，对一味不分青红皂白而对传统文化进行攻击的人士来说，某种程度上起到了制约与平衡的作用，避免走向了极端虚无主义的道路，这完全得益于他的不"盲从"的理性精神。他在谈到"再造文明"时强调：

> 新思潮的唯一目的是什么呢？是再造文明。
>
> 文明不是笼统造成的，是一点一滴的造成的。进化不是一晚上笼统进化的。是一点一滴的进化的。现今的人爱谈"解放与改造"，须知解放不是笼统解放，改造也不是笼统改造。解放是这个那个制度的解放，这种那种思想的解放，这个那个人的解放，是一点一滴的解放。改造是这个那个制度的改造，这种那种思想的改造，这个那个人的改造，是一点一滴的改造。
>
> 再造文明的下手工夫，是这个那个问题的研究。再造文明的进行，是这个那个问题的解决。[2]

胡适新文化的理想是很明确的，唯一的目的就是"再造文明"。但"再造文明"的过程是一个复杂而艰难的工程，文化上要输入西方的学理与科学思想，改造中国传统文化中的"惰性"，要用学理而科学的态度对"国粹"进行梳理，目的是"可以保护人们不受鬼怪

---

[1] 胡适：《整理国故与"打鬼"》，见《胡适文存》三集卷二，上海亚东图书馆 1930 年 10 月版。

[2] 胡适：《新思潮的意义》，见《胡适文存》一集卷四，福建教育出版社 2002 年版。

迷惑";文学上,废除文言文,提倡白话文,即用活的语言创作活的文学,为广大国民能够接受的文学。所以他提出了所谓"国语的文学,文学的国语",使文学语言变成普通民众的标准国语。所有的一切都是为了一个目标——再造文明。

四、新文学史上"黑色幽默"的产生

新文学,在创作上呈现出一种与近代完全不同的写作趋向,那就是荒诞的具有黑色幽默特点的文学的产生。譬如鲁迅的文学创作,不仅为现代白话新文学创作开了先河,而且也为中国荒诞性黑色幽默文学的产生开辟了新的途径。

鲁迅作品中有很多荒诞性描写的细节,往往不为读者所注意,经常把它当成一种作品的调味品,似乎是为了增加幽默感而起到调侃与讽刺的作用;其实不然,只要我们仔细辨析,其中是不乏更深一层的含义的,并不是单纯简单的幽默和讽刺。如果说是具有幽默和讽刺的功能,那也是极具荒诞性的"黑色幽默"。

黑色幽默是20世纪60年代风行于美国的一个现代主义小说流派,因1965年美国小说家、评论家弗里德曼出版了一本题为《黑色幽默》的短篇小说集而得名。"黑色幽默就是用怪诞的喜剧手法来表现20世纪60年代美国社会的悲剧性事件,揭示社会的畸形和人性的扭曲。这种幽默,有些评论家称它是'荒诞的幽默'或'绞刑架下的幽默'。它与传统的幽默并不对立,反而常常糅合在一起。"[①]一般来说,"黑色幽默"并不表现一种单纯的滑稽情趣,而是带着浓重的荒诞、绝望、阴暗甚至残忍的色彩。作品以一种无可奈何的嘲讽态度表现环境和个人(即自我)之间的互不协调,并把这种互不协

[①] 赵莉:《黑色幽默及其代表作》,载《黑龙江教育学院学报》,2003年第6期。

调的现象加以放大，扭曲，变成畸形，使它们显得更加荒诞不经，滑稽可笑，同时又令人感到沉重和苦闷。黑色幽默（文学）信奉存在主义哲学，强调人类社会的荒谬、混乱和神秘莫测，以及与环境的不协调，并以夸张到荒诞程度的幽默手法来嘲讽社会和人生，表现人类的灾难、痛苦和不幸。它以喜剧的形式来表现悲剧的内容，从而产生荒诞不经、滑稽可笑的喜剧效果，因而有"绞刑架下的幽默"、"大难临头的幽默"之称。

我认为《阿Q正传》从第二章《优胜记略》一章中便充满了荒诞与黑色幽默的味道。鲁迅在第二章的一开头就说：

阿Q不独是姓名籍贯有些渺茫，连他先前的"行状"也渺茫。因为未庄的人们

至于阿Q，只要他帮忙，只拿他玩笑，从来没有留心他的"行状"的。而阿Q自己也不说，独有和别人口角的时候，间或瞪着眼睛道：

"我们先前——比你阔多啦！你算是什么东西！"

鲁迅先生在第一章说明了他为阿Q写传的难处后，第二章的一开头又说明了阿Q不仅不能知道他的姓名籍贯，连他的生平情况都一无所知，怎么能给阿Q做传呢？是啊，这是最起码的写传道理吧，那写谁啊！这本身就赋予了这篇小说一个荒诞而可笑的主题，并且赋予了小说一个未知的情节进展悬念，给读者留下了一个想象的空间，那显然不是具体的阿Q本身，而是一种精神状态。在第三章《续优胜记略》对阿Q与王胡赤膊捉虱子的故事，看似可笑的滑稽的事情，其实仍是包含着无奈的苦涩。阿Q那种自以为是的精神，却没想到，得到的则是更惨的下场。在这里鲁迅用了极端变形的手法来展示阿Q的精神世界，在滑稽扭曲变形的喜剧精神背后却蕴藏着极为严肃的悲剧认识。这种看似与传统幽默类似的写法，其实有着"黑色幽默"的味道。例如鲁迅在《阿Q正传》第四章《恋爱的

悲剧》中对阿Q的描写，就颇有耐人寻味的黑色幽默的喜剧味道：

　　吴妈只是哭，夹些话，却不甚听得分明。

　　阿Q想："哼，有趣，这小孤孀不知道闹什么玩意儿了？"他想打听，走进赵司晨的身边。这时他猛然间看见赵大爷向他奔来，而且手里捏着一支大竹杠。他看见这一支大竹杠，便猛然间悟到自己曾经被打，和这一场热闹似乎有点相关。

　　鲁迅先生的这一段极其夸张而似乎不合生活逻辑的描写，显然更突显了阿Q的喜剧色彩；可实际效果是以滑稽但略带苦涩悲剧收场，令读者有难以言状的凄凉况味。在作品中鲁迅所写的阿Q尽管愚昧和可笑，但并非是弱智；甚至他还有点狡猾和诡辩，经常有着不切现实的幻想。这一点就像是《狂人日记》中的狂人，尽管他实际上是一个有清醒思想的反封建战士，但在旁观者（看客们）眼中却认为他是狂人，这一写法也显然有黑色幽默的艺术效果。它恰恰使读者反观到狂人之外的旁观者的愚昧与习惯于沿袭的陈旧意识和认知。再比如阿Q丢掉饭碗后与小D的"龙虎斗"。辛亥革命中所谓要"革命"的假想，到头来的结果是"不准革命"，直至被莫名其妙地被送上了断头台的时候还糊里糊涂地在"押"上使尽了平生的力画圆圈，生怕画不圆被人笑话。这是多么深入人们骨髓的让人哭笑不得的描写。

　　美国作家约瑟夫·海勒1979年出版的《像高尔德一样好》的长篇小说中写了一位美国犹太裔大学教授畸形的精神世界，深刻地提示和讽刺了美国官僚政治的腐败。作品正是在主人公混乱而非逻辑的意识中揭示了现实的混乱与人们理性世界的背离。与此同时也刻画了高尔德本人以及周围人的堕落与私生活和空虚的精神世界，是对美国上层阶级的精妙写照。而身处20世纪初的鲁迅也同样感受到中国国民精神的沉沦与清朝上层社会的盲目自大和昏庸，他正是用了喜剧式的效果揭示了现实的悲剧实质，这在中国文学史上，是对传统文学思想和表现手法上的一次革命性变革。

其实，早在20世纪20年代，法国超现实主义作家安德烈·布勒东就编过一本名为《黑色幽默文集》的书，鲁迅是否看过此书与否并不重要，可以说鲁迅创作风格的形成还略早于此书的出版，因此我们说鲁迅是世界上创立黑色幽默文风的第一人，甚至可以说他在文学创作之始就把这种黑色幽默风格发挥得淋漓尽致。

不仅是小说创作，甚至杂文和散文的创作中也不乏这种手法的应用。鲁迅在《灯下漫笔》一文中就有这么一段话：

> 假如有一种暴力，"将人不当人"，不但不当人，还不及牛马，不算什么东西；待到人们羡慕牛马，发生"乱离人，不及太平犬"的叹息的时候，然后给予他略等于牛马的价格，有如元朝定律，打死别人的奴隶，赔一头牛，则人们便要心悦诚服，恭颂太平的盛世。为什么呢？因为他虽不算人，究竟已等于牛马了。

鲁迅在这段文字中讽刺中国的所谓文人，其实是不敢正视历史与现实的逃避思想，还沾沾自喜，自以为明哲保身，其实是不负责任的巧滑，是无奈的苦涩。所以它有着不同于一般幽默"荒诞"的艺术效果，把中国文人的内心世界揭示得淋漓尽致，无法掩藏。

中国历史上本来就有许多荒诞而非常理的事情，只是我们长期生活在其中，渐渐麻木，已经习以为常。而鲁迅用艺术上看上去非常荒诞的喜剧式手法剥开了用华丽外衣伪装起来的荒谬现实，让读者观察到麒麟皮下的马脚；其独到的带着黑色味道的幽默风格是入木三分、剔骨见髓的。正如梁实秋先生所说："这种文字自有他的美妙，尤其是在现代的中国。一般的人，神经太麻木了，差不多是在睡眠的状态，什么是非曲直美丑善恶，一概都冷淡置之。在这种情形下，非要有顶锋利的笔来刺激一下不可……因为笔锋太尖了，一直刺到肉里面去，皮肤上反倒没有痕迹。我们中国麻木的社会，真需要这样的讽刺文学。"① 再比如，鲁迅在与梁实秋先生的斗争中也是用了其一贯使用的黑色幽默风格的讽刺手法，让梁实秋只能苦笑，无奈。在《"丧家的""资本家的乏走狗"》一文中就有这么绝妙的一段话：

> 即使无人豢养，饿得精瘦，变成野狗了，但还是遇见所有的阔人都驯良，遇见所有的穷人都狂吠的，不过这时它就愈不明白谁是主子了。

再比如《论雷峰塔的倒掉》结尾一段的文字：

> 当初，白蛇娘娘压在塔底下，法海禅师躲在蟹壳里。现在却只有这位老禅师独自静坐了，非到螃蟹断种的那一天为止出不来。莫非他造塔的时候，竟没想到塔是终究要倒的吗？
>
> 活该。

看起来同一般的幽默讽刺无异，但你仔细品味时其中是包含着令人咀嚼回味的苦笑与文字之外的含义的。梁实秋也说过："头脑简单的人若认为字面的意思即是鲁迅先生的本心，这个误会可就大了。我们读一切幽默讽刺的文章，全要在字里行间体会作者的苦心。用心的作者，没有一个字是随便下的，没有一句话是平平说的。"② 其实鲁迅先生是用了非常态的讽刺手法揭示出了人们不以为然的事实本质与不合逻辑的现实存在的生活荒谬性。这种极有强烈艺术冲击力的讽刺，就是黑色幽默，有一般的幽默与讽刺所无法达到的深度。因为一般的幽默是建立在社会生活基础上的，是写实的，而鲁迅的幽默则是具有扭曲变形的幽默滑稽特点，有意在言外的奇异效果，这是他能够使杂文创作具有文学性的重要构成因素之一。事实上鲁迅用这些不合逻辑的变形的讽刺幽默手法，并非没有现实的依据，他在《捣鬼心传》一文就说过："中国人又很喜欢奇形怪状，鬼鬼

---

① 梁实秋：《评〈华盖集续编〉》，见《梁实秋作品集》，兰州：敦煌文艺出版社1997年版，第36页~37页。
② 同上，第38页。

崇崇的脾气，爱看古树发光比大麦开花的多，其实大麦开花他向来也没有看见过。于是怪胎畸形，就成为报章的好资料，替代了生物学的常识的位置了。"① 因此，鲁迅先生只有用黑色幽默的扭曲和畸形变形的讽刺方式才能更好地挖掘出中国人由来已久的不正常的畸形扭曲的精神状态。

幽默并非简单的滑稽，鲁迅已经解释得很清楚。"日本人曾译'幽默'为'有情滑稽'，所以别于单单的'滑稽'，即为此。那么，在中国，只能寻求得滑稽文章了？却又不。中国自以为滑稽文章者，也还是油滑，轻薄，猥亵之谈，和真的滑稽有别。"② 可见，鲁迅提倡的是"有情滑稽"。何为"有情滑稽"？其中关键在于"情"，也就是说中国当时的现实是不需要什么"幽默滑稽"的。但鲁迅文章本身又是有着浓烈的"幽默"味道的，恰恰说明鲁迅的幽默是"有情滑稽"。这"有情滑稽"就是意在言外，就是说着眼点不在"幽默"本身，而在于揭出"幽默"之外的社会伤疤，不是为了笑，而是引人思，让人苦笑，意在刺中病痛的要害。比如美国黑色幽默的代表作之一《第二十二条军规》这部小说，当你阅读完最后一页时，你会掩卷沉思，而不是单纯的笑与滑稽，却是对看似滑稽背后畸形与变形社会现状的思考。《阿Q正传》也绝不可以简单理解为滑稽作品，显然不是以滑稽和爱怜为目的。

所以阿Q被枪毙后，中国的一般百姓就认为是阿Q的"坏"。"自然都说阿Q坏，被枪毙便是他坏的证据；不坏何至于被枪毙呢？"这是何等荒谬的逻辑，因为中国人已经习惯了这样的逻辑。鲁迅曾说："暴君的臣民，只愿暴政暴在他人头上，他却看着高兴，拿'残酷'做娱乐，拿'他人的苦做玩赏，做慰安。自己的本领只是

---

① 鲁迅：《捣鬼心传》，见《鲁迅全集》第4卷，北京：人民文学出版社2005年版，第633页。
② 鲁迅：《"滑稽"例解》，见《鲁迅全集》第5卷，北京：人民文学出版社2005年版，第360页。

幸免,从'幸免'里选出牺牲,供给暴政统治下的臣民的渴血的欲望,但谁也不明白。死的说'啊呀',活的高兴着。"① 这种长期形成的精神状态,不是一种"畸形"吗,甚至畸形得令人不寒而栗。

我们再看鲁迅在他的散文诗《野草》中又是如何表达的呢?尽管《野草》一向被认为是具有象征主义手法的作品,但其中也不乏"黑色幽默"的风格。《求乞者》一文中就有这么一段文字:

另外有几个人各自走路。

我将得不到布施,得不到布施心;我将得到自居于布施之上者的烦腻,疑心,憎恶。

我将用无所谓和沉默求乞……我至少将得到虚无。

微风起来,四面都是灰土。另外有几个人各自走路。

灰土,灰土……

灰土……

显然,鲁迅先生用这些文字表达的是意在言外的东西,是什么呢?可以有各种不同的诠释。但肯定的是表达了对社会现实的冷漠和残忍。就像《第二十二条军规》,实际上是用来形容任何自相矛盾、不合逻辑的规定或条件所造成的无法摆脱的困境、难以逾越的障碍,表示人们处于左右为难的境地,或者是一件事陷入了死循环,或者跌进逻辑陷阱等等。"所谓寓言化的故事情节是指黑色幽默小说不同于传统小说总是以合乎常情常理的社会生活、人生行为来编撰故事情节,以此达到贴近生活、关注人生的社会目的。黑色幽默小说中的故事情节不追求细节上的真实性,而是追求整体上的象征性、寓意性。其目的是要以表面上的违逆生活真实来达到最大限度地逼

---

① 鲁迅:《暴君的臣民》,见《鲁迅全集》第1卷,北京:人民文学出版社2005年版,第384页。

近生活本质，从而实现更高意义上的真实。"① 鲁迅先生《野草》中的作品尽管不是小说，但其中有些散文故事更像寓言化的象征性小说，给读者无限的联想空间。如《复仇》《雪》《好的故事》《过客》《失掉的好地狱》《颓败线的颤动》《死后》《一觉》等就都有寓言化的特征。

鲁迅正是用了一种看似怪异的笔触写下了自己的内心对现实社会的感受，这种手法，不仅是象征，而更有着"黑色"味道的特征，再加上其用笔的调侃和随意的文笔，不能不说具有"黑色幽默"的荒诞性色彩，从而揭示出生存状态过程中的所谓冠冕堂皇背后的荒诞性与人性。李何林先生在《鲁迅〈野草〉注解》中对《颓败线的颤动》一文进行解释时说："这或者也许是作者当时某些思想感情的一种曲折地表现罢？比如一年多以后在给许广平的信中说：'我先前何尝不出于志愿，在生活的路上，将血一滴一滴地滴过去，以饲别人，虽自觉渐渐瘦弱，也以为快活。而现在呢，人们笑我瘦弱了，连饮过我的血的人，也来嘲笑我的瘦弱了。'"② 这不仅是他内心的故事与感伤，而更是对现实残酷性的"黑色"表现。不过鲁迅却是以"但我坦然，欣然。我将大笑，我将歌唱"③ 的胸怀书写了对扭曲与畸形社会的忧虑；用带有喜剧风格的方式展示了社会现实的悲剧，其艺术的震撼力在中国文学史上是少见的。

---

① 张浩：《在黑色幽默的背后——浅析〈第二十二条军规〉》，载《教书育人》（高教论坛），2009年第7期。
② 李何林：《鲁迅〈野草〉注解》，西安：陕西人民出版社1973年版，第141页。
③ 鲁迅：《鲁迅全集》第2卷，北京：人民文学出版社2005年版，第163页。

第七章 文学向后五四转型

一、马克思主义文艺思想的传播

如果说在五四时期，中国文化与文学在西学思潮浸染的背景下，以启蒙为目的文学开启了中国现代文学的方向，使中国文学初步具备了现代性，那么20世纪20年代末到30年代初，中国文学最重要的事件就是马克思主义文艺思想在中国得到了迅速而广泛的传播，使现代文学进入了后五四时代。尽管早在1919年5月李大钊就在《新青年》"马克思主义研究专号"上发表了《我的马克思主义观》，开启了中国研究马克思主义的先河，但是，马克思主义的文艺思想还没能真正影响到五四文学。

马克思主义文艺思想可以说是伴随着无产阶级革命文学的诞生而兴起的。首先我们要说无产阶级革命文学的产生基础是因为大革命的失败，国共两党合作的破裂，国民党破坏了国民革命统一战线。在这样的背景下，在文学战线上建立与革命步调一致的无产阶级自己的革命文学也就成了历史的必然趋势。首先"革命文学之所以旺盛起来，自然是因为由于社会的背景，一般群众，青年有了这样的要求"。"所以这革命文学的旺盛起来，在表面上和别国不同，并非由于革命的高扬,而是因为革命的挫折。"① 其次就是到了 20 年代末国际革命作家联盟也十分活跃,对中国的无产阶级革命作家也是一种鼓舞与促动。无产阶级文学由于理论基础是马克思主义思想,因而介绍和宣传马克思主义文艺思想的著作也就应运而生。在 1930 年 7 月,鲁迅翻译的马克思主义思想理论家普列汉诺夫的《艺术论》出版,之后瞿秋白也翻译了许多马克思、恩格斯、列宁、拉法格、普列汉诺夫等人的文艺著作,为马克思主义文艺思想在中国的出版传播营造了声势。除了鲁迅与瞿秋白,翻译和介绍马克思主义文艺思想的还有冯雪峰、郭沫若、沈端先、冯乃超、李初梨、陈望道、戴望舒、周扬、胡风、任钧等。他们翻译介绍的作者主要有普列汉诺夫、卢那察尔斯基、卢卡契、高尔基等。

马克思主义文艺思想在中国的传播,对推动无产阶级革命文学在 30 年代的迅速发展与成熟是非常重要的。30 年代之所以产生了一批有影响的"左翼"作家与作品,与马克思主义文艺思想的指导是分不开的。但是,特别是对刚刚成长还不成熟的无产阶级文学作家来说,还不能对马克思主义的文艺思想有真正意义上的了解,还不能作为他们创作的理论指南,由于理解上的片面性和机械性,在创作中容易出现公式化与概念化的作品,很容易犯"左倾幼稚病"。在这种情况下鲁迅先生做了大量的工作,纠正了对无产阶级革命文学的许多不正确理解与倾向。特别是他能够把马克思主义文艺思想与中国的实际情况结合起来,用马克思主义思想去指导现实中遇到的实际问题,而不是机械地生搬硬套马克思主义。马克思主义只是理解和解决问题的理论方针,而不是固定不变的公式,为马克思主义文艺思想中国化奠定了基础。鲁迅认为,只要对中国革命是有益的,是符合中国革命的社会实际的作品,就是具备了马克思主义无产阶

---

① 鲁迅:《上海文艺之一瞥》,见《鲁迅全集》第 4 卷,北京:人民文学出版社 2005 年版,第303 页~304 页。

级革命文学要求的作品。所以我们有理由认为，鲁迅不仅是近代文学向五四新文学转型的一个标志性人物，而且也是30年代新文学向后五四的无产阶级革命文学转型过程中不可或缺的人物。

二、马克思主义文艺思想中国化是后五四文学形成的基础

20世纪30年代是中国五四以来现代文学发展过程中的一个重要阶段。而这一过程，从某种程度上改变了现代文学发展的总体方向，它为40年代甚至新中国成立后相当长一段时期的文学发展，从理论上奠定了一个发展框架。鲁迅对马克思主义文艺思想理性而深刻的理解，是对马克思主义文艺思想在30年代中国化的重要贡献。他的文艺观，是马克思主义文艺思想中国化的具体体现；体现了他能从哲学的高度应用马克思主义文艺思想的辩证法，依据特殊时期中国的社会实际接受诠释马克思主义的文艺。

我们要提出的问题是，马克思主义文艺思想在当时有没有中国化的过程？答案是肯定的，从当时的创作实际与理论的引导来看，马克思主义文艺思想在中国的文学理论家和作家的创作中无疑表现出鲜明的中国化特点。

这一过程是相当复杂而艰难的，它始终处在不同理解和不断的论战中，正是在这一过程中逐渐明朗起来的。"无产阶级文学运动在中国、苏联、日本所走过的道路和结局都不同。这些都表明，历史的发展本身具有多样性，人为的选择在相当程度上决定着历史的面貌，而这种选择中的人为因素，我以为，正是对历史进行同时性研究可以充分地观察和分析的对象。"[①] 我想这里所说的"人为"因素就是指当五四文学发展到第二个十年时，无产阶级文学的出现，是

---

① 艾晓明：《中国左翼文学思潮探源》，长沙：湖南文艺出版社1991年版，第26页。

与当时一些具有进步思想救国思想的知识分子首先提出了革命文学分不开的。当中国历史走到20世纪20年代末，已经走到了一个不得不做出选择的时期。1927年大革命的失败给了中国现代知识分子一个历史的选择机遇，那就是作为"后五四"青年知识分子的代表瞿秋白等人迅速把马克思主义的文艺思想翻译介绍了过来，这对30年代左翼无产阶级文学的形成起到了推波助澜的作用。尤其是瞿秋白与鲁迅相识后，经过鲁迅对苏俄文艺中具有马克思主义思想的文艺理论和作家的介绍，更为及时而且理性，这为现在知识分子对马克思主义文艺思想有更多的理解和认识起着十分重要的作用。

尽管早在1923年前后共产党人邓中夏、恽代英、萧楚女、沈泽民、蒋光慈等人就提出过无产阶级文学的口号，但历史的条件并没有完全具备。1927年国共合作关系的彻底破裂，为那些具有进步思想的知识分子不得思考无产阶级自己的文学提供了历史的基础，逐渐形成革命文学与国民党右翼文艺相对抗的格局，于是随后就有创造社和太阳社的一些主要成员开始倡导无产阶级的文学，比如郭沫若发表了《英雄树》、成仿吾发表了《从文学革命到革命文学》、李初梨发表了《这样地建设革命文学》、蒋光慈发表了《关于革命文学》等呼唤真正革命文学的到来。但是他们对革命文学的理解是不深入的，还有许多肤浅而带有幻想和浪漫主义的特点，对马克思主义的理解有机械论的倾向，又受到国际国内左倾思潮的影响，对中国社会的实际情况也不甚真正了解，显然容易走入极端。

鲁迅在与创造社和太阳社等人的争论中，肯定了无产阶级文学产生的历史背景，但也同时批评了他们夸大文艺的作用。通过论战，使鲁迅对马克思主义文艺思想有了进一步的了解，并且翻译了普列汉诺夫的《艺术论》等俄国的具有马克思主义思想的文艺理论著作。这对鲁迅以马克思主义文艺思想对左翼运动和左翼作家的创作进行论述奠定了坚实的理论基础。他的《上海文艺之一瞥》、瞿秋白的

《〈鲁迅杂感选〉序言》都是具有马克思主义文艺思想精神的重要文章。之后,鲁迅还发表了《文艺的大众》《论旧形式的采用》《门外文谈》,都是应用马克思主义文艺思想对文学进行深刻阐述的经典文章。他对马克思主义文艺思想的理想而深刻的理解,是对马克思主义文艺思想在30年代中国化的重要贡献。理解马克思主义文艺的精髓,不应该同马克思主义思想的辩证思想裂解割裂开来,马克思主义只是指出了历史的发展方向,而不是简单地对历史具体阶段和特定时期的历史的模套工具。所以在不同地域或不同历史背景下必须根据具体的实际情况做出自己的选择。社会革命如此,文艺也不例外。所以鲁迅先生对革命文学中存在的片面性和概念化的、公式化的、口号式的作品进行了深入的纠正。他把马克思主义文艺思想只是作为文艺斗争的武器和思辨问题的指向,而不是照搬硬套,也就是说就像是驾驶汽车的方向盘,具体的行驶要靠你的判断和实际情况的变化而定,并非是既定的和程式化的套路,这是对马克思主义辩证唯物主义的深刻理解与掌握。正像他所说:"但那时的革命文学运动,据我的意见,是未经好好的计划,很有些错误之处的。例如,第一,他们对于中国社会,未曾加以细密分析,便将在苏维埃政权之下才能运用的方法,来机械地运用了。"[1]"所以革命文学家,至少是必须和革命共同着生命,或深切地感受着革命的脉搏的。(最近左联的提出了'作家的无产阶级化'口号,就是对于这一点的很正确的理解。)"[2]

首先,"全面理解马克思主义文艺理论中国化应该着眼于社会实践和文化精神两个层面与我国实际的结合。文学是以人为对象和目的的,要实现后一层面的结合,从根本上说就应该抓住人这个问题

---

[1] 鲁迅:《上海文艺之一瞥》,见《鲁迅全集》第4卷,北京:人民文学出版社2005年版,第304页。

[2] 同上,第307页。

来进行研究。尽管马克思主义是从社会历史层面而我国传统文化是从伦理道德层面来理解人的,并且各自都有特定的时代内容和阶级属性;但两者之间仍有契合和同构的成分,这些成分正是马克思主义文艺理论中国化的一个思想前提"①。早在1938年10月召开的党的六届六中全会上,毛泽东同志就指出:"离开中国特点来谈马克思主义,只是抽象的空洞的马克思主义。因此,使马克思主义在中国具体化,使之在其每一表现中带着必须有的中国的特性,即是说,按照中国的特点去应用它,成为全党亟待了解并亟须解决的问题。洋八股必须废止,空洞抽象的调子必须少唱,教条主义必须休息,而代之以新鲜活泼的、为中国老百姓所喜闻乐见的中国作风和中国气派。"② 文艺作品如果没有了民族的特色,无异于自杀,要想使文艺得到中国最广的民众的认可和喜爱,如果离开产生文艺的土壤——民众生活和特定历史的背景,盲目套用,机械照搬,不与具体历史环境结合,也注定要走入弯路和死胡同;只贴政治标签的简单化作品。更不符合马克思主义文艺的内在精神与辩证思想。

文艺作品不是自然科学的工程,更不是千篇一律实用的现代建筑。它是特定时期人类心理和精神的外化符号,是民族文化和民族精神思想情绪的艺术符号。因此对外来的人文和哲学思想,不经过自己的头脑辨析,不能根据民族的接受习惯经过再创造的过程,就会变成一种先验的理念而失去它应有的活力。尽管这种思想在特定环境和特定历史时期、特定民族的土壤中是进步与成功的。它也只是开启人们赖以思考现实问题和解决实际问题的钥匙,而不是灵丹妙药。

---

① 王元骧:《论"马克思主义文艺理论中国化"的思想前提》,见《高校理论战线》,2006年第5期。
② 毛泽东:《中国共产党在民族战争中的地位》,见《毛泽东选集》第2卷,北京:人民出版社1991年版,第534页。

晚明至五四：文人思想转型背景下的文学新变　>>>

　　1930年代左翼文艺的成功在于那些有理性思考的知识分子能够根据中国的现实和任务，根据中国社会特定的历史条件和阶级利益对当时的形势做出了正确判断。而鲁迅就是这一特定历史条件和特殊历史环境中的杰出代表。20世纪30年代鲁迅尽管在文学创作上数量减少，但他的精力主要集中于对社会现实的斗争与对当时文艺现象的探讨上。对30年代的无产阶级文学而言，如何把先进的马克思主义文艺思想和中国社会的现实结合起来，分析各种矛盾与各种复杂的现象，分辨出符合中国的文艺现状，光靠浪漫理想和激情是不够的，它需要理性的引导，需要特定时期的策略。而鲁迅正是具备这一历史经验和冷静对待现实的人。我们不妨回顾一下鲁迅先生的经历，就不难理解其热情背后的冷静思考。他经历过近代的种种变革，经历过维新的失败以及辛亥革命风云，经历了激情奔放的五四，正是他的这些人生经历，使他面对历史的教训，能够从容不迫，对现实有着清醒的认识。"时代不同，情形也两样，孔子时代的香港不这样，孔子口调的'香港论'是无从做起的，'吁嗟阔哉香港也'，不过是笑话。我们要说现代的，自己的话；用活着的白话，将自己的思想、感情直白说出来。"[1] 鲁迅先生特别强调"时代不同""说自己的话"，而不是不看现实环境一意孤行，一味照搬。这一理解问题的方法是符合中国现实的马克思主义文艺思想的灵活掌握，没有教条主义的机械刻板。鲁迅的所有这些言论并非是意气用事的心血来潮，而是建立在他对马克思主义文艺思想的科学理解的基础上的。正像他在《三闲集》序言中所说："我有一件事要感谢创造社的，是他们'挤'我看了几种科学底文艺论，明白了先前的文学史家们说了一大堆，还是纠缠不清的问题。并且因此译了浦力汗诺夫的

---

[1] 鲁迅：《无声的中国》，见《鲁迅全集》第4卷，北京：人民文学出版社2005年版，第14页~15页。

《艺术论》，以纠正我——还因我而及于别人——的只信进化论的偏颇。"① 在如何理解无产阶级文学的问题上，由于创造社与鲁迅等人的不同认识观点的争论，促使鲁迅对马克思主义文艺思想进行了切实的研究，特别是对苏俄的马克思主义文艺著作做了翻译与介绍，这对30年代左翼文学客观科学地理解马克思主义文艺思想的精神内涵起了重要的作用。在鲁迅看来，马克思主义的文艺思想，是对我们分析问题和认识问题的指导，是无产阶级革命文学未来方向的指针，而不是治疗中国现实问题的根本药方，只是一种促进我们解决问题的科学方法，具体问题具体分析。文艺作品对革命的影响，要用实力说话，赢得读者和观众的喜爱和接受才是无产阶级文学的真正出路，才能使无产阶级文艺有长远而广阔的发展空间。"尼采爱看血写的书。但我想，血写的文章，怕未必有罢。文章总是墨写的，血写的倒不过是血迹。它比文章自然要惊心动魄，更直接分明，然而容易变色，容易消磨。这一点就要凭文学逞能，恰如冢中的白骨，往古来今，总要以它的永久来傲视少女颊上的轻红似的。"② 文艺是宣传，关键是看其怎样宣传，假如不按照中国的社会现实说话，不与革命的现实接触，而是坐在空中楼阁里纸上谈兵，一味幻想，是很容易对革命产生绝望的情绪的。"我因此知道凡有革命以前的幻想或理想的革命诗人，很可有碰死在自己所讴歌希望的现实上的命运；而现实的革命倘不粉碎了这类诗人的幻想或理想，则革命也还是布告上的空谈。"③ "但我以为当先求内容的充实和技巧的上达，不必忙于挂招牌。'稻香村''陆稿荐'，已经不能打动人心了，'皇太后鞋店'的顾客，我看见也并不比'皇后鞋店'里的多。一说'技巧'，

---

① 鲁迅：《三闲集》序言，见《鲁迅全集》第4卷，北京：人民文学出版社2005年版，第6页。
② 鲁迅：《怎么写》，见《鲁迅全集》第4卷，北京：人民文学出版社2005年版，第19页~20页。
③ 鲁迅：《在钟楼上》，见《鲁迅全集》第4卷，北京：人民文学出版社2005年版，第36页。

革命文学家又是要讨厌的。但我以为一切文艺固是宣传，而一切宣传却并非全是文艺，这正如一切花皆有色（我将白也算作色），而凡颜色未必都是花一样。革命之所以于口号，标语，布告，电报，教科书……之外，要用文艺者，就因为它是文艺。"[1] 应该说鲁迅很好地解释了文艺与革命的关系，深刻地阐述了文艺的独特性。革命的文艺不是在文章的表面贴膏药，做标签，而是用文艺本身的方式表达作家的革命态度与感情。只有这样才能用文艺为无产阶级服务，为广大劳动者所真正接受，喜欢，起到最终的宣传作用。如果把革命文艺变成单纯的宣传，那就不是文艺，就离开了文艺的本质，超越了文艺的尺度。鲁迅的这些解释是完全符合马克思主义的文艺思想辩证精髓的肺腑之言。

无产阶级的文艺，如果不去按照自己所处时代的特定环境和历史考察，而用一种假设的"美好的个性形式的定制"[2]，就很容易变成脱离现实的美好幻想，那不是真正的马克思主义思想。"如果不把唯物主义方法当作研究历史的指南，而把它当作形成的公式，按照它来剪裁各种历史事实，那么它就会转变为自己的对立物。"[3]

三、鲁迅文艺观是马克思主义文艺思想中国化的具体体现

在20世纪30年代左翼文学创作中，马克思主义文艺思想中国化是经历了一个不断论辩由幼稚到成熟的过程。30年代初，具有马克思主义思想倾向的作品是粗浅的，甚至存在公式化和概念化的趋

---

[1] 鲁迅：《文艺与革命》，见《鲁迅全集》第4卷，北京：人民文学出版社2005年版，第84页~85页。
[2] 恩格斯：《路德维希·费尔巴哈和德国古典哲学的终结》，见《马克思恩格斯选集》第4卷，北京：人民出版社1972年版，第244页~245页。
[3] 恩格斯：《恩格斯致保·恩斯特》，见《马克思恩格斯选集》第4卷，北京：人民出版社1972年版，第472页。

向和弊端。这主要表现在对马克思主义思想的简单化理解,没有能够理解马克思主义唯物史观和辩证法思想的内在实质,因而出现了片面化和机械化接受的罗曼蒂克倾向。

　　文艺的特殊性是不能简单地由阶级性来说明问题的,它与政治利益和经济利益毕竟是有区别的。马克思主义的文艺观也科学地说明了这一点。"困难不在于理解希腊艺术和史诗同一定社会发展形式结合在一起。困难的是,它们何以仍然能够给我们以艺术享受,而且就某方面说是一种规范和高不可及的范本。"①艺术生产尽管本质上与社会生产关系有着密不可分的联系,但它一旦符合那个时期的审美本质,它就可能成为一种永恒的具有永久魅力的艺术。从马克思对文艺的解释看,艺术一定会表现出隶属于一定时期生产关系的属性,但它又不会完全隶属于它的时代,这就是马克思主义文艺思想中所体现出的辩证法。马克思说过:"我们知道,只有当对象对人说来成为属人的对象,或者说成为对象化了的人,人才不致在自己的对象里面丧失自身。"②马克思一方面强调人的社会属性,人是隶属于特定社会和阶级及其一定时期生产力和生产关系中的产物,但又十分注重人的自身存在与个性。"真理是普遍的,它不属于我一个人,而为大家所有;真理占有我,而我不占有真理。我只有构成我的精神个体性的形式。'风格就是人'……指定的表现方式只不过意味着'强颜欢笑'而已。……精神的普遍谦逊就是理性,即思想的普遍独立性,这种独立性按照事物本质的要求去对待各种事物。"③那么,对于文学艺术来说,重要的条件是什么?怎么才能做到有长久的魅力,永远给人以艺术的享受呢?按照一般的艺术规律而言,

---

① 马克思:《〈政治经济学批判〉导言》,见《马克思恩格斯选集》第2卷,北京:人民出版社1972年版,第114页。
② 马克思:《1844年经济学—哲学手稿》,北京:人民出版社1979年版,第78页。
③ 马克思:《评普鲁士最近的书报检查令》,见《马克思恩格斯全集》第1卷,北京:人民出版社1966年版,第7页~8页。

需要形成独特的不同于他人的风格。而风格的最重要特征是什么？按照马克思的理解，"风格就是人"。所以无产阶级文学也应该重视人自身，为真的文学塑造出真实而有血有肉的人。人的属性中最重要的具有普遍性的特征又是何种东西？无疑是"人性"，所以写出人类的独特人性，才是文学艺术的最终任务。把自己的特殊感受自然而然地、隐蔽地流露给读者或观众，才能成为真正的艺术家；否则就不会创造真正的艺术。"每个人都是典型，但同时又是一定的个人，……如果一部具有社会主义倾向的小说通过对现实关系的真实描写，来打破关于这些关系的流行的传统幻想，动摇资产阶级世界的乐观主义，不可避免地对于现存事物的永世长存的怀疑，那么，即使作者没有直接提出任何解决办法，甚至作者有时并没有明确地表明自己的立场，但我认为这部小说也完成了自己的历史使命。"[1]这说明，好的、能够反映时代任务的文学艺术，只要它按照文学的规律把作者的思想与感情自然地流露出来，没有直接表明作者自己的态度与认识，而是通过作品中所塑造的人物去说话，说出了客观的现实，就应该是符合某种利益的好作品。不是按照预定好的形式和概念去表明自己的立场与观点，作者要做的，只是把"具有的较大的思想深度和意识到的历史内容……情节的生动性和丰富性的完美融合"[2]。

对于19世纪30年代左翼文艺来说，什么是"具有较大的思想深度和意识到的历史内容"？这应该是摆在无产阶级文学作者面前的主要任务，而不应该仅仅喊口号、挂招牌，鲁迅对此有过深刻清醒的认识。"无论出身是什么阶级，无论所处是什么环境，只要

---

[1] 恩格斯：《致敏·考茨基》，见《马克思恩格斯全集》第36卷，北京：人民出版社1979版，第384页~385页。
[2] 恩格斯：《致斐迪南·拉萨尔》，见《马克思恩格斯全集》第29卷，北京：人民出版社1979年版，第583页。

'以无产阶级的意识,产生出一种斗争的文学'就是,直接爽快得多了。"① 鲁迅在《文艺与革命》一文中说:"我相信文艺思潮无论变到怎样,而艺术本身有无限的价值等级存在,这是不得否认的。这是说,文艺之流,从最初的什么主义到现在的什么主义,所写着的内容,如何不同,而要有精刻熟练的才技,造成一篇优美无媲的文艺作品,终是一样。……我觉得许多提倡革命文学的所谓革命文艺家,也许是把表现人生这句话误解了。他们也许以为十九世纪以来的文艺,所表现的都是现实人生,在那里面,含有显著的时代精神。"② 鲁迅的这些论点,对于19世纪30年代的无产阶级文艺而言是深刻而中肯的,对于30年代马克思主义文艺思想中国化的过程是十分重要的;他为无产阶级文学家指明了方向。

四、鲁迅文艺思想是马克思主义文艺思想中国化的指南

左翼文学创作中是否体现出应用马克思主义文艺思想中国化的问题,这是一个让我们难以言说的课题。关键就在于如何判断这个问题,是否用马克思主义文艺思想为指导就会产生马克思主义文艺思想中国化的作品,还是没有用马克思主义的文艺思想作为创作的指导原则就不会产生具有马克思主义文艺思想精神的作品?如果用鲁迅先生的文艺思想判断,那就值得我们思考。即使作家的创作没有贴上马克思和无产阶级的"标签",也同样会产生具有马克思主义和无产阶级思想倾向的作品,而口头时时挂着马克思主义和无产阶

---

① 鲁迅:《"醉眼"中的朦胧》,见《鲁迅全集》第4卷,北京:人民文学出版社2005年版,第63页。
② 鲁迅:《文艺与革命》,见《鲁迅全集》第4卷,北京:人民文学出版社2005年版,第78页~79页。

级"标签"的人倒未必能创作出真正具有马克思主义和无产阶级精神的革命文学。"现在号称革命文学家者,是斗志所谓超时代。超时代就是逃避,倘自己也没有正视现实的勇气,又要挂革命的招牌,便自觉地或不自觉地走入那一条路的。身在现世,怎么离去?这是和说自己用手提着耳朵,就可以离开地球者一样欺人。社会停滞,文艺决不能自飞跃。"① 显然,鲁迅特别强调了文艺与现实社会的关系,即使口头上用了马克思主义文艺思想指导下的"革命"等口号,但重要的是你是不是根据所处的现实说话,如果离开我们中国自身生存的背景而贴上马克思主义的革命口号,那同样离现实太遥远,民众和读者是不会接受的,所以革命的文艺不是贴"膏药"和"挂招牌"。"在现在,离开人生说艺术,固然有躲在象牙之塔里忘记时代之嫌;而离开艺术说人生,那便是政治家和社会运动家的本相,他们无须谈艺术了。"② 可见,30年代左翼文学的创作显然有照搬和硬套马克思主义无产阶级文艺思想之嫌,本质上说,这是对马克思主义文艺思想理解的简单化。尽管在其创作中充满了理想与激情,但文艺作品不是单纯的宣传,它既需要遵循文艺自身的规则,又需要文艺创造上的艺术技巧,光有激情与进步的思想是不够的。正像鲁迅所说的要有"上达的技巧",那样才能起到真正宣传的作用,必须在应用马克思主义文艺思想指导的同时,与中国的具体现实国情和中国文化业已形成的悠久的审美规律与审美情趣结合起来,才能为广大的读者民众接受和理解;才能做到像毛泽东所说的"为中国老百姓所喜闻乐见的中国作风和中国气派"。而鲁迅是这一时期理解马克思主义文艺思想精髓的最为深刻的代表,而这是左翼文学中一些提倡革命文学者所不能做到的。这是

---

① 鲁迅:《文艺与革命》,见《鲁迅全集》第4卷,北京:人民文学出版社2005年版,第84页。
② 同上,第79页。

第七章 文学向后五四转型

鲁迅在30年代既与无产阶级文学的对立面斗争，以维护无产阶级文学的地位，又要与无产阶级自身内部有着不同意见的人进行争论的根本原因，导致了鲁迅在30年代左右两派都无法认同的尴尬局面。

1935年鲁迅在给萧红的《生死场》序言中就这么说过："叙事和写景，胜过人物的描写，然而北方人民的对于生的坚强，对于死的挣扎，却往往力透纸背；女性作者的细致观察和越轨的笔致，又增加了不少明丽和新鲜。精神是健全的，就是深恶文艺和功利有关的人，如果看起来，他不幸得很，他也难免不能毫无所得。"① 很显然，鲁迅对于萧红的《生死场》是有着较高评价的，其原因我想有二：一是这部作品确有其独特的艺术个性和对于东北人民在抗日背景下生存处境的真实描写；二是鲁迅认为作者没有用一般意义上的公式化手段表现革命题材，而是通过对生活细腻的观察，表现了东北人民的日常生活与习惯认识，让读者在看完作品后不能不有所得，并且是有所思。这样的作品比起那些只有简单化革命倾向的作品来更加感染人，这样才能尽了一个真正无产阶级革命文学家的义务。正像马克思主义文艺思想中所强调的让倾向自然而然地流露出来，而不是简单地用革命道理教育读者，这是真正的革命文学。

通过以上对鲁迅1930年代文艺思想的简单分析，我们是否可以得出这个结论：1930年代无产阶级左翼文学之所以能在与资产阶级右翼文学的斗争中取得决定性的胜利，与鲁迅对马克思主义文艺思想的精辟认识与阐述是分不开的。他对马克思主义文艺思想的中国化起到关键的作用，他没有把马克思主义文艺思想机械化与简单化，而是根据文艺本身的特殊性，依据中国社会的实际

---

① 鲁迅：《萧红作〈生死场〉序》，见《鲁迅全集》第6卷，北京：人民文学出版社2005年版，第422页。

情形，灵活掌握了马克思主义文艺思想的辩证思想，是根据中国社会的具体现实理解和阐述马克思主义文艺思想的典范。这为后来1940年代毛泽东根据解放区的特殊位置和特定时期的文化背景制定特殊时期的文艺思想与方针奠定了基础。所以我们认为鲁迅1930年代的文艺思想是指导每个时代的文艺哲学，是任何时代都实用的文艺思想。

结　语

中国文化与文学的近代性变革，如果追溯它的源流，其实从晚明所体现出来的各种迹象，已经显示出了些许的向近代性嬗变特征。有学者认为："在中国近代化的过程中，明清实学中的新民本主义具有传统民本思想向近代民权思想过渡的性质，是中国近代化的重要标志，它不仅成为近代民主运动的思想先导，也成为近代民权运动的理论武器。"[①] 当然本书并非要从经济学的角度寻求中国文化与文学向近代嬗变的原因，而是通过文化思想和文学思想的演进过程来找到其嬗变的理由，力求探寻文学变革的外部与内部环境两者是在什么样的情况下会互相作用产生变革的张力。这就涉及了一个非常困难的问题，文学作品是以什么样的方式在特定的文化背景下存在，它的存在样式又对文化的运行产生何种影响？有些时候文学的发展与文化的发展并不是平行的，而是交叉的。正是这种交叉使得文学在某些时候，对社会产生了一种不可思议的魔力。而文学自身又是在它赖以存在的社会环境中衍生的。"处理文学与社会的关系的最常见的办法是把文学作品当作社会文献，当作社会现实的写照来研究。某些社会画面可以从文学中抽取出来，这是毋庸置疑的。"[②] 如果是

[①] 吴松、黄海涛：《明清实学经济伦理的近代性嬗变》，中国经济思想史学会，第十二届年会论文。
[②] ［美］韦勒克、沃伦：《文学理论》，刘象愚、邢培明、陈圣生、李哲明译，北京：生活·读书·新知三联书店1984年版，第102页。

这样，那么在明代所产生的戏曲和小说，对当时的社会来说又意味着什么？比如说出现在明末的"三言""二拍"，它从文化史的角度看，是否体现了中国文化正处在内部的变动之中？这些小说的故事情节是否就是当时社会的真实写照？其实重要的不是画面本身，而是透过画面我们所能看到的人情世故，以及背后所折射出来的思想倾向。

笑花主人说它是"极摹人情世态之歧，备写悲欢离合之致"①。如果说薄伽丘的《十日谈》刻画了社会各个阶层的形象，展现了意大利广阔的社会生活画面，抒发了文艺复兴初期人文主义和自由思想，那明末的"三言""二拍"是否同《十日谈》有异曲同工之妙呢？可以说，从它所反映的社会内容来看，是对传统礼教的宣战。如果说明末李贽等人具备了反叛传统"理学"的思想，那么以市民文化为主题的话本小说的旺盛是否是对传统礼教文化的叛逆？来自社会精英阶层的士大夫与来自社会底层的市民文化相结合，形成了明末的一股追求思想与个性解放的启蒙思潮。

在晚明这种思潮的有力冲击下，可以说到了清代，"理学"已成了强弩之末，不断受到人们的质疑。在明末清初出现了一大批具有挑战传统"理学"思想的人士，如王夫之、顾炎武、黄宗羲等人就是代表。社会进步的标志不是社会精英所倡导的民本思想，而是引导民众自我意识的觉醒。在封建时代，人们没有国家意识，更没有民族意识，只有皇帝的存在，好像孩子需要父母一样。在近代，最大进步是民族意识和国家意识的产生。因为有了国家与民族意识，才会有自我意识的觉醒，作为我，在这个社会中是谁？我与社会的关系是一种什么关系？我与他人的关系又是如何？我在社会中处于一个什么样的角色？我的权利是什么？在传统的礼教文化中，所谓

---

① 笑花主人：《今古奇观序》。

的"仁",仁者爱人也,所以在传统的礼教文化中你是被"爱"者,不存在自我。五四时期周作人提倡的"人的文学"就是在近代到现代注重对人自身进行思考的结果。

但是自我意识觉醒的过程经历了一个漫长曲折的过程。如果从近代性的渊源角度而言,晚明思潮是否可认为是其起点?我们说以晚明思潮作为近代性的起点,并非是从一般的历史学角度来看,像学术界所认为的晚明已是中国"封建社会"的末期,旧的生产关系和意识形态开始解体,新的带有"近代"性质的生产关系和意识形态正在萌动。这只是社会发展的外部形态,有时候影响历史走向的决定性因素不是外部,而是社会的内部形态,内部形态的核心系统是人自身的发展。那么,在晚明作为推动社会发展动力的内部形态,究竟有什么变化,王阳明"心学"为后来人们进一步思考"自我"打开了一个广阔的空间:

> 喜怒哀惧爱恶欲,为之七情。七情具是人心合有的,但要认得良知明白。比如日光,亦不可指着方所;一隙通明,皆是日光所在,虽云雾四塞,太虚中象可辨,亦是日光不灭处,不可以云能蔽日,教天不要生云。七情顺其自然之流行,皆是良知之用,不可分别善恶,但不可为之着;七情有着,具为之欲,具为良知之蔽;然才有着时,良知亦自会觉,觉即蔽去,复其体矣![1]

王阳明将人的七情视为人所自然存在的,既是人所自然存在的,就不能有意扼杀,好比是"不可以云能蔽日,教天不要生云"。那就只能顺其自然,"七情顺其自然之流行,皆是良知之用"。

王阳明的"心学"体系,并不是人的自由发展或自我意识发展的先决条件,但他为人们思考自身带来了积极的影响。所以到了晚

---

[1] 《王阳明全集》(上册),吴光、钱明、董平、姚延福编校,上海:上海古籍出版社1992年版,第111页。

明，新的文化与文学思潮的形成也就有了它合理的思想基础。比如公安派就主张"独抒性灵，不拘格套"。"独抒性灵"作为公安派的重要主张，很多研究者认为，这一口号实际上与李贽的"童心说"一脉相通，和"理"尖锐对立。性灵说不仅明确肯定人的生活欲望，还特别强调表现个性，表现了晚明的个性解放思想。由此可知，晚明已经形成了中国近世以来一次重要的具有启后作用的文化与文学所表现出的要求个性张扬、思想解放的思潮。

在晚明有了近代性变革的预兆的氛围中，在明末和清初出现了一批具有锐意改革的思想家也是顺理成章的事。不过由于清初所采取的高压政策，应该说晚明形成的具有个性解放的潮流很难延续，但是"经世"的民本思想逐渐抬头，从黄宗羲到龚自珍这一潮流始终不断。魏源本也属于这一派，但他同前者显然有了本质的不同，特别是鸦片战争之后，使魏源所做的一切具备了近代性的色彩，某种程度上具备了启蒙的意义。应该说魏源是从地理空间的角度开阔了中国文人的思路，让中国人从原来狭小的眼界转向了对世界的关注。所以说魏源是中国近代文化史上一个重要转折。为何说他具有转折的意义？因为从此之后中国文人开始逐渐从浪漫、自我设置的美梦中醒来，转向了务实之路。

在将近半个世纪之后，维新变法运动在救亡图存的背景下，试图通过变法来改变国家的命运，为中国的未来设置出了美好的蓝图。但是随着它的失败，仍然是美梦破碎，一切都化为泡影。梁启超在无奈的情况下试图用文学来改变中国的人心，使其振作起来。由此在20世纪初一股用文学救国、以文学改变政治的文学潮流迅速风行于世。由于梁启超主张用文学改变政治，所以形成了他极端夸张的文学观念，尤其是对小说的理解，甚至认为"彼美、英、德、法、奥、意、日本各国政界之日进,则政治小说为功最高焉"①。不过也正是他这一种夸张的认识,为20世纪初中国小说波涛汹涌的发展带来了机遇,使人们把小说与救国联系了起来。所以到五四时期,尽管对梁启超的这种文学观进行了不断的修正,但五四注定从一开始就十分重视文学,特别是小说的社会责任,从根本上没有改变梁启超对小说的认识,即用小说改变中国社会的使命。不过必须认识到五四同近代文学追求的最大不同就是:文学无意去改变政治,但文学可以去改变文化,社会制度所赖以生存的文化。正是在以文学改变文化的背景驱使下,"民主"与"科学"的现代性思想被推到了历史的前台。正是在提倡"民主"与"科学"的背景下,中国文化和文学具有了以往任何时代都不同的文化和文学范式,中国文化与文学发生了一次本质上的转型与新变。

---

① 梁启超:《译印政治小说序》,见《中国近代文论选》,舒芜、陈迩东、周绍良、王利器编选,北京:人民文学出版社1981年版,第10页。

参考书目

一、杂志及资料汇编

《清议报》（1898—1901）

《新小说》（1902—1906）

《绣像小说》（1903—1906）

《月月小说》（1906—1909）

《小说林》（1907—1908）

《礼拜六》（1914—1916）

《小说月报》（1910—1932）

《新青年》（1915—1926）

《每周评论》（1918—1919）

《新潮》（1919—1922）

《新月》（1928—1933）

《京报副刊》（1924—1926）

《直报》（1895—1904）

《海国图志》（上中下），魏源编著，陈华、常绍温、黄庆云、张廷茂、陈文源点校，岳麓书社 1998 年版。

《晚清文选》（卷上、卷下），郑振铎编，中国社会科学出版社 2002 年版。

《中国近代出版史料初编》（1），张静庐辑注，上海书店出版社 2003 年版。

《近代译书目》，王韬、顾燮光等编，北京图书馆出版社 2003 年版。

《辛亥革命十年间时论选》第一卷（上册），张枬、王忍之编，生活·读书·新知三联书店 1960 年版，1978 年第二次印刷。

《中国近代文论选》（上、下），舒芜、陈迩冬、周绍良、王利器编选，人民文学出版社 1959 年版，1981 年第 3 次印刷。

《梁启超年谱长编》，丁文江、赵丰田编，上海人民出版社 1983 版。

《万国公报文选》，钱钟书主编，朱维铮执行主编，生活·读书·新知三联书店 1998 年版。

《文学运动史料选》（第一册），北京大学、北京师范大学、北京师范学院、中文系中国现代文学教研室主编，上海教育出版社 1979 年版。

《文学研究会资料》（上），贾植芳、苏兴良、周春东、刘裕莲、李玉珍编，河南人民出版社 1985 年版。

《告别中世纪：五四文献选粹与解读》，袁伟时编著，广东人民出版社 2004 年版。

《翻译与创作——中国近代翻译小说论》，王宏志编，北京大学出版社 2000 年版。

《马克思恩格斯选集》（第一至四卷），中央编译局编，人民出版社 1976 年版。

《1844 年经济学—哲学手稿》，人民出版社 1979 年版。

《马克思恩格斯论文学与艺术》，陆梅林辑注，人民文学出版社 1982 年版。

《王阳明全集》上下册，[明]王守仁撰，吴光、钱明、董平、姚延福编校，上海古籍出版社 1992 年版。

《李贽文集》，张建业主编，社会科学文献出版社 2000 年版。

《李贽全集注》（第一至三册），张建业主编，社会科学文献出版社 2010 年版。

《徐文长全集》，周郁浩校阅广益书局 1936 年版。

《顾亭林诗文集》，中华书局 1959 年版。

《日知录》，[清] 顾炎武著．黄汝成集释，栾保群、吕宗力点校，花山文艺出版社1990年版。

《琅嬛文集》，[明] 张岱著，云告点校，岳麓书社1985年版。

《龚自珍全集》，[清] 龚自珍著，上海人民出版社1975年版。

《弢园文录外编》，王韬著，楚流、书进、风雷选注，辽宁人民出版社1994年版。

《默觚——魏源集》，[清] 魏源著，赵丽霞选注，辽宁人民出版社1994年版。

《盛世危言》，郑观应著，陈志良选注，辽宁人民出版社1994年版。

《天演论》，[英] 赫胥黎著，严复译，商务印书馆1981年版。

《中国现代学术经典·严复卷》，刘梦溪主编，河北教育出版社1996年版。

《饮冰室合集》，梁启超著，中华书局1989年版，2003年11月第4次印刷（本书据上海中华书局1936年版影印本）。

《仁学》，谭嗣同著，印永清评注，中州古籍出版社1998年版。

《王国维文集》，姚淦铭、王燕主编，中国文史出版社1997年版。

《鲁迅全集》，鲁迅著，人民文学出版社2005年版。

《郁达夫文集》，郁达夫著，花城出版社，生活·读书·新知三联书店香港分店1983年版。

《独秀文存》，陈独秀著，上海亚东图书馆1922年版。

《胡适文存》，胡适著，黄山书社1996年版。

《胡适文集》，胡适著，欧阳哲生编，北京大学出版社1998年版。

《美学》，[德] 黑格尔著，朱光潜译，商务印书馆1982年版。

《诗学》，[古希腊] 亚里士多德著，人民文学出版社1962年版。

《别林斯基选集》，[俄] 别休斯基著，满涛译，上海译文出版社1979年版。

《胡适评传》，耿云志编，上海古籍出版社1999年版。

《文艺论集》（汇校本），郭沫若著，黄淳浩校，湖南人民出版社1984

年版。

《三叶集》，田汉、宗白华、郭沫若著，上海书店1982年版。

《20世纪中国知识分子史论》，许纪霖编，新星出版社2005年版。

二、专著类

阿英：《晚清小说史》，东方出版社1996年版。

嵇文甫：《晚明思想史论》，东方出版社1996年版。

郭绍虞：《中国文学批评史》，上海古籍出版社1979年版。

黄仁宇：《万历十五年》，生活·读书·新知三联书店1997年版。

熊月之：《西学东渐与晚清社会》，上海人民出版社1994年版。

耿云志：《近代中国文化转型研究导论》，四川人民出版社2008年版。

许建平：《李贽思想演变史》，人民出版社2005年版。

钱明：《阳明学的形成与发展》，江苏古籍出版社2002年版。

杨国荣：《心学之思：王阳明哲学的阐释》，生活·读书·新知三联书店1997年版。

左东岭：《李贽与晚明文学思想》，天津人民出版社1997年版。

邬国平：《竟陵派与明代文学批评》，上海古籍出版社2004年版。

管林、钟贤培、陈新璋：《龚自珍研究》，人民文学出版社1984年版。

陈铭：《龚自珍评传》，南京大学出版社1998年版。

[新加坡]卓南生：《中国近代报业发展史1815—1974》（增订版），中国社会科学出版社2002年版。

戈公振：《中国报学史》（插图整理本），上海古籍出版社2003年版。

徐松荣：《维新派与近代报刊》，山西古籍出版社1998年版。

李楠：《晚清民国时期上海小报》，人民文学出版社2006年版。

王凤超：《中国报刊史话》，商务印书馆1991年版。

方汉奇：《中国近代报刊史》，山西人民出版社1981年版。

陈万雄：《五四新文化的源流》，生活·读书·新知三联书店1997年版。

王德威:《想像中国的方法:历史·小说·叙事》,生活·读书·新知三联书店1998年版。

郭延礼:《近代西学与中国文学》,百花洲文艺出版社2000年版。

郭延礼:《中国近代文学发展史》,山东教育出版社1990年版。

陈大康:《中国近代小说编年》,华东师范大学出版社2002年版。

王汎森:《中国近代思想与学术的系谱》,吉林出版集团2011年版。

陈平原:《中国小说叙事模式的转变》,上海人民出版社1988年版。

张丽华:《现代中国"短篇小说"的兴起——以文类形构为视角》,北京大学出版社2011年版。

杨联芬:《晚清至五四:中国文学现代性的发生》,北京大学出版社2003年版。

袁进:《中国文学的近代变革》,广西师范大学出版社2006年版。

艾晓明:《中国左翼文学思潮探源》,湖南文艺出版社1991年版。

朱晓进:《政治文化与中国二十世纪三十年代文学》,人民出版社2006年版。

郑大华:《晚清思想史》,湖南师范大学出版社2005年版。

宋莉华:《传教士汉文小说研究》,上海古籍出版社2010年版。

余英时:《现代危机与思想人物》,生活·读书·新知三联书店2005年版。

黄克武:《一个被放弃的选择——梁启超调适思想之研究》,新星出版社2006年版。

周质平:《胡适与中国现代思潮》,南京大学出版社2002年版。

叶瑞昕:《危机中的文化抉择——辛亥革命时期国人的中西文化观》,商务印书馆2007年版。

周振鹤、游汝杰:《方言与中国文化》,上海人民出版社1986年版。

三、译著类

[美]林毓生:《中国意识的危机——"五四"时期激烈的反传统主

义》，穆善培译，贵州人民出版社1986年版。

[美] 张灏：《梁启超与中国思想的过渡》（1890-1907），崔志海、葛夫平译，江苏人民出版社1995年版。

[美] 约瑟夫·阿·勒文森：《梁启超与中国近代思想》，刘伟、刘丽、姜铁军译，四川人民出版社1986年版。

[英] 汤因比：《历史研究》（上），曹未风等译，上海人民出版社1964年版，1987年第5次印刷。

[匈] 阿诺德·豪泽尔：《艺术社会学》，居延安译编，学林出版社1987年版。

[美] 李欧梵：《中国现代作家的浪漫一代》，王宏志等译，新星出版社2005年版。

[美] 史书美：《现代的诱惑——书写半殖民地中国的现代主义》（1917-1937），何恬译，江苏人民出版社2007年版。

[美] 周策纵：《五四运动——现代中国的思想革命》，周子平等译，江苏人民出版社1999年版。

[美] 舒衡哲：《中国启蒙运动——知识分子与五四遗产》，刘京建译，新星出版社2007年版。

[美] 柯文：《在传统与现代性之间——王韬与晚清改革》，雷颐、罗检秋译，江苏人民出版社2003年版。

[美] 鲁思·本尼迪克特：《文化模式》，张燕、傅铿译，浙江人民出版社1987年版。

[美] 罗伯特·F. 伯克霍福（Rober F. Berkhofer. Jr）：《超越伟大的故事：作为文本和话语的历史》，邢立军译，北京师范大学出版社2008年版。

[美] 海登·怀特：《后现代历史叙事学》，陈永国、张万娟译，中国社会科学出版社2003年版。

[美] 约翰·克劳·兰色姆：《新批评》，王宝腊、张哲译，江苏教育出版社2006年版。

［捷克］米列娜编：《从传统到现代——世纪转折时期的中国小说》，伍晓明译，北京大学出版社1991年版。

［美］韦勒克、沃伦：《文学理论》，刘象愚、邢培明、陈圣生、李哲明译，三联书店1984年版。

［德］姚斯、［美］霍拉勃：《接受美学与接受理论》，周宁、金元浦译，辽宁人民出版社1987年版。

四、论文类

林启彦：《王韬中西文化观的演变》，载《汉学研究》（台湾），1999年6月17卷第1期。

王俊义：《龚自珍与晚清思想解放》，载《中国社会科学院研究生院学报》，2000年第4期。

金华：《李贽"童心说"与晚明文学的转型》，载《求索》，2010年第6期。

刘晓多：《近代来华传教士创办报刊的活动及其影响》，载《山东大学学报》（哲学社会科学版），1999年第1期。

王聿均：《清代中叶士大夫之忧患意识》，载《近代史研究所集刊》（台湾），第11期。

杨春时：《鲁迅的民族主义情结及其思想历程》，载《粤海风》，2005年第4期。

赵莉：《黑色幽默及其代表作》，载《黑龙江教育学院学报》，2003年第6期

张浩：《在黑色幽默的背后——浅析〈第二十二条军规〉》，载《教书育人》（高教论坛），2009年第7期。

王元骧：《论"马克思主义文艺理论中国化"的思想前提》，载《高校理论战线》，2006年第5期。

王东风：《翻译文学的文化地位与译者的文化态度》，载《中国翻译》，2000年第4期。

伍君、王卫：《龚自珍、林则徐、魏源经世致用思想之比较》，载《湖南农业大学学报》（社会科学版），2007年第2期。

熊吕茂，李小婧：《论魏源的文化思想》，载《湖南涉外经济学院学报》，2007年第6期。

桂遵义：《试论魏源经世思想的演变与发展》，载《安徽史学》，1997年第3期。

李大华：《阳明后学的异端品格与道家风骨——从李贽的"童心说"说起》，载《广东社会科学》，1994年第5期。

谢芳、王学锋：《王夫之别开生面的人性论探析》，载《南华大学学报》（社会科学版），2009年第4期。

郑宁波：《诠释之"罔"与实践美学——马克思主义文艺理论中国化的阐释困境及其超越》，载《甘肃社会科学》，2009年第3期。

曾竞兴、王静、张景华：《中国小说叙事传统对中国近代小说翻译的影响》，载《湘潭师范学院学报》（社会科学版），2009年第2期。

王进庄：《20世纪一二十年代旧派文人的转型和现代性》，载《复旦学报》（社会科学版），2009年第4期。

袁进：《试论中国近代文学语言的变革》，载《上海社会科学院学术季刊》，1997年第4期。

李平科：《"五四"前后的"四大副刊"与新文学运动》，载《广东教育学院学报》，1997年第3期。

谭树林：《早期来华基督教传教士与近代中外文期刊》，载《世界宗教研究》，2002年第2期。

蒋明玳：《论30年代左翼青年作家群的乡土小说创作》，载《扬州大学学报》（人文社会科学版），1998年第1期。

郭延礼：《重新认识中国近代小说》，载《厦门教育学院学报》，2004年第3期。

郭浩帆：《中国近代四大小说杂志研究》，山东大学2000年博士学位论文，指导教师：郭延礼教授。

阚文文：《晚清报刊翻译小说研究——以八大报刊为中心》，华东师范大学 2008 年博士学位论文，指导教师：陈大康教授。

张筱红：《从晚清四大小说期刊看西方科幻小说在近代中国的传播》，载《社科纵横》，2006 年第 10 期。

刘永文：《西方传教士与晚清小说》，载《明清小说研究》，2003 年第 1 期。

刘永文：《晚清报刊小说的传播与发展》，载《社会科学辑刊》，2003 年第 1 期。

陈玉申：《中国近现代报纸副刊的沿革》，载《山东师范大学学报》（人文社会科学版），2002 年第 3 期。

宋晖：《近代报刊与小说的勃兴》，载《江西师范大学学报》（哲学社会科学版），2001 年第 1 期。

朱晓进：《五四文学传统与三十年代文学转型》，载《中国社会科学》，2009 年第 6 期。

蒋英豪：《梁启超与中国近代新旧文学的过渡》，载《南开学报》，1997 年第 5 期。

罗志田：《西学冲击下近代中国学术分科的演变》，载《社会科学研究》，2003 年第 1 期。

赵世瑜：《文本、文类、语境与历史重构》，载《清华大学学报》（哲学社会科学版），2008 年第 1 期。

后　记

　　关于文化与文学转型研究的著述有很多，但从文人文化思想转型角度去研究的成果并不多见，本书主要是从文人文化思想的变化视角来考察中国文学的变化。从晚明以来，中国文学就一直处在不断的变化与革新中，虽然在晚明至晚清乃至五四的漫长过程中有过停滞，不过从晚明以来所形成的新的思想文化潮流则时隐时现，一直在文人思想中暗暗流动，某些时候是躁动。这一思想的躁动在经历了晚明的高潮后在清初由于清朝的压制，有过暂时的消歇，但在嘉道年间开始出现了一定程度的萌动，其主要原因正像一些学者认为的清朝统治者正面临最重的内外危机。在内已经走下坡，史称"嘉道中衰"，其突出表现在吏治腐败，武备张弛，国库空虚，民众反清斗争频频；在外，西方列强势力东侵，鸦片荼毒国民。道光帝颇想有一番作为，也采取了一系列措施，企图中兴。他虽然朝纲独断，事必躬亲，以俭德著称。但内政事物，如吏治、河工、漕运、禁烟等均无起色。勤政图治而鲜有作为。正是这种社会走向衰退与乱象的背景，为文人们思想的变化铺垫了文化基础，使传统的儒家思想发生动摇；另外一个重要原因是在18世纪末19世纪初，以英国为首的西方新教徒开始进入中国，他们不仅是单纯传教，而且还开设书院，把西方新式教育理念传入中国，另外就是创办报刊，试图通过报刊媒介宣传来改变天朝思想。如较早的书院有马礼逊创办的英华书院（1818年创办于马六甲）报纸有米怜与马礼逊在1815年创办的中文报刊《察世俗每月统记传》（1815年创办于马六甲）所有这些都无形中对传统文人思想产生一定的冲击。

　　文人思想变化与文化的变化对社会的影响特别是对文学的影响还是有区别的，应该说某个时期文人思想的变化是先于文化的，而文学思想的变化是文人思想变化的直接产物，所以文学所反映出的某些思想变化又往往先于社会文化的变化，不知不觉间推动着社会和文化的变化，而社会文化的变化和发展反过来又推动了文学的发展与新变。中国文学到了五四时期，正是由于这种变化积聚到一定能量的总爆发，形成了文学思潮，于是一种全新的文学产生了，那就是五四新文学。五四文学是文人思想新变的产物，不仅是新文学的开端，也是新思想的开端。人们曾经认为五四新文学与新文化是对中国传统的毫不妥协的彻底决裂，这一认识是有缺陷的。五四只能说是新文学与新文化的一个新的起点，而不是对传统的终结，只能说是文人思想上同传统的决裂，而文学上的新变，始终处在探索与建构中，甚至直到今天也还是20世纪以来文学与文化转型的一部分，新文学还没有形成完整意义上的稳固文学体系。从这一角度看，当代文学是五四以来现代文学重构的延续。五四以来的文学，无论其文体结构、叙事角度、叙述方式都发生着全新的变化，当代文学也是如此，特别是新时期文学，探索与变化也是全方位的，而这些变化是有赖于文人思想的变化的，如果没有文人思想的不断发展探索与转型，对过去已经陈旧了的思想意识的不断消解，文学的发展就会停滞。晚清以来中国文学为什么会一次又一次产生新变，问题的关键就是有一批思想不断探索求新的文人，新文学新文化就是晚清代表人物梁启超、五四代表人物鲁迅等文人不断思想创新而推动的结果。

《晚明至五四：文人思想转型背景下的文学新变》一书，还有许多纰漏和缺陷，如能达到抛砖引玉的作用，是为幸。

郭长保

2016年2月于天津